INGEBORG WUNDERMANN

Blumen - Blätter - Zweige arrangiert in schönen Gefäßen

BUCHPREIS 1967

Deutsche Gartenbau-Gesellschaft

DAS KURATORIUM:

PRÄSIDENT
GRAF LENNART BERNADOTTE

BUNDESINNENMINISTER
PAUL LÜCKE

MAGNIFIZENZ
PROFESSOR ERICH KÜHN

INGEBORG WUNDERMANN

Blumen Blätter Zweige

ARRANGIERT IN SCHÖNEN GEFÄSSEN

C. BERTELSMANN VERLAG

Zeichnungen Betty Kothe-Marxmeier
Einbandgestaltung S. Kortemeier (Foto Fleurop/Bunte Blumenwelt, Berlin)

Schrift: Borgis Garamond Linotype
Gesamtherstellung Mohndruck Reinhard Mohn OHG, Gütersloh

Printed in Germany · Bestell Nr. 5397

INHALT

Ein Leben mit Blumen ist schöner

WARUM HOLEN WIR UNS BLUMEN IN DIE WOHNUNG?

Blumen – Blüten – Blätter, zart oder rauh, sanft oder kraftvoll, bunt oder weiß, lebensfrisch oder trocken, immer sind sie mehr als nur Produkte pflanzlichen Lebens. In den verschiedenen Zeiten und Ländern hat der Mensch die unterschiedlichsten Beziehungen zu Blumen entwickelt. Sie sind Symbol oder Opfergabe, Ausdruck von Liebe, Achtung und Verehrung oder Träger guter Wünsche und Repräsentationsobjekte sowie Vermittler von Stimmung und Freude.

Es gibt Menschen, die sehen in der abgeschnittenen Blume den gewaltsam von seiner Kraftquelle getrennten Pflanzenteil, seiner natürlichen Bestimmung entrissen und einem vorzeitigen Ende preisgegeben. Jede Blüte, jedes Blatt, das am Waldesrand oder an Wiesenhängen abgepflückt wurde und dann irgendwo achtlos weggeworfen welkt und verdorrt, bewegt auch mich zu der Frage: Wozu? Ist dieses kleine Wunderwerk der Natur nur gewachsen, um gedankenlos zerstört zu werden? Doch die vielen Blumen aus Gärtnerhand oder aus der Fülle des Flors in einem Garten, sorgfältig ausgesucht und geschnitten, sind anders anzusehen. Man kann sie mit den Kornähren auf eine Stufe stellen, die geschnitten werden, damit Brot gebacken werden kann. Denn nicht nur der Magen will sein Recht, indem der Hunger gestillt wird; im Wesen des Menschen liegt es, daß er auch ein Bedürfnis nach schönen Dingen hat. Fürst Pückler, ein Gartengestalter und Schriftsteller, der von 1785 bis 1871 lebte, sagte: »Die schönen Dinge sind die nützlichsten unter den nützlichen.« Der Anblick einer Blüte – und daß Blumen schön sind, wird keiner bestreiten – kann den Menschen erheitern, erbauen und ihm Kraft geben, genau wie eine gute Mahlzeit. Gewiß, es klingt merkwürdig, wenn diese beiden so verschiedenen Bereiche unseres Seins – in Worte gefaßt und eng miteinander verknüpft – vor einem stehen. Doch so wie viele Rädchen in einer Maschine nur dem einen Zweck dienen, daß diese ihre Funktion erfüllt, so erhalten und steigern Nahrung und Erbauung an schönen Dingen gemeinsam unser Lebensgefühl und unsere Lebenskraft.

Man muß die schönen Dinge nur wirklich sehen! Und dazu braucht man genau wie zum Essen – man verzeihe, daß dieser Vergleich schon wieder herangezogen wird – Zeit! Aber wo hat man Zeit, wenn nicht zu Hause?

Am Abend, nach der Tagesarbeit, in der vertrauten Umgebung der eigenen Wohnung lenkt man gern seinen Blick auf schöne Dinge, und man hat Muße, sie auf sich wirken zu lassen. Gerade weil sie nur wenige Tage bei uns zu Gast sind, bekommen dabei die Schnittblumen eine besondere Bedeutung. Sie werden bewußt angesehen. Vom Ansehen ist es aber kein weiter Weg zum Anschauen. Sie meinen, das sei dasselbe? Nun, das ist es nicht, wenn man unter »Ansehen« die Tätigkeit des Auges und des feststellenden Geistes, unter »Anschauen« aber dazu noch die des kombinierenden Geistes und des erlebnisbereiten Gefühls versteht. Man sieht zum Beispiel die Sonnenblume mit ihrer großen, schweren Blütenscheibe von einem Ring leuchtend gelber Blütenblätter umgeben, doch erst der warme Glanz ihres Strahlenkranzes um das runde Gesicht bewegt uns dazu, sie »Sonnenblume« zu nennen. Beim Anschauen des Maiglöckchens ist man versucht, den Atem anzuhalten, um zu erlauschen, ob das feine Glöckchen nicht einen ebenso zarten Klang – rein und hell wie die Blütenfarbe – ertönen läßt. Die Schwertlilie dagegen möchte man fragen, ob sie wirklich auf den Namen hört, der wohl zu ihren Blättern, aber gar nicht zu dem Schmelz der weich geschwungenen Blüten passen mag. Richtig, sagen wir lieber »Iris« zu ihr, wie es schon die alten Griechen taten. Und schauen wir sie richtig an, können wir eine Wesensverwandtschaft mit ihrer Namensschwester, der griechischen Göttin des Regenbogens und geflügelten Götterbotin, erahnen. Es ist das Wesen der schönen Dinge, also auch der Blumen, das uns anrührt, zu uns spricht, uns erheitert oder ruhig stimmt. So ist es wohl doch nicht »Mord«, wenn wir die Blüten von den Pflanzen schneiden und in unsere Wohnung holen. Der Mensch hat so vielfach in die Natur eingegriffen, sie beeinflußt und verändert, sie gehegt oder verdrängt, daß es paradox wäre, wollte er nun davor zurückscheuen, Blumen abzuschneiden.
Eine Blume – jede in ihrer Art – ist eine vollkommene Schöpfung von speziellem Wesen. Wir charakterisieren sie gern im Vergleich mit menschlichen Eigenschaften. So nennen wir das Veilchen »bescheiden«, weil es klein und ohne auffallende Merkmale inmitten seiner zahlreichen Blätter blüht. Tatsächlich bekommt es optisch erst Bedeutung, wenn es mit vielen seiner Art zu dem typischen Veilchenstrauß zusammengebunden wird. So ist es denn nicht verwunderlich, daß das Veilchen in der Blumensprache Bescheidenheit, Unschuld und Verschwiegenheit, aber auch Treue und eine noch verborgene Liebe ausdrückt. Die edle, aus dem tropischen Amerika stammende Amaryllis (Hippeastrum vittatum) mit ihren stolz sich entfaltenden Blütenkelchen voller Schmelz und Farbenpracht wird ebenfalls als Symbol für Treue angesehen, zugleich aber auch als ein solches für Zuversicht und Eigenbewußtsein! Nun, wir wollen hier nicht weiter auf die »Blumensprache« eingehen, gehört sie doch einem vergangenen, romantisierenden Zeitalter an; dennoch verdeutlicht uns diese kleine Betrachtung, daß in jeder Blume

1. Die Pracht des Frühsommers liegt in dieser Zusammenstellung von Rittersporn, Pfingstrosen und Frauenmantel. Ein Messingkübel dient als Einstellgefäß, weil er formal und charakterlich gut zu den Blumen, aber auch zu der Zimmereinrichtung paßt. ►

2. *In Frankreich kombiniert man gern die unterschiedlichsten Blütenarten und fügt sie zu dichten oder locker aufgebauten Blumenpyramiden zusammen (siehe S. 13).*

3. *Der englische, klassische Stil des Blumenarrangierens bevorzugt eine ruhige, geschlossene Wirkung. Umrißbildungen in Form des Halbmondes oder der Pyramide sind sehr beliebt. Hier sind Rosen, Nelken, Weigelienblüten, Zinnien und Blutpflaumenlaub kombiniert (siehe S. 15).*

ein ihr eigentümliches Wesen liegt, weshalb sie als Verkörperung der ihrer Persönlichkeit entsprechenden Charaktereigenschaften angesprochen werden kann.

Dies innere Wesen der Blumen wollen wir erspüren, denn damit erfüllen sie unsere Wohnung mit Leben, und an ihm erfreuen wir uns. Je nach Eigenart der gewählten Blumen – aber auch je nach Anordnung – ist der Ausdruck eines Blumenarrangements verschieden. Es ist deshalb nicht gleichgültig, welche Blumen gewählt und wie sie arrangiert werden, denn der Ausdruck muß ganz dem Zweck entsprechen. Doch ehe wir uns mit Überlegungen bezüglich Blumenauswahl und Gestaltung eines Arrangements beschäftigen, wollen wir uns erst einmal umsehen.

WIE MACHEN ES DIE ANDEREN?

Der Vergleich mit dem, was auf dem Gebiet des Blumenstellens bereits früher geschehen ist oder was andere heute tun, kann uns zur Klärung dessen verhelfen, was für uns gültig ist. Die geschichtliche Betrachtung wollen wir zurückstellen; aber der Blick »über den Zaun« sei uns gewährt. Wandern wir nach Westen um den Erdball, so gelangen wir in Länder, in denen Blumen eine ganz andere Rolle im gesellschaftlichen und kulturellen Leben spielen als bei uns.

FRANKREICH LIEBT DIE BLUMENFÜLLE · Unsere westlichen Nachbarn – Franzosen wie Belgier – lieben sehr die bunte Pracht und Eleganz der Blumen. Dekorative Blumenarrangements haben sich vor allem als Repräsentationsobjekte ihren Platz erobert. Man verschenkt gerne Blumen, denn sie sind Zeichen von Achtung und Verehrung. Allerdings wird selten ein Strauß im bei uns üblichen Sinne (fünf Nelken etwa) gekauft. Die Sträuße dort sind meist bunte Zusammenstellungen, je nach Jahreszeit oder der zu beschenkenden Person verschieden. Und noch lieber werden »Arrangements« genommen. Der »Fleurist« (französisch la fleur = die Blume) steckt Blumen in den reizvollsten Zusammenstellungen: flache Schalen, Kübel, amphorenartige Vasen und Körbe werden bevorzugt. Nicht selten schließt eine farbig passende Schleife das Arrangement ab. Die Blüten werden so angeordnet, daß sie sich übereinander zu türmen scheinen und zu einer geschlossenen Pyramide oder duftig lockerer Blütenfülle in Dreiecksform verwachsen.
Ein derartiges Gesteck ist einseitig nach der Schauseite hin ausgerichtet, denn es wird auf eine Konsole, ein Tischchen oder anderes vor die Wand gestellt. Die Blüten sind, wenn es irgend geht, nach vorn gewendet, so daß sich eine Wand aus Blüten und Blättern ergibt. Auch bei locker gefügten Blumenarrangements steht die längste Blume hinter allen anderen. (Taf. 2, S. 10.)

4. In England achtet man außerdem besonders darauf, daß sich ein Blumenarrangement harmonisch in seine Umgebung einfügt. Auch allzu große Farbkontraste werden möglichst vermieden, wenn mehrere Blütenarten und -farben vereint werden ◄ *(siehe S. 16).*

Die in Frankreich bedeutenden Epochen des Barock- und Empirezeitalters scheinen in diesen repräsentativen Blumenanordnungen weiterzuleben. Dabei geht die Gestaltungsfreudigkeit so weit, daß nicht nur haltbare Arrangements aus getrockneten Blumen hergestellt werden, auch Blüten- und Blattformen, zusammengebastelt aus Federn, Austernschalen, Perlen usw., werden zu solch attraktiven »Blumen«-Zusammenstellungen verwendet.

Frische Blumen werden in weiten Gefäßen mit Hilfe grobfasrigen Sumpfmooses oder wasserhaltender Kunststoffmasse aufgesteckt. Die Blüten sind recht phantasievoll ausgewählt, immer sind ganz verschiedene Arten und Formen vereint. Auch das Schnittgrün wird passend ausgesucht; es ist durchaus nicht nur Asparagus (Zierspargel)! Auffallend ist die farbliche Ordnung in einem französischen Blumenarrangement. Entweder es ist schlechtweg bunt und vereint alles, was gerade blüht und greifbar ist, oder es ist von einer sehr bewußt wirkenden Farbauswahl, in der alle Blumen einer Farbe oder Farbgruppe angehören. Weißgelbe Lilien, zartgelbe Chrysanthemen, Nelken und Rosen von einem kräftigen Gelb, dazu grüngelbe Blätter und Ranken bilden beispielsweise eine Blütenpyramide von Gelbtönen in unterschiedlicher Intensität. Die Blumenarten sind dabei nicht willkürlich nebeneinander gesteckt, sondern in Partien zusammengefaßt, so daß die dunkleren Töne im unteren und mittleren Teil des Arrangements liegen. Man hat dadurch den Eindruck einer kraftvollen Verdichtung im optischen Zentrum des Gestecks, über das sich hellere Partien fügen.

Die prunkvolle Wirkung derartiger Arrangements geht also von der Blumenfülle und Zusammenstellung der Farben und Formen aus, nicht von der Eigenart und natürlichen Wuchsschönheit der Blume selbst. Die Persönlichkeit einer Blume präsentiert sich ja erst, wenn sie gemäß ihrer natürlichen Wuchsrichtung aufgesteckt wird und ihren ganzen Habitus zeigen kann. Doch hier geht es nicht um die Blume selbst, hier ist sie Mittel zum Zweck. Und dieser heißt: Repräsentation! Wahrscheinlich liegt es an dieser Aufgabe der Blumengestecke, daß man selbst auf Lebensfrische verzichten mag und ein Arrangement aus Kunststoffblumen kauft. Es gibt Geschäfte, in denen man Topfblumen aller Arten, Schnittblumenarrangements, sogar fertige Brautsträuße kaufen kann, und alles ist aus Kunststoff, selbst die Erde im Blumentopf! Nun ja, Gemütlichkeit und lebendige Atmosphäre kann man damit nicht ins Zimmer holen, das vermögen nur natürliche Blumen. Doch das sollen die künstlichen Nachbildungen auch gar nicht: Sie bieten vielen lediglich einen Ersatz für die kostbaren Arrangements aus frischen Blumen, die ihrem Wohnstil entsprechen und gleichsam mit zur Einrichtung gehören. Konsoltischchen vor Spiegeln, Anrichten mit Aufsatz und säulenartige Blumenständer sind in französischen Wohnungen noch häufig zu finden, und sie sind beliebte Plätze, um Blumenarrangements wirkungsvoll aufzustellen, denn auch die modernen Franzosen lieben sehr

den Wohnstil vergangener Epochen, zu denen der repräsentative, klassische Stil französischer Blumenarrangements sehr gut paßt.
Frische Blumen schätzt man trotzdem sehr! Doch für sich selbst kauft man diese selten im Fachgeschäft; sie werden am Straßenstand oder auf dem Markt erworben und häufig unverpackt und im Originalbündel gekauft.
Da die Händler keine hohen Mietpreise und Arbeitslöhne zu zahlen brauchen, können diese Blumen billiger gehandelt werden. Die Aufgabe des Fachgeschäftes dagegen ist es dort, nicht lediglich Blumen zu verkaufen, sondern sie zu arrangieren. Braucht man Blumen für einen besonderen Anlaß oder als würdiges Geschenk – dann geht man zum Fleuristen. In voller Anerkennung der gestalterischen Leistung werden für Arrangements aller Art – auf die verarbeitete Blume wird eine »Mehrwertsteuer« erhoben – hohe Preise bezahlt. Das sollten wir wissen und bedenken, wenn wir beabsichtigen, durch die Blumenvermittlung »Interflora« (siehe S. 184 ff.) einen Blumengruß nach Frankreich zu senden.

In England ist Blumenstecken ein Hobby · Schon in Holland, aber mehr noch in England sowie in Amerika und Kanada existieren Liebhabervereine (flower clubs), deren Mitglieder sich mit dem Blumenarrangieren beschäftigen. Es gibt viele Bücher über das Blumenstecken, und die Schulung der Laien wird von Fachleuten in Form von Vorträgen und Kursen durchgeführt. Privatschulen der Blumensteckkunst werden gut besucht, und viele Laien beteiligen sich an Blumensteckwettbewerben und Ausstellungen. Dadurch haben sich lehrbare Formen entwickelt, wie die Blumen zum Arrangement zusammenzufügen sind, die englischem Stilempfinden und Wesen entsprechen. Wir können zwei Richtungen feststellen: Die eine wird als der »formale« oder »klassische« Stil bezeichnet, von dem Engländer selbst sagen, er sei typisch britisch; die andere gilt als »moderner« Stil.
Der formale Stil macht einen etwas steifen, strengen Eindruck. Die Blumen werden so gesteckt, daß sie ganz bestimmte Umrißformen gleichmäßig ausfüllen. Man formt, ähnlich wie in Frankreich, den dreieckigen, pyramidalen Aufbau, aber auch die breite, nach beiden Seiten ausschwingende Kuppelform. Ist die Arbeit für eine Tischdekoration bestimmt, so wird sie allseitig rund, meist ovalrund gesteckt; um sie vor eine Wand zu stellen, wird sie nur flach und einseitig ausgebildet. Neben diesen symmetrischen Formen besteht auch das »Bauschema« eines asymmetrischen Prinzips. Man kann die Grundform als Halbmond bezeichnen. Blüten und Blätter werden um eine geschwungene Achse geordnet, wobei Schere und Draht mithelfen, die passenden Blüten- und Blattpartien zu schaffen und diese in die richtige Stellung zu zwingen. Trotz der asymmetrischen Form wirken derartige Arbeiten sehr diszipliniert und ruhig und dies um so mehr, wenn – wie es oft geschieht – nur eine Blütenart verwendet wird. Sollen verschiedene Blütenarten

und -farben vereint werden, vermeidet man gern allzu große Farbkontraste. Ganz besonders wird darauf geachtet, daß das fertige Arrangement in Art und Farbe in die Wohnung und an seinen Bestimmungsort paßt. Man beachtet den Hintergrund, das Bild in der Nähe, die Eigenart der Möbel und stimmt das Arrangement hierauf ab. (Taf. 3, S. 11, Taf. 4, S. 12.)
Die benötigten Blumen kauft man wie bei uns im Blumenfachgeschäft, läßt sie aber nicht zu einem Strauß zusammenbinden. Sie werden, dicht nebeneinander gelegt, in Blumentransportkartons oder Cellophanpapier verpackt. Übrigens ist dies für den Transport eine sehr praktische Art. Die Blüten können sorgsam nebeneinandergelegt werden, auf die Stielenden kommt eventuell feuchtes Moos oder Seidenpapier, und der Karton behütet die Blumen vor jeglichem Schaden. Auch zum Verschenken läßt man die Blumen nicht binden, denn den gebundenen Strauß kann man nicht so einpacken, und er wird ohnedies auseinandergenommen, weil die Hausfrau die Blumen nach ihrem Geschmack ordnet. Statt dessen kommt dann um den Karton oder innen unter die Klarsichtfolie im Deckel eine große, bunte, farblich auf die Blüten abgestimmte Schleife, damit das Geschenk recht repräsentativ aussieht. Nun, diese Einkaufsgewohnheit hat etwas für sich. Sie ist natürlich nur dort sinnvoll, wo man es liebt, seine Blumen selbst zu arrangieren. Und das tut man in England. Dort wird nicht der fertige Strauß ausgewickelt, in ein Gefäß gestellt, in welches er vielleicht gar nicht paßt, und dann auf einen Platz gebracht, der durch Zufall gerade frei ist!
Für die streng geordneten Arrangements im klassischen Stil benötigt man ziemlich viele Blumen. Die Gestecke im modernen Stil dagegen fassen nur wenige Blüten und Zweige zusammen. Sie wirken locker und sind von linearem Aufbau. Ihren Reiz bekommen sie von den in der Form kontrastierenden Materialien und der Betonung dieses Formkontrastes durch die Anordnung. Wenn zum Beispiel fünf bis sieben Tulpen ziemlich kurzstielig auf einen Nagelblock in eine flache Schale dicht zusammengesteckt werden und aus diesem Tuff heraus sich einige Zweige der blühenden Weigelie seitlich neigen, dann ist dies eine reine Formspielerei. Auch die zwei Rosenblüten, kurzstielig in das Glas gesteckt als Mitte einer Anordnung von Blättern und Kätzchenzweigen, wirken durch den Formkontrast; ein Blatt wird sogar zu einer Schlaufe gebogen, und zwei Kätzchenzweige neigen sich völlig widernatürlich, doch das Spiel der so entstandenen Linien macht das Gesteck reizvoll.

Während also der »formal style« von Umrißformen und dekorativer Fülle gekennzeichnet ist, scheint der »modern style« vom Formengegensatz der Blüten und Zweige und vom reizvollen Zusammenspiel der Linien auszugehen. Alles in allem wirkt die englische Art, Blumen zu arrangieren, recht durchdacht; ein klarer Formwille wird deutlich, und eine gepflegte Wohnkultur beeinflußt die Einstellung des Menschen zur Blume.

Wie arrangiert man in Amerika die Blumen? · Liebhaberei und Geschäftssinn führen hier auf recht unterschiedliche Wege. Da ist der eine, der vom englischen klassischen Stil ausgeht, meist die dreieckige Umrißform liebt, eine Schauseite und eine Rückseite baut, aber frei von englischer Zurückhaltung zusammenfügt, was einen interessanten Effekt oder ein sich steigerndes Farbenspiel verspricht. »Viel gilt viel« scheint die Devise zu sein, und so sind die vielfältig zusammengestellten Arrangements üppig und teuer. (Taf. 5, S. 21.)

Ein bißchen wirkt sich dabei auch der Gedanke, daß fest zusammengefügte Blumen leichter zu transportieren sind, auf die kompakte Art der Blumengestecke aus, die immer in wasserhaltender Kunststoffmasse arrangiert werden. Blumenstiele sind meist gar nicht zu sehen, jedenfalls nicht von vorn. Die Fachgeschäfte liefern derartige Blumenzusammenstellungen oft in Gefäßen, die aus wasserfester Papiermasse oder Plastik bestehen. Da viel Blumen – im Gefäß arrangiert – verschenkt werden, hat es sich eingebürgert, Gefäße nicht aufzuheben, sie werden der Einfachheit halber gleich mit den verblühten Blumen weggeworfen. Aber wenn auch das Gefäß billig sein muß, soll es dennoch nicht billig aussehen! Weiße, kelchartige Gefäße, in barocker Manier geschweift und verziert, sind recht beliebt, aber auch Kübel und Vasen in der unterschiedlichsten Ausbildung gebräuchlich. Da Arrangements der beschriebenen Art auf effektvolle Reize, wertvolle Erscheinung und dekorative Wirkung abgestimmt sind, ist es nicht verwunderlich, daß die Plastikblume gleichberechtigt neben der lebendigen Blume steht, denn sie erfüllt ja auch alle die genannten Anforderungen. Der Käufer muß jedenfalls aufpassen, ob die Blume, die ihm gefällt, auch wirklich gewachsen und nicht etwa ein im Blumentopf eingegipstes Produkt der Kunststoffindustrie ist! Man probiert deshalb sicherheitshalber und betastet die Blätter – was frischen Blumen nicht immer zuträglich ist.

Doch neben der so zum Ausdruck kommenden mehr äußerlichen, dem eigentlichen Wesen der Blume nicht gerecht werdenden Einstellung zur Pflanze gibt es viele Amerikaner, die nicht nur ein Repräsentations- oder mehr noch Dekorationsobjekt in ihr sehen. Sie suchen einen engeren Kontakt mit der Blume, mit ihren mannigfaltigen Formen, den stimmungsvollen Farbspielen und ihrer Vollkommenheit. Man spürt, daß eine Blüte nicht nur optisch reizvoll ist und daß die massiven Arrangements – alle geometrisch und nach dem gleichen Klischee geformt – nicht dem Wesen der Blumen entsprechen. In Flowerclubs, in Privatschulen, sogar in Japan an berühmten Schulen der japanischen Blumensteckkunst suchen die Amerikanerinnen Anregungen für das Blumenarrangieren zu Hause. Je nach Schule und Persönlichkeit des »Schülers« entstehen die unterschiedlichsten Ausprägungen des Blumenarrangements. Die hierfür benötigten Schnittblumen werden ungebunden, meist ungeputzt und praktisch verpackt gekauft. Zu Geschenkzwecken liebt man es, wenn phantastische Schleifen um die Verpackung gebunden werden. Auch hier sind Sträuße in unserem Sinne nicht üblich. Entweder man ersteht das fertige Arrangement oder lose Blumen, die zu Hause arrangiert werden. Eine Besonderheit im Umgang mit Blumen sei noch erwähnt, auch wenn sie nicht das Blumenstecken direkt berührt. Die Amerikanerin liebt es, sich selbst mit Blumen zu schmücken. Am Aufschlag des Kostüms, auf der Schulter des Kleides, im Haar, am Hut, an der Handtasche oder zu einem Armreif oder Ohrklipp gefügt, werden sogenannte »Korsagen« getragen. Sie sind ein Arbeitsgebiet der Floristen. Aus frischen Blüten und Blättern, auch aus trockenem Material mit Band, Federn oder Perlen als Zutat versehen – je nachdem, was gerade den passenden Effekt hervorruft –, sind diese »Geschmeide« gearbeitet, und die Amerikanerin kauft sie zu vielen Gelegenheiten. Derartige Gebinde werden auch gern verschenkt, und so kann es passieren, daß ein Karton mit 10 oder mehr verschiedenartigen Blumenansteckern als Präsent überbracht wird. Der Tresor dieser Schmuckstücke muß dann der Kühlschrank sein. Frische Blüten am Kleid oder im Haar sind eigentlich ein recht liebenswürdiger Schmuck. Wählt man in Art und Farbe passende Blumen zum Kleid, so können sie ein anmutiger Akzent sein und die Individualität der Trägerin gut unterstreichen.

JAPAN, LAND DER BLUMENSTECKKUNST

Und nun zu dem Land, in dem das Blumenstellen schon seit Jahrhunderten eine anerkannte Kunstform ist – auf nach Japan! Das japanische Wort »Ikebana« (= Blumengesteck, auch als »lebende Blume« übersetzt) ist bei uns bereits ein Begriff geworden, wenn auch ein meist falsch verstandener! Sehr oft geschieht es, daß Freunde schöner Blumen und guter Arrangements beim Anblick einer modern gestalteten Blumenschale sagen, das sei »Ikebana«! Sie gelangen zu diesem Irrtum – denn es ist ein solcher –, weil sich in letzter Zeit bei uns ein Stil des Blumensteckens entwickelt hat, der mit der japanischen Art, Blumen zu arrangieren, manches gemeinsam hat. Wahrscheinlich haben wir auch vieles vom Ikebana gelernt, dennoch können wir lediglich vergleichen, nicht aber gleichsetzen. Ein Ikebana unterscheidet sich von unseren Arrangements, selbst wenn es ähnlich aussehen sollte, durch die geistigen Hintergründe, die zum Blumenstecken führen und welche die Ausprägung der Gestaltung bestimmen. Eine Japanerin wollte dies einmal während eines Blumenstell-Kurses, den ich miterlebte, deutschen Frauen erklären. Sie fand die schlichten, auch uns Europäern verständlichen Worte: »Ewiger Wandel belebt das All. Pflanzen, Tiere, Menschen, sogar Steine sind einbezogen in den ewigen Kreislauf des Werdens und Vergehens. Sie unterliegen zu allen Zeiten den gleichen Gesetzen. Indem wir Blumen

stecken, fühlen wir uns als ein Teil des Ganzen und spüren einen Hauch der Ewigkeit. Wir erkennen in der Blume eine Harmonie, die in allen Dingen ruht, und wenn wir Blumen stellen, dann erleben wir diese Harmonie, fühlen uns eins mit ihr und sind glücklich.« (Taf. 6 u. 7, S. 22 u. 23.)
Bei uns werden Blumen arrangiert, weil wir mit ihnen das Zimmer oder die Tafel schmücken wollen, weil wir uns an der Reinheit und Schönheit der Blumen erfreuen und weil wir durch sie Stimmung und Belebung in unserer Umgebung schaffen. Dem Japaner aber geht es nicht allein um das fertige Gesteck, sondern mehr noch um das Blumenstellen selbst: Pflanzen und Blumen leben – im Gegensatz zu allen menschlichen Wesen – ohne Widerspruch zwischen Geist und Körper und in absoluter Harmonie mit ihrer Umwelt. Daher vermag vielleicht die Beschäftigung mit den Blumen dahin zu führen, daß auch der Mensch von diesem großen Geheimnis des »Einsseins« mit seiner Umwelt etwas erfährt; denn dies ist ein religiöses Ziel, und man kann es nur erleben, nicht erlernen! Das Blumenstecken wird damit ein Weg zu dieser »Erleuchtung«, einem Wort, mit dem wir der geistigen Quelle der japanischen Blumensteckkunst näherkommen.
Der Buddhismus (Lehre Buddhas, des »Erleuchteten«) kennt schon sehr früh das religiöse Blumenopfer, und buddhistische Mönche arrangieren Blumen als Altardienst. Daraus haben sich die Formen des Ikebana entwickelt. Die Lehre Buddhas sagt unter anderem, daß das Wesen des Menschen eins ist mit allen Dingen der Natur und daß diese göttliche Wahrheit nur durch Erleuchtung erfahren werden kann. Beschäftigt man sich zum Beispiel mit Blumen, hat man auf diesem Wege (dem »Kado« = Blumenweg) die Chance, das Einheitliche im Wesen aller Dinge zu erkennen und damit sich selbst als eine Daseinsform der schöpferischen Kräfte zu erleben. Die Wahrheit offenbart sich allerdings nur, wenn man hinter der äußeren Erscheinung das tiefere Wesen der Dinge erspürt. Dies erklärt, weshalb beim Ikebana die Blumen zurechtgeschnitten und gebogen werden, je nachdem, welche Form der Gedanke erfordert, der zum Ausdruck gebracht werden soll. Wohl sucht man die Naturform, befreit sie aber von allen Zufälligkeiten der Realität, um nun damit ein Arrangement zu gestalten, in dem das Gedankliche neu zum Ausdruck kommen soll. So ist das japanische Blumenstecken eine für uns schwer verständliche Mischung zwischen der Suche nach Wahrheit und dem Ausdruck bereits gewonnener Erkenntnis. Den Japaner verbindet ein inniges Mitgefühl mit der Pflanze. Er sieht aber die Blume nicht allein um ihrer selbst willen, er sieht in ihr die Natur, den Segen der Sonne und die Kraft der Erde. Deshalb gibt der Japaner seinen Arbeiten gerne Namen und nennt sie »Sommersehnsucht« oder »Ähren im Wind«, »Blumentanz« und ähnlich. Ja, es mag nicht selten geschehen, daß er sich vor dem gelungenen Arrangement in Ehrfurcht verneigt, denn nun ist auch dieses eine Schöpfung, und aus ihm strahlt der gleiche Geist, der in allem

ruht. Das Empfinden der Harmonie allen Lebens, der Ganzheit in der Schöpfung ist der Sinn des Ikebana.
Wenn man dies erkannt hat, wird deutlich, wie sehr sich Ikebana vom deutschen Blumenstecken unterscheidet und wie verkehrt es ist, eine ähnlich aussehende Arbeit mit »Ikebana« zu bezeichnen. Wir sind hier auf eine Kunstform gestoßen, die ganz dem religiösen und philosophischen Leben der Japaner entspringt. Viele Jahrhunderte und mancherlei geistige Einflüsse haben mitgewirkt.

RIKKA UND SEIKA · Ein kurzer geschichtlicher Überblick mag uns dieser Kunst näherbringen: Bevor der Buddhismus im Jahre 525 n. Chr. aus China über Korea nach Japan kam, herrschte dort der »Shintoismus«, eine Naturreligion, deren Symbol das merkwürdig geformte Jochtor ist, das wir von Bildern aus Japan kennen. Auch die japanische Fahne geht auf die Mythologie des Shintoismus zurück, nach der die Sonnengöttin Amaterasu ihrem Enkel Ninigi die heute noch vorhandenen Reichsinsignien (Spiegel, Schwert und Juwelenschnur) gab und ihn damit zum Begründer der bis in unsere Zeit herrschenden Dynastie machte. Der Buddhismus verdrängte nicht den Shintoismus. Die Shintogötter leben in der Lehre von der Erleuchtung als »Bodhissattvas« (für die Erleuchtung bestimmte Wesen = zukünftige Buddhas) weiter; die Verehrung heiliger Berge oder Tiere und Pflanzen aus der Naturreligion bekam lediglich neue Aspekte. Es war vor allem das Verdienst des Prinzen Shotoku Taishi (gest. 621), daß der Buddhismus in Synthese mit dem Shintoismus eine das Inselreich Japan durch viele Jahrhunderte beherrschende geistige Macht wurde.
Die Geschichte erzählt nun, daß der Mönch Imoko im Tempel Rokakudo in Kioto der Schutzgottheit des Prinzen Shotoku die Blumenopfer in einer von ihm entwickelten, würdigen Form darbrachte. Er stellte dabei die Blumen in bestimmter Weise, aus der die älteste Form des Ikebana, das sogenannte »Rikka« (sprich Rikwa) entstand. In seiner Klause am Weiher, der »Ikenobo«, lehrte er andere Mönche dieses Blumenstellen, und heute noch existiert eine Ikebana-Schule mit dem Namen »Ikenobo«. Im 15. Jahrhundert machte ein Mann mit Namen Ikenobo Sengyo diesen Stil durch eine Ausstellung von Rikka im ganzen Land bekannt. Die Arrangements waren sehr groß und sind heute nicht mehr üblich. Sie wurden von Mönchen gestellt und den Göttern dargebracht.
Im 12. Jahrhundert bekam dann die Zen-Lehre Einfluß auf das religiöse Leben, und es entwickelte sich der Zen-Buddhismus, die japanische Form einer Meditationslehre, die das Sein des Menschen in absoluter Harmonie mit dem »Weltgrunde« sucht, bei völliger Aufgabe des eigenen »Ichs«. Die japanischen Ritter, die Samurai, haben sich mit großer Vorliebe der Zen-Lehre gewidmet und in strenger Zucht den Weg zur Selbstaufgabe und

5. Auch in Amerika sind die klassischen Formen der Blumenpyramide vertreten. Pracht und Üppigkeit sollen betont zum Ausdruck kommen. Zur Pflege der Blumen wird ein solches Arrangement nicht täglich auseinandergenommen, lediglich das verbrauchte Wasser wird ergänzt (siehe S. 17). ►

6. Die Kunst des Blumenstellens ist alt in Japan. Auch heute noch führt sie den Menschen zu Andacht und Vertiefung. Denn nicht allein das fertige Gesteck, sondern die Beschäftigung mit den Blumen und mit den Fragen allen Seins ist der eigentliche Sinn des Blumenstellens (siehe S. 18 f.).

7. Harmonie in sich und Harmonie mit der Umgebung zeichnen ein japanisches Blumenstück, das »Ikebana«, aus. Linien, Farben und Formen der Blumen, Zweige und des Gefäßes werden mit Bedacht zusammengestellt. Hier sind es zwei Rotdornzweige und ein Lilienblütenstiel (siehe S. 18 f.).

dem damit verbundenen Erlebnis der Wahrheit gesucht. Eine Form ihrer Meditation war auch das Blumenstellen. Indem also das Ikebana nicht mehr nur von den Mönchen praktiziert wurde, entstand ein neuer Stil: »Seika« (sprich Seikwa), auch »Shoka« (= festliches Gesteck) genannt. Ein derartiges Arrangement ist kleiner und scheint einfacher. Es vereinen sich nicht mehr acht verschiedene Hauptzweige rund um einen in der Mitte hoch aufragenden Zweig, der den Himmel (Shin) verkörpert, sondern es werden nur drei Hauptzweige nach festgelegten Regeln gesteckt. Während Rikka die Wunder der Natur im allgemeinen verkörpern soll, sieht man im Seika die Symbolisierung des Wachstums im Zusammenhang mit den Naturgesetzen. Die schöpferischen Prinzipien werden durch je einen Zweig verkörpert: männlich = der Himmel, weiblich = die Erde, dazwischen erscheint ein dritter Zweig als Symbol des Menschen, verbunden in Harmonie mit den Quellen allen Seins. Die Regeln beziehen sich auf die Auswahl des Gefäßes, die Wahl des »Hanadome« – das ist eine Vorrichtung zum Festhalten der Stengel in gewünschter Richtung (meist ein gegabelter Zweig) – die Länge und den Verlauf der drei Hauptzweige.

Seika wird heute nur noch selten gestellt, es gehört zu den klassischen Formen, die als veraltet gelten. Allenfalls wird es einmal für die »Tokonoma«, den in einer Nische befindlichen Weiheplatz im Wohnhaus, gearbeitet.

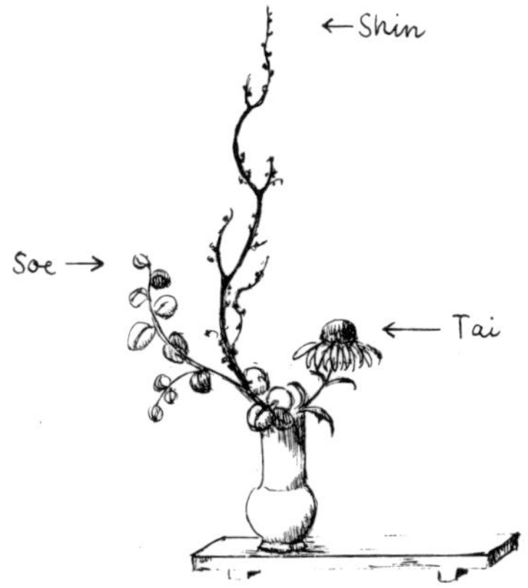

8. *Trotz der konservativen Halbmondform wirkt dieses Blumenarrangement modern. Das liegt an der interessanten Farbkombination. Das Gelb der Rosen, das Goldgelb der Rudbeckien und das Rot der Pompondahlien stehen in einem sehr lebhaften Kontrast zu dem Violett des Vorhanges (siehe S. 117).*

Nageire und Moribana · Nachdem im 16. Jahrhundert während der Teezeremonie Blumen gesteckt wurden, entwickelte sich der »Nageire«-Stil (auch Heika genannt), was »Einwurfgesteck« bedeutet. Er wird, wie die anderen Formen, immer in eine hohe Vase gesteckt, wirkt aber lockerer, wie hineingeworfen, im Gegensatz zu dem starren Aufbau der Seikaform. Im 19. Jahrhundert kam dann noch der »Moribana«-Stil hinzu. Ein solches Arrangement wird immer in eine flache Schale gestellt und wegen seiner natürlichen, wuchshaften Wirkung der »Blumenbusch« genannt. Da Nageire und Moribana heute sehr beliebte Ikebanaformen sind und da wir durch sie viel über Ikebana – aber auch für unser Blumenstecken – lernen können, wollen wir uns mit diesen Regeln etwas näher beschäftigen: Für das »Einwurfgesteck« (Nageire) und den »Blumenbusch« (Moribana) gelten festgelegte Regeln, genau wie für Rikka und Seika, man hält sich allerdings nicht allzu starr daran. Die Individualität der Pflanze und die des Künstlers dürfen sichtbar werden, doch müssen immer die Beziehungen zwischen den drei Hauptlinien deutlich sein.

Es gilt bei diesen Formen des Ikebana zunächst, die Gegensätzlichkeit der schöpferischen Prinzipien zu veranschaulichen. Dies geschieht durch unterschiedliche Länge der Zweige. Die Himmel-Linie (Shin) ist doppelt so lang wie die Erd-Linie (Tai). Außerdem ist die Neigung der Blütenstiele verschieden, meist auch das Material in Form und Farbe. So wird gern ein Gehölzzweig als Shin genommen, eine Blüte dagegen verkörpert Tai. Kontraste der Länge, Neigung und Art sind also von symbolischer Bedeutung. Denn auch Himmel und Erde sind Gegensätze; man kann sie charakterisieren als die Kontraste zwischen Licht und Dunkelheit, Bewegung und Ruhe, Geist und Materie, dem Befruchtenden und dem Bewahrenden. Werden die gegensätzlichen Kräfte des Himmels und der Erde zusammengeführt – wie es im übertragenen Sinne im Blumengesteck geschieht –, dann geben sie allen Dingen Leben. In der Einheit, der Harmonie der Gegensätze ruht nach japanischer Auffassung das Geheimnis der Schöpfung. Aus der Begegnung von Shin und Tai erwächst eine neue Kraft – im Ikebana verkörpert durch den dritten Zweig, die Mensch-Linie (Soe).

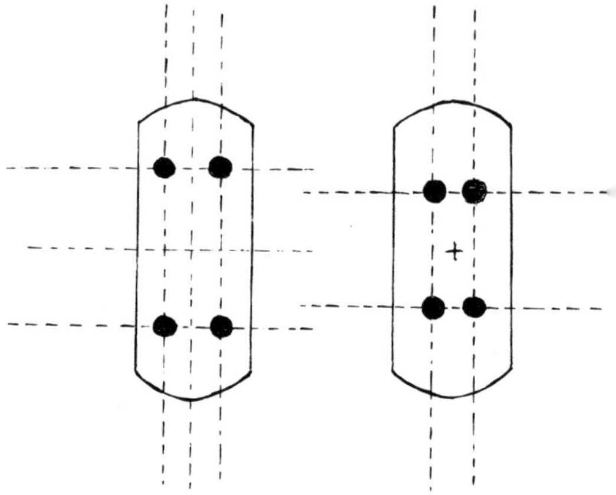

Die drei Hauptzweige werden als Grundgerüst im Ikebana angesehen, andere Zweige und Blumen können als sogenannte »Nebenzweige«, »Hinterzweige«, als Mitte oder als kurz davorgesetzter »Busch« hinzugeordnet werden. Alle Zweige entwachsen einem Punkt. Dieser soll weder beim Nageire noch beim Moribana in der Mitte des Gefäßes liegen. Man wählt eine Stelle rechts oder links davon, nach vorn oder hinten verschoben; in jedem Falle also aus beiden sich kreuzenden Mittelachsen herausgerückt. Da Nageire die Blumen in hohe Vasen stellt, ist dies nicht immer sehr deutlich zu machen; bei den flachen Schalen des Moribana ist es jedoch sehr wesentlich. Wir machen das übrigens ebenso, da die Asymmetrie und die damit verbundene Unregelmäßigkeit dem lebendigen Wesen der Blumen gemäßer ist als die geometrische und strenge Form der Symmetrie.

Bei einem Nageire werden die Blumen und Blätter in den Winkeln von sich kreuzenden Hölzchen und Zweiggabeln an ihrem Platz gehalten, die quer in die Vasenöffnung geklemmt sind. Auch Reisstroh, senkrecht und dicht in die Vase gesteckt und in Randhöhe abgeschnitten, ist ein beliebtes Steckhilfsmittel. Beim Moribana benutzt man einen Nagelblock, den sogenannten Kenzan – wir kennen ihn unter den Namen »Fakirbed«, »Blumen-Igel« oder »Steck-Igel«. Hier wollen wir ihn »Kenzan« nennen, denn das ist seine heimatliche Bezeichnung.

Der Kenzan wird also auf die ihm bestimmte Stelle in der Schale gelegt – ein zusammengefaltetes Stückchen Papier darunter verhindert allzu leichtes Verrutschen während des Steckens. Nun kommt Wasser in die Schale. Doch bevor die Zweige gesteckt werden, muß man sie eingehend betrachten. Es gilt zu erkennen, in welcher Stellung sie ihre größte Schönheit zeigen, welcher Zweig, welche Blüte sich für den zugedachten Platz eignet, ob noch Blätter oder Nebentriebe abgeschnitten werden müssen, weil sie sonst die gewünschte Linie verdecken, und wie kurz ein Stiel geschnitten werden muß. Diese Überlegungen sind sehr wichtige, vorbereitende Leistungen. Die Bemühung um die Einzelblume und die Muße, mit der die Anordnung im Arrangement getroffen wird, gehören zum Sinn des Blumensteckens.

Beim genauen Anschauen sieht man, wie eine Blume gewachsen ist; im Arrangement soll sie eine Stellung bekommen, die dieser natürlichen Haltung entspricht. Kein Blatt darf etwa die Unterseite nach oben richten, und die Blüte soll nicht ihr »Köpfchen« hängen lassen. Die Berücksichtigung der natürlichen Wuchsrichtung verpflichtet jedoch nicht, die volle Natürlichkeit zu wahren. Ist ein Stengel zu buschig beblättert, werden die überzähligen Blätter abgeschnitten, ist der Stiel zu gerade gewachsen, wird er mit viel Geduld und Feingefühl zwischen Daumen und Zeigefinger gebogen und geknetet, bis er sich in die gewünschte Richtung biegt. Man nennt diese wichtige Grundfertigkeit das »Fixieren« von Zweigen.

Die Länge der Zweige wird nach folgenden Regeln gewählt: Der Himmel-Zweig – auch der erste Hauptzweig genannt – ist der längste, schönste und stärkste: Er sollte beim Nageire eineinhalb- bis zweimal so lang über das Gefäß aufragen, wie dieses hoch ist. Beim Moribana wird der Durchmesser der Schale als Ausgangsmaß genommen: Die Länge des Shin über dem Gefäßrand beträgt das Eineinhalb- bis Zweifache des Durchmessers plus einmal die Höhe des Gefäßes. Sollte die Schale nicht rund sein, ist der längste Durchmesser zugrunde zu legen. Der Mensch-Zweig – der zweite Hauptzweig – hat dreiviertel der Länge vom Himmel-Zweig und der Erde-Zweig – der dritte Hauptzweig – die halbe Länge vom größten.

Für die Zuordnung und Stellung der Zweige gibt es mannigfaltige Lösungen. Die Schulen – und es gibt deren viele in Japan – lehren jedoch eine sogenannte »Grundform«. Diese muß absolut sicher beherrscht werden, ehe man sich an anderen Gestaltungen probieren darf oder gar freie Variationen gestalten kann. Die Grundform stellt die schlichteste und deshalb wohl auch die schönste Ausführung eines Ikebana dar. (Taf. 34 oben, S. 138.)

Zuerst wird der Shin gesteckt. Ob es nun eine Blume, ein Blatt, ein Gras oder ein Zweig ist, es wird als schön empfunden, wenn seine Linienführung leicht von der Senkrechten abweicht; sie sollte im elegant links ausschwingenden Bogen nach oben streben. Der zweite Hauptzweig soll bewegungsmäßig Shin unterstützen, er kommt ebenfalls auf die linke Seite des Arrangements – um etwa 40 bis 45 Grad schräg nach vorn geneigt. Der dritte Hauptzweig muß das Gleichgewicht herstellen, indem er rechts angeordnet wird – etwa um 70 bis 75 Grad geneigt. Denkt man sich eine Verbindung zwischen den Endpunkten der drei Hauptlinien, so soll ein unregelmäßiges Dreieck entstehen. Werden alle genannten Regeln beachtet, so erhält man einen harmonischen Grundaufbau.

Je nachdem welche Blumen und Zweige arrangiert werden, ist zu entscheiden, ob eine Mitte zwischen die drei Hauptzweige gesteckt werden soll, oder ob die Hauptzweige Nebenzweige zugeordnet bekommen. Für die Länge der Nebenzweige gibt es keine Regeln, es muß je nach den Umständen entschieden werden. Nur folgende Grundregeln müssen eingehalten werden: Die

Nebenzweige sollen nicht höher und stärker sein als die Hauptzweige. Sie müssen dicht an den entsprechenden Hauptzweig gesteckt werden. Blüten dürfen niemals in gleicher Höhe dicht nebeneinander stehen. – Strenggenommen machen wir das bei unserem Blumenstecken auch alles so, nur sprechen wir von Zusammenfassen in Staffelungen, von der Notwendigkeit freier Zwischenräume und von recht kontrastreichen Anordnungen bezüglich Länge, Neigung und Abständen.

Die Grundform kann spiegelbildlich umgestaltet werden: Shin um ein weniges nach rechts, Soe rechts vorn und Tai links – so erlangt man die »Spiegelform«. Neigt sich Shin sehr stark, etwa 30–40 Grad, und werden die anderen Zweige dementsprechend mit verschoben, so wird die »Schrägform« gesteckt. »Während die Grundform allein durch die Stellung der Hauptzweige lebhafte, aufwärts drängende Kraft der Pflanzen, großartigen Lebenswillen oder Stattlichkeit zum Ausdruck bringt, erweckt die Schrägform ein Gefühl der Zartheit oder Zuneigung, auch des Friedens und der Einsamkeit verwelkender Blumen«, sagte eine Japanerin. Selbstverständlich müssen daher die zugeordneten Blumen unter Berücksichtigung des Inhalts, der zum Ausdruck gebracht werden soll, ausgewählt werden.

Wird Shin unter die Waagerechte geneigt, so steckt man eine »Hängeform«. Der erste Hauptzweig hängt aus der Schale herab. Die Linie soll nicht steif wirken, sondern in einer weichen Kurve herabfließen. Sind zu viele Blätter an der Ranke oder am Zweig, muß alles herausgeschnitten werden, was die Klarheit der Linie ungünstig beeinflußt. Der zweite Hauptzweig wird ziemlich kurz zur Seite des Shin gesteckt. Der dritte Hauptzweig ist diesmal am höchsten angeordnet, er wird kurz geschnitten und soll recht buschig über dem Einstellungspunkt stehen. Erfüllt er die letzte Anforderung nicht, so wird er von dicht nebeneinandergesteckten Nebenzweigen unterstützt. Ein Arrangement in Hängeform wird gern auf ein in Augenhöhe angebrachtes Wandbrett gestellt.

Damit haben wir einige Formen des Moribana kennengelernt. Sie können vielfältig abgewandelt werden. Keine Regel schreibt vor, wie viele Einzelteile zusammengefügt werden müssen, ob ihre Zahl gerade oder ungerade sein soll oder ob bestimmte Arten von Pflanzen nicht mit anderen kombiniert werden dürfen. Das Material selbst und die gestalterische Absicht entscheiden. Eine Pflanze aus der Zusammenstellung soll möglichst das Thema verkörpern, dieser ordnen sich die anderen unter. Es ist leichter, einem Arrangement Ausdruck zu verleihen, wenn wenige, harmonierende Pflanzenarten kombiniert werden. Allzu große Vielfältigkeit verwirrt und »ertränkt« den Gedanken. Ein grundlegendes Prinzip der Auswahl ist die Zusammenstellung von Grünpflanzen mit Blumen: so kommt zur weißen Lilie ein schöner Zweig der buntlaubigen Hasel, zum großen Aralienblatt werden wenige Nelken und Gräser gewählt oder ein noch unbelaubter Erlenzweig zur farbigen Pracht der Tulpen mit ihren frischgrünen Blättern. Relativ selten findet man im Nageire wie im Moribana, daß zwei Blütenarten kombiniert werden; viel lieber werden zwei in der Form bzw. im Wuchscharakter unterschiedliche Blätter und Zweige gewählt. Die Kombinationen derart verschiedener Pflanzenteile können voller Harmonie und zauberhafter Schönheit sein.

Ikebana im Leben der modernen Japaner · Das Material erwirbt der Japaner heute vielfach im Blumengeschäft, doch noch häufiger schneidet er es nach wie vor im Garten oder in Feld und Wald. Dabei wird nicht willkürlich gesammelt, was greifbar ist, sondern man plant bereits voraus, was gesteckt werden soll, wobei man sich allerdings zusätzlich von dem vorhandenen Flor anregen läßt. Danach wird der Zweig oder die Blume nach intensiver Betrachtung ausgewählt, sorgfältig geschnitten und wie ein Kleinod nach Hause getragen.

Das in aller Muße gesteckte Arrangement bekommt seinen passenden Platz im Wohnraum. Soll es neben einem Rollbild (Kakemono) stehen, muß es zum Stil der Zeichnung, zur Farbigkeit und Größe des Bildes passen. In einem typischen japanischen Wohnraum gibt es die Tokonoma – eine Raumnische, wie bereits erwähnt –, in der gern größere Gestecke aufgestellt werden. Ist keine Tokonoma vorhanden, werden kleinere, schräg oder hängend arrangierte Blumenstücke auf Simse oder Regale gestellt. Wohnräume, die nach westlicher Art eingerichtet sind, werden durch ein Ikebana auf dem Tisch, dem Kaminsims oder einem Blumenständer geschmückt; immer jedoch wird ein Einklang zwischen Arrangement und Umgebung angestrebt. Selbst die Beleuchtungsverhältnisse, Stellung zum Fenster usw. werden berücksichtigt, damit sich das Ikebana auch bezüglich Licht und Schatten in seiner größtmöglichen Schönheit zeigt.

Ikebana gehört zum geistigen Leben der Japaner. Bereits in der Schule wird die Kunst des Blumenstellens gelehrt. Viele erwachsene Japaner und Japanerinnen besuchen weiterhin private Schulen, die oft mit einem Blumengeschäft gekoppelt sind, das an seine Schüler die zum Arrangieren notwendigen Materialien verkauft. Handelt ein Geschäft jedoch mit fertigen Arrangements, so haben diese nichts mehr mit Ikebana gemein. Das kommerzielle Blumenstecken folgt weitgehend dem amerikanischen Vorbild; allenfalls versuchen Betriebe, die viele Touristen als Kunden haben, eine ungleichmäßige Dreieckform herauszubilden.

In den Schulen wird ernsthaft gelernt. Man kann sogar Prüfungen mit verschiedenen Schwierigkeitsgraden ablegen. Immer stehen die geistige Einstellung zum Ikebana, die Grundregeln und -fertigkeiten im Mittelpunkt der Übungen. Man beschreitet ganz bewußt den »Blumenweg« (Kado). Es wird nicht einfach darauflos experimentiert, das hieße nicht den richtigen Weg gehen! Indem man sich zunächst mit dem beschäftigt, was bisher erkannt und gelehrt wurde, stellt man sich selbst in den großen Zusammenhang der Entwicklung. Man geht den Kado und kann schließlich eigene Schritte auf diesem Weg tun, der letztlich zur seelischen Harmonie mit dem Leben und der Umwelt, zur Ganzheit führen kann. Die letzte Konsequenz im Ikebana ist immer eine ganz persönliche. So nimmt es nicht wunder, daß in Japan ganz verschiedenartige Abwandlungen von Nageire und Moribana gelehrt werden.

Nach dem letzten Krieg haben einige Japaner ihren Weg gefunden, indem sie als Menschen unserer Zeit einen neuen Stil – den sogenannten »freien Stil« – den althergebrachten Ikebanaformen hinzugefügt haben. Sie gehen von dem Gedanken aus, daß die Göttlichkeit in allen Dingen lebt, in allen Formen und Zuordnungen; man muß nicht nur Blumen zusammenstellen, auch Steine und Beton, Wolle oder Draht, Glas, Kunststoff und anderes sind Teile des Universums. Derartige Materialien werden zu abstrakten Gebilden zusammengefügt, und nur selten sind konventionelle Gestaltungsregeln berücksichtigt. Wie die bildenden Künste unserer Zeit, so geht auch das moderne Ikebana von den gestalterischen Möglichkeiten aus, die im Material selbst liegen. Hinzu kommt der Drang, Empfindungen und Gedanken Ausdruck zu verleihen. Werke im freien Stil haben – so individuell sie sind – oft eine interessante, überraschende Wirkung. In Eingangshallen von Hotels, Banken oder anderen Gebäuden werden mitunter riesige Ikebana-Plastiken aus pflanzlichen und anorganischen Materialien aufgestellt, und sie finden Beachtung und Bewunderung. Aber auch »handliche« Kompositionen werden gearbeitet und gehören zum Unterrichtsprogramm führender Schulen (Taf. 34 unten, S. 138). Anhänger des traditionellen Ikebana fragen sich jedoch, ob derartige Werke noch »Ikebana« zu nennen sind; sie bezweifeln, ob Arrangements im freien Stil den Menschen auf den Weg zu führen vermögen, der durch Ikebana gesucht wird. Formale Experimente und äußere Effekte scheinen zu sehr bestimmend zu sein; den Arrangements geht vielleicht deshalb die so glücklich machende »Seele« verloren. Nun, alles Neue wird erst einmal skeptisch angesehen, ob der freie Stil seine allgemeine Anerkennung finden wird, muß die Zukunft zeigen. Seine Anhänger sind jedenfalls von ihrer künstlerischen Sendung überzeugt, und sie sagen – wie die modernen Künstler unseres Kulturkreises auch –, daß wir neue, unkonventionelle Ausdrucksformen brauchen, die die Gedanken und Empfindungen der Menschen unserer Zeit verkörpern, die der verwirrenden Vielfalt der Individualitäten und der neuen Sicht und Lebensweise entsprechen. Das Blumenstecken ist in Japan eine anerkannte Kunst, und so ist es verständlich, daß es eine Parallelentwicklung zu anderen bildenden Künsten durchmacht. Auch in unserem Blumenstecken werden wir eine ähnliche Entwicklung feststellen.

UND WAS IST FÜR UNS GÜLTIG?

Nicht jeder hat das Glück, Freude am Blumenstecken zu empfinden. Vielfach fehlt jedoch nur die Anleitung. Wie wir hören, schulen sich die Japanerinnen lange Jahre hindurch im Ikebana, englische und amerikanische Frauen suchen Anregungen und Belehrung in Klubs und Vorträgen. Bücher über das Blumenstellen gibt es in England, Amerika und Japan in reicher Zahl. In letzter Zeit ist auch bei uns der Wunsch nach Information größer geworden. Bücher über die japanische Blumenstellkunst sind erschienen. Auch über Teilgebiete des Blumenstellens unserer Art gibt es Veröffentlichungen. Die Liebe zu Blumen ist weit verbreitet, und eine Wohnung ohne Blumen ist kaum denkbar. Blumenausstellungen, von Fachleuten gestaltet, finden großes Interesse. Man freut sich nicht nur an dem immer reichhaltigeren Blumenangebot, man nimmt auch Anregungen für das Anordnen von Schnittblumen in Vasen und Schalen mit nach Hause. Es werden Steckhilfsmittel gekauft, die neue Möglichkeiten des Arrangierens bieten. Gefäße unterschiedlichster Art erfordern entsprechende Blumenzuordnungen. Der einfach in die Vase gestellte Strauß entspricht nicht mehr den Ansprüchen, die man an eine gute Blumenkomposition stellt. Schließlich prägt der Mensch mit seiner Persönlichkeit den Stil eines Blumenarrangements. (Taf. 9, S. 33.)

So können wir auch bei uns unterschiedliche Blumengestaltungen feststellen. Trotz vieler Mischformen sind genaugenommen vier Stile zu charakterisieren: Von üppiger Pracht ist der eine, festliche, dekorative – von zarter Poesie und voller Natürlichkeit der andere, der wuchshafte oder vegetative – wie eine abstrakte Komposition voll linearer Reize der dritte, den wir den formalen Stil nennen wollen – und schließlich bescheiden, ruhig und freundlich das Formgesteck, wie es uns im Biedermeierstrauß begegnet.

Das »dekorative« Gesteck können wir in seinem Wesen dem französischen oder dem klassischen englischen Arrangement gleichstellen; es zeigt jedoch in seiner Ausführung beachtliche Unterschiede. Die Blumenfülle ist trotz aller Üppigkeit aufgelockerter, die Gesamtgestaltung körperhaft rund, nicht so betont mit einer »Rückwand« aufgebaut, und die Blumen sollten ihr Bestreben, sich dem Licht entgegenzuheben, deutlich machen, auch wenn sie nicht in ihrer natürlichen Wuchsrichtung gesteckt werden.

Im »vegetativen« Arrangement dominiert die Grundregel, daß nichts entgegen seiner natürlichen Wuchshaltung angeordnet werden darf. Dieser Typ des Blumengestecks hat sehr viel mit dem Ikebana in den Stilformen des Nageire und Moribana gemeinsam.

Beim Zusammenstellen eines »formalen« Blumengestecks geht man von dem Gedanken aus, unterschiedliche Formen von Blüten, Blättern und Zweigen in ein spannungsreiches Zusammenspiel zu bringen. Die Zwiebelblüte (Allium) beispielsweise wird als runde Kugelform betrachtet, der zur Blüte gehörende Stiel kann wegfallen, und ein langes Sansevierienblatt ist lediglich ein formaler Gegensatz. Die natürliche Wuchsrichtung kann beim Arrangieren unbeachtet bleiben. Durch die Komposition von Formen und Linien tritt der abstrakte Charakter des Gestecks in Erscheinung. Dieser Typ des Arrangements hat seine Parallelen im Ikebana freien Stils und in der modernen englischen Blumenordnung. (Taf. 35, S. 139.)

Der letzte Typ der Blumengestaltung, das »Formgesteck«, wird ganz von der geschlossenen Umrißform bestimmt. Die Blumen und Blätter sind nur Bausteine; Wuchscharakter und Persönlichkeit der Pflanze kommen gar nicht oder nur sehr gering zur Geltung. Bei uns ist der Biedermeierstrauß mit seiner runden, farbig aufgegliederten Blütenkuppel ein typisches Beispiel für diesen Stil. Vor allem in Österreich sind derartige Schalen-, Vasen- und Korbfüllungen sehr beliebt. Auch die Blumenpyramiden in England und vor allem in Amerika haben häufig den Charakter eines Formgestecks.

Da im weiteren Verlauf dieses Buches noch im einzelnen über die vier Stilrichtungen gesprochen werden soll, mag die kurze Gegenüberstellung genügen. Sie will hier lediglich deutlich machen, daß durch Art und Weise, wie Blumen gesteckt werden, eine bestimmte Wirkung erreicht werden kann. Es ist deshalb nicht ratsam, die Stile zu vermischen; man würde sich vieler schöner Möglichkeiten berauben, ausdrucksvolle Blumenarrangements zu gestalten.

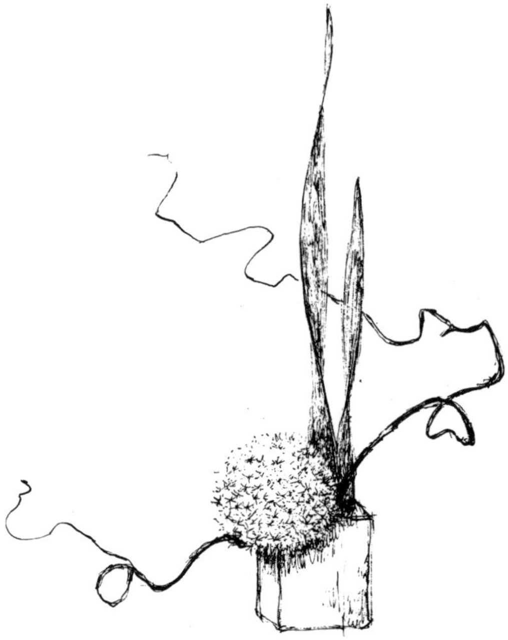

9. »Gegensätze ziehen sich an.« Hier sind es vor allem Gegensätze der Stofflichkeiten, die den Reiz dieser Einrichtung bestimmen. Der weiche Flausch des Teppichs kontrastiert stark mit der gläsernen Härte des Tisches und der seidigen Glätte der Polster. Die rauhe Natursteinwand ist ein weiterer Kontrapunkt gegenüber der Eleganz der Sitzgruppe. Auch die Blumenvase ist nach dem Gesichtspunkt des Kontrastes ausgesucht, denn was würde sich besser von der Wand abheben als das gewählte Porzellan, angefüllt mit einem farbenprächtigen Strauß? Die Wirkung der Materialien mit ihren arteigenen Strukturen spielt im heutigen Gestalten eine große Rolle (siehe S. 111).

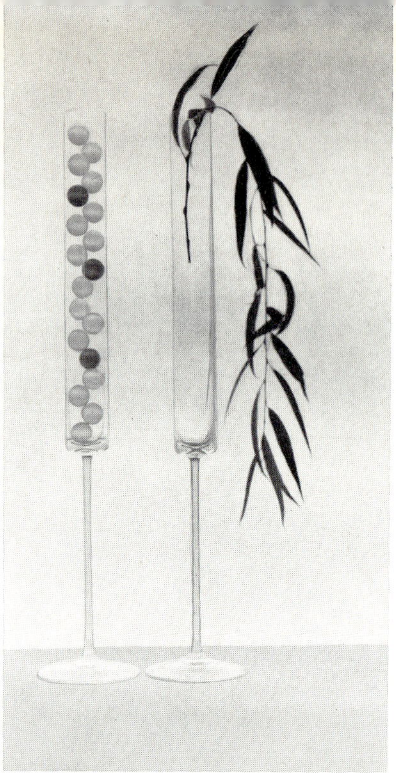

10. Glas ist ein besonders reines, edles Material, dessen Charakter durch klare Gefäßformen betont wird (siehe S. 46). Die Glasschale (oben links) ist gut sichtbar unter der lockeren Blumenanordnung. Daneben Glaskugeln in dem einen Glas und das graziöse Linienspiel des Trauerweidenzweiges im anderen. Die hohen, schlanken Gefäßformen steigern die elegante Wirkung der Gläser (oben Mitte). Die Phalaenopsisrispen (oben rechts), deren schwingende Bewegungen sich in den Blättern und Ranken wiederholen, harmonieren wunderbar mit der weichen Rundung der materialgerechten Tropfenform des Gefäßes (siehe S. 41 f.). Die sonst ungewöhnliche Beigabe von Straußenfedern im Glaskelch (unten) hebt die Besonderheit eines Faschingsabends hervor (siehe S. 174).

11. Dieser Korb ist in seiner eigentlichen Funktion ein Sammelgefäß. Dem wird durch die Art der Blumenanordnung entsprochen, indem man die Blüten so arrangiert, als wären sie gerade bei einem Gang durch den Garten geschnitten worden (siehe S. 49).

12. Die Durchsichtigkeit des Glases ist hier gestalterisch besonders reizvoll genutzt. Die Pfingstrosen, Schwertlilien und Gräser entwachsen dem Boden des Glaskelches, der sie in der unteren Partie wie schützend umschließt. Natürlich ist hier ein Steckhilfsmittel verwendet worden (siehe S. 46).

SCHNITTBLUMEN BRAUCHEN EIN GEFÄSS

Das notwendige Drum und Dran

Blumenstellen ist eine handwerkliche Tätigkeit, zugleich allerdings auch eine schöpferisch-gestalterische Leistung. Man kann sogar eine Kunst darin sehen. »Kunst« aber, so sagt man, kommt von »Können«! Ehe wir uns also mit Gesichtspunkten des künstlerischen Gestaltens beschäftigen wollen, gilt es, erst das Handwerk zu erlernen. Deshalb sollen zunächst grundlegende Fragen der Gefäßwahl, Blumenvorbereitung und -pflege, der Steckhilfen und des Steckvorganges erklärt werden.

Die Schnittblume braucht vor allem Wasser, um noch eine Zeitlang ihre Frische und Schönheit zu bewahren. Da die Wurzel ihr keine Feuchtigkeit mehr aus dem Boden zuführen kann, stellen wir sie in ein Gefäß mit dem lebenspendenden Naß. Nun saugt sie durch die Schnittfläche Wasser auf – teilweise auch durch die Oberfläche des im Wasser stehenden Stieles. Die Wurzel vermittelte den Blättern und Blüten aber nicht nur die lebenswichtigen Stoffe, sie verankerte die Pflanze auch im Boden. Dieser Halt ist der Schnittblume ebenfalls genommen. Das Gefäß muß hier Ersatz bieten. Nicht immer kann es diese Aufgabe ohne Steckhilfsmittel erfüllen, aber es ist in jedem Fall die sichere und standfeste Basis.

PRAKTISCHE ANFORDERUNGEN AN DIE BLUMENVASE · Das Gefäß hat zunächst zwei wichtige technische Funktionen zu erfüllen: Erstens muß es genügend Raum für das Wasser bieten, und zweitens muß es standfest sein. Allzu schlanke Väschen, selbst wenn sie zur Aufnahme nur eines Blumenstiels bestimmt sind, enthalten meist zuwenig Wasser. Eine Blume kann nämlich unter Umständen sehr viel Wasser verdunsten. Wußten Sie schon, daß eine Birke mittlerer Größe an einem warmen Sonnentag 400 Liter Wasser zu verdunsten vermag? Nun, hier geht es nicht um ganze Bäume, aber umgerechnet und nur auf ein einzelnes Birkenblatt bezogen, bedeutet das eine Verdunstungsmenge von etwa 2 ccm pro Blatt! Wenn die Transpiration der Blumen auch sehr unterschiedlich ist, da sie von Wärme und Luftbewegung, Luftfeuchtigkeit und Verdunstungsfläche der Blätter beeinflußt wird, sollten wir doch lieber zuviel als zuwenig Wasser geben. Hinsichtlich der Standfestigkeit des Gefäßes soll nur soviel gesagt sein, daß natürlich elegante, hohe Gläser mit einem kleinen Fuß gefährdeter sind als breite, flach lagernde Keramikschalen. Es gilt also beim Anordnen – vor allem in schlanken, geständerten Gläsern – Gleichgewicht und Schwerpunktlagerung zu beachten. Seitliche Ausdehnungen dürfen hier nicht einseitig betont sein, und die Menge der gewichtigen Blüten muß so niedrig wie möglich arrangiert werden. Das bedeutet aber nicht, daß wir auf seitlich ausschwingende Partien verzichten müßten, oder daß die schwereren Blütenformen alle dicht am Wuchsmittelpunkt (siehe S. 92 ff.) gelagert sein sollten. Erlauben Gefäßform und Wuchsbewegung der Pflanzenteile seitliche Ausdehnungen, so ist es am besten, Staffelungen (siehe S. 98 f.) auszuarbeiten, welche in drei verschiedene Himmelsrichtungen weisen. Sehen wir dann von oben auf das Gefäß und denken wir uns Verbindungslinien zwischen den Endpunkten dieser seitlich ausladenden Staffelungen, so erhalten wir ein Dreieck, dessen Mittelpunkt genau über der Mitte des Gefäßes liegen muß. Dadurch ist auch bei relativ hoch liegendem Schwerpunkt eine befriedigende Standsicherheit gewahrt. Wollen wir den Schwerpunkt günstig lagern, so wird es gut sein, sowohl den Wuchsmittelpunkt durch die Anordnung runder und größerer Blüten oder Blätter kraftvoll auszugestalten als auch die nach unten schwingenden oder abfließenden Partien nicht zu vernachlässigen. Dadurch kommen wir zu einer »dekorativen« Gestaltungsform mit einem tropfenförmigen Umriß (siehe S. 98 ff.), in dem die Masse der Blüten und Blätter seitlich oder gar nach unten weisend gesteckt ist. Das bedeutet für die Auswahl der Blumen eine gewisse Einschränkung, da wir ja für diese Partien nur ausschwingende oder abfließende Formen wählen können. Allein für die senkrechten und aufstrebenden Linien sind gerade, aufrecht wachsende Blumen zu verwenden. So wären zum Beispiel folgende Blumenkompositionen in Kelchgläsern schön: blühende Mandelzweige (Prunus triloba), Anemonenblüten (Anemone coronaria) in Blau oder Violettpurpur und weißer oder purpurrosa gefärbter Ginster, für die Mitte Funkienblätter (Hosta lancifolia). Oder wir nehmen weiße, kleinblumige Glockenblumen (Campanula persicifolia), Tränende Herzen (Dicentra spectabilis) und Immergrünranken (Vinca minor). Ein weiteres Beispiel wäre: Gräser, Nerineblüten (Nerine sarniensis) und Zweige der Schneebeere (Symphoricarpus albus) ohne Blätter, aber mit den hübschen weißen Beeren, dazu runde Bergenienblätter (Bergenia cordifolia) in die Basis.

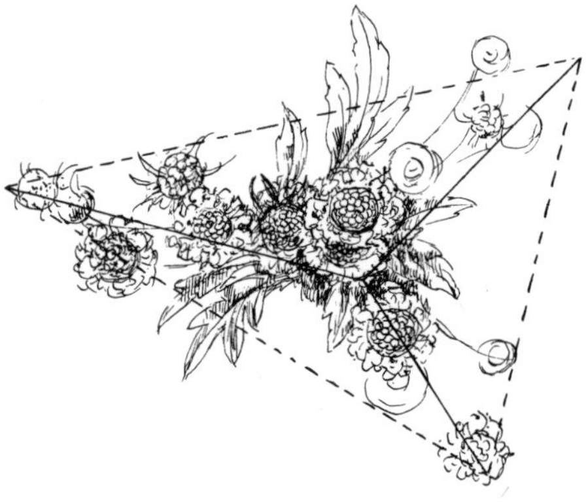

WANN KANN MAN EIN GEFÄSS ALS SCHÖN BEZEICHNEN? · Nun müssen wir uns noch darüber klarwerden, welchen weiteren Anforderungen die Vase genügen muß, damit sie sich mit den Blumen zu einer erfreulich anzusehenden, gestalterisch harmonischen Einheit verbindet. Denn es genügt nicht, daß ein Gefäß zweckmäßig ist, es muß auch in sich schön sein und außerdem passend zum Anlaß und zu den Blumen gewählt werden. (Taf. 13, S. 53.)

Aber wann nennen wir ein Gefäß schön? Die Beantwortung dieser Frage ist gar nicht so einfach, vor allem deshalb, weil allzuoft persönlicher Geschmack mit einer objektiven Wertung verwechselt wird. Während beispielsweise der eine dem alten patinierten Kupferkessel seine ganze Liebe schenkt, gefällt dem anderen die Durchsichtigkeit und Eleganz eines Glaskelches besser. Unsere Individualität, unser innerstes Wesen entscheiden, für welches von den schönen Dingen wir mehr Zuneigung empfinden. Nicht alles Schöne gefällt, und andererseits ist nicht alles schön, was gefällt! Da gibt es zum Beispiel kleine Porzellan-Schwäne, die hohl sind und zwischen den aufgestellten Flügeln eine Öffnung zum Wassereinfüllen und Blumeneinstellen aufweisen! Dabei kommen Blumen in einem solchen »Gefäß« gar nicht zur Wirkung, weil die in diesem Falle widersinnige Schwanform viel zuviel Aufmerksamkeit fordert und von ihnen ablenkt. Außerdem muß es uns höchst merkwürdig berühren, wenn aus einem Tierrücken Blumen wachsen! Will aber der Spieltrieb auch befriedigt werden, so nehme man beispielsweise ein keramisches, in italienischer Malerei bemaltes Eselchen, mit zwei Körben rechts und links vom Rücken herabhängend, und lasse dieses freundliche Tierchen in seinen ja schließlich zum Tragen vorgesehenen Behältern Blumen transportieren. So könnte ich mir eine Tafel beziehungsreich geschmückt denken, wenn sich Freunde zu einer Wiedersehensparty treffen, um nach einer Italienreise Erinnerungen auszutauschen.

Um ein Gefäß nicht nur gefühlsmäßig, sondern auch nach Maßstäben des Verstandes beurteilen zu können, sollten wir uns einige Richtlinien merken. Diese helfen uns, unschöne und kitschige Gefäße zu erkennen. Hier taucht der Begriff »Kitsch« auf, der in einem Lexikon als innerlich unwahre, den Kunstgesetzen auch äußerlich nicht entsprechende Scheinkunst definiert wird. Die Bezeichnung »innerlich unwahr« weist schon auf einen wesentlichen Beurteilungsgesichtspunkt hin, nämlich auf die Forderung nach »Wahrhaftigkeit«! Eine Keramikvase, die durch die Glasur eine Oberflächenwirkung bekommt, als sei sie aus altem Zinn, ist eine Lüge! Hier wird etwas vorgetäuscht, und das ist abzulehnen. In die gleiche Rubrik gehören Preßglasvasen, die edlen Kristallschliff imitieren, oder Tonvasen, die ein Stück Bambus sein wollen. Der Porzellanschwan als plastische Gestaltung mag den ergötzen, der an der gekonnten Formgebung und der makellosen Reinheit des Materials seine Freude hat; das ist kein Kitsch! Aber wenn der Schwan zur Vase wird, dann ist der »inneren Wahrheit« der Tierform widersprochen und somit die Forderung nach Wahrhaftigkeit nicht erfüllt. Das viereckige kleine Tonschälchen, das wie ein aus Ziegeln gebauter Schornstein aussieht und als Pflanzenschälchen für Kakteen verwendet wird, ist ebenfalls abzulehnen. Es entspricht nicht dem Wesen eines Schornsteines, daß Blumen darin wachsen, also passen sie auch nicht in sein Abbild. Nur eine Ausnahme mag gelten: Denken wir an den Neujahrstag; sollen mit

dem Glückwunsch auch Glücksbringer in das Haus der Freunde geschickt werden, dann mag der Schornsteinfeger mit dem Hufeisen in der Hand und dem Schweinchen im Arm auf dem Rand »seines« Schornsteines stehen, aus dem der vierblättrige Klee (Oxalis tetraphylla) wächst.
Damit hätten wir den nächsten »Wertmesser«: Das Gefäß soll »zweckgerecht« sein; das heißt, daß es zum Anlaß passen muß! Der Zweck des Blumenarrangements entscheidet weitgehend über die Wahl der Vase. Die Eigenschaften – Farbe, Form und Oberflächenstruktur – sowie der Charakter des Gefäßes müssen betrachtet und mit den Blumen, der Umgebung und nach dem erforderlichen Stimmungsgehalt kombiniert werden. Dabei ist es nicht nötig, nur regelrechte Blumenvasen in die engere Wahl zu ziehen, auch Flaschen, Salatschüsseln, Zuckerdosen oder kleine Holzzuber, Papierkörbe oder Eßteller und vieles andere können zum Blumenstellen verwendet werden. Denn all diese Gerätschaften sind dazu bestimmt, etwas aufzunehmen und zu bewahren. Von alten Holzkohleplätteisen kann man das aber nicht behaupten! Und dennoch werden diese als Einstellgefäße für Blumen verwendet. Ja, es gibt sogar verkleinerte Nachbildungen, also Neuschöpfungen, die für diesen Zweck hergestellt sind. In unserem Zeitalter der wiedererstandenen – allerdings elektrifizierten – Petroleumlampe kann man schon verstehen, daß ein Bügeleisen dieser altertümlichen Form ein beliebtes Requisit für die »Utensiliensammlung« ist, aber mehr kann es niemals sein, vor allem keine Blumenvase, denn es entspricht weder formal noch sinngemäß diesem Zweck.
Doch wieder zurück zu Gefäßen, die für das Blumenstellen zweckgerecht sind. Die Salatschüssel oder das Bierglas werden nicht etwa zweckentfremdet, wenn man Blumen hineinordnet. Diesen Gefäßen geht es wie dem Papierkorb, der ja erst zum »Papier«-Korb wird, wenn man Papier in ihm sammelt. Ansonsten ist er lediglich ein Gefäß, geflochten aus Rohr oder Holzspan, in bestimmter Größe und schlichter Form. Durch ein hineingestelltes Plastikeimerchen oder eine Blechbüchse wird er zur idealen »Bodenvase«, denn er erfüllt alle gestalterischen Anforderungen. Diese heißen in ein Wort gefaßt: »Unterordnung«! Denn das Gefäß dient der Blume nicht nur funktionell, sondern auch gestalterisch. Es untermalt sie, ergänzt sie, vervollkommnet die Blumenkomposition in harmonischer Zuordnung. Gut gewählt, wird es die Blume in ihrer Wirkung und Eigentümlichkeit steigern. Wir kommen damit zu einer dritten Forderung: sie heißt »Formentsprechung«.
Hierbei trifft das Wort, daß gleich und gleich sich gern gesellen, zu. Man kann nämlich die formale Eigenheit der Blume durch eine charakterlich gleiche Form des Gefäßes unterstreichen. Denken wir zum Beispiel an die gerade aufstrebende Königskerze (Verbascum) oder den kraftvollen Blütenschaft vom Rittersporn (auch Amaryllis, richtig aber »Hippeastrum«

genannt). Man kann deren stolze Haltung unterstreichen und die Persönlichkeit der Blume betonen, indem die Wuchsbewegung der Blume bereits in einer geraden Gefäßwandung begonnen wird. Die runde Ballform der Pfingstrose (Paeonia) oder die Blütenscheibe der Sonnenblume dagegen finden formale Unterstützung in bauchigen Gefäßen mit runder Umrißform, zumindest aber mit geschweiften Umrißlinien. Auch die leicht ausschwingende Nelke oder die elegant zur Seite geneigte Blütenrispe der Staudenwicke (Lathyrus latifolius) oder des Sommerflieders (Buddleja) harmonieren mit Gefäßen geschwungener Umrißgestaltung.

Bei dieser Betrachtung wird klar, daß die modernen, streng zylindrisch geformten Vasen in den seltensten Fällen wirklich zu den Blumen passen. Tatsächlich sind sie nur für formale Kompositionen oder für wuchshafte Arrangements mit Blumen von gerade aufstrebender Wuchsform oder der aufstrebenden Entfaltungsform dienlich. Wer die Sachlichkeit gerader Linien liebt, wähle lieber ein becherartiges Gefäß. Die leicht geneigten, aber geraden Wandungen harmonieren wohl mit den aufstrebenden Blumenformen, durch die Schrägstellung führen sie aber auch organisch in die ausschwingende Bewegung vieler Blütenstiele über. Der Becher ist außerdem für dekorative Arrangements gut brauchbar und somit eine recht universal verwendbare Vasenform. Auch die Kugelvase ist relativ formneutral und für wenige Blütenstiele genauso passend wie für den üppigen Strauß. Ihre runde, sammelnde Form wirkt wie ein Kern, aus dem die Blumen hervorbrechen, gerade wegstrebend oder in elegantem Bogen sich schwingend.

Die flache Schale hat kaum eigenen Formcharakter. Sie ist lediglich Untergrund, eine Fläche, über die sich die Blumen ihrer Natur gemäß erheben.

Mit Hilfe wasserhaltender Steckhilfsmittel können wir uns sogar ganz von dem Gefäß frei machen (siehe S. 52 ff.). So ist es möglich, auf einer Glasscheibe, einem Wurzelstück oder an einem Kerzenleuchter und anderem Blumen zu arrangieren, die dennoch frisch zu erhalten sind. Derart ungewöhnliche Blumengestecke eignen sich gut für Tischdekorationen oder einen aparten Raumschmuck. (Taf. 10 oben links, S. 34, Taf. 15 unten rechts, S. 55.)

Es brauchen also durchaus keine teuren Artikel zu sein, die wir auswählen, um unsere Blumen hineinzustellen. Der materielle Wert spielt hier nur eine sehr geringe Rolle. Vielmehr sind »Material- und Werkgerechtigkeit« die Maßstäbe. Dies besagt, daß eine Gefäßform dem Charakter des Materials und dem Herstellungsprozeß entsprechen muß. Jeder Werkstoff hat typische Eigenschaften. So ist Glas normalerweise durchsichtig, von spröder Härte und glänzend glatt. Die Klarheit dieses Materials kommt besonders zum Ausdruck, wenn die Form des Gefäßes von reiner Linienführung und schlichter Art ist. Durchsichtigkeit und Glätte sind wesensverwandt mit elegantschlanken, fast unkörperlich wirkenden Gefäßformen. Moderne, kunsthandwerklich gestaltete Glasgefäße sind meist von derart materialgerechten

Formen, welche die Schönheit und Eigenheit des Werkstoffes augenfällig machen. Denken wir nun an den Herstellungsprozeß und wissen wir, daß Glas als glühende, zähflüssige Masse geformt wird, die auf Grund ihres Zustandes fast von selbst in die Tropfenform drängt, so ist es verständlich, daß Vasen in schlanker, derart werkgerechter Tropfenform besonders rein und schön wirken. (Taf. 10 oben Mitte u. rechts, S. 34.)
Keramik dagegen wird aus Ton hergestellt. Ton ist eine Erde und in trockenem Zustand fest wie Stein. Undurchsichtig, derb, körnig und schwer ist dieses Material. Diesen Eigenschaften entsprechen massive, urwüchsige, breit und schwer auflagernde Gefäßformen. Werkgerecht sind hier vor allem die Gefäße, denen man das Rotieren der Drehscheibe oder den Druck der formenden Finger noch ansieht. Glasuren, die erst beim Brand im Ofen ihre Ausprägungen bekommen, werden als schön empfunden, wenn man die schmelzende Wirkung des Feuers noch spüren kann. Schmelzglasuren, Überlaufglasuren und Blasenglasuren sind deshalb bevorzugte Oberflächengestaltungen des modernen Kunsthandwerks. Da jedoch viele keramische Formen gegossen werden und Glasuren aller Art möglich sind, können Formgebung und Oberflächengestaltung ganz verschiedene Eigenschaften aufweisen. Je nach dem Verwendungszweck wählt man das Passende aus. (Taf. 14, S. 54.)
Lebendig und eigentümlich schön wirkt auch die gehämmerte Form einer Kupferschale, der man die treibenden Schläge noch ansieht. Eine Keramikschale mit solcherart gestalteter Oberfläche dagegen ist abzulehnen; das wäre nicht werkgerecht, denn Keramik wird nicht gehämmert! Die Flechtstruktur einer Korbwandung, die ganz den gestalterischen Möglichkeiten des Materials und dem formenden Gefüge entstammt, wirkt schön; aber das keramische Gebilde in Flechtwerk mag allenfalls barocken Spielereien gestattet werden. In einem Raum mit dem Stilgepräge in der Manier der Barock- oder Empirezeit kann ein derartiges Gefäß passend sein, in einem modern eingerichteten wird es fehl am Platze wirken.
Die fünf Forderungen also, die an eine schöne Gefäßform gestellt werden müssen – nämlich Wahrhaftigkeit, Zweck- und Formentsprechung, Material- und Werkgerechtigkeit –, wollen wir weiterhin beachten. Dabei müssen wir uns klar sein, daß vor allem die »Zweckgerechtigkeit« ein sehr entscheidender Faktor ist. Er entschuldigt mitunter die Nichtachtung eines der anderen Gesichtspunkte. Das obige Beispiel des nicht materialgerechten Flechtwerks aus weißglasiertem Ton beweist dies, denn als Gefäß für eine Tafeldekoration zum festlichen Anlaß oder als Blumenschale im Stilzimmer ist es durchaus angebracht.
Je nach Bestimmung sind auch Gefäße statthaft, die nicht die Forderung nach »Unterordnung« erfüllen. So können zum Beispiel Vasen, die lediglich als Schmuckstücke im Raum gelten sollen, ohne daß jemals Blumen in ihnen

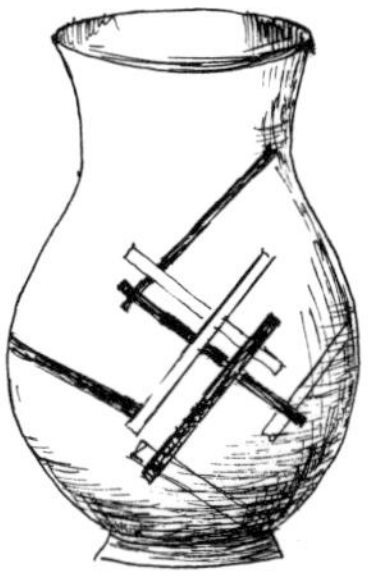

schlechter Dekor

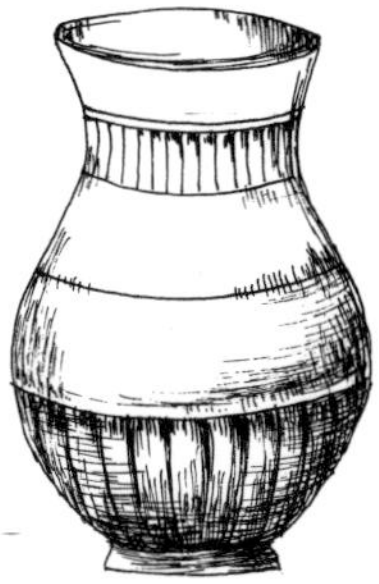

guter Dekor

arrangiert werden, einen auffallenden und eigenwilligen Dekor haben. Eine Blumenvase sollte dagegen keine figürliche oder allzu auffallende Bemalung aufweisen, allenfalls können ornamentale Motive oder der Form angemessene Linien das Gefäß schmücken. Die Vase soll keine optische Konkurrenz der Blume sein, sondern im Gegenteil deren Wirkung steigern. Ein realistisch gemaltes Blumenmotiv jedoch würde mit den eingestellten natürlichen Blumen nicht harmonieren. Eine Ausnahme bilden die bäuerlichen Motive auf den Krügen und Schalen aus Steinzeug. Erstens sind die Farben meist von stillem Blau und Blaugrau oder erdhaften Brauntönen auf grauem oder braunem Untergrund, und zweitens sind die Formen großzügig stilisiert und mit schlichten Pinselstrichen aufgetragen. Bunte Gartenblumen oder Sträuße von Wiese und Feld in einen solchen Steinkrug gestellt, erfreuen durch den unkomplizierten, heiteren Gesamteindruck des Arrangements. Bemalungen dagegen, die ohne Beziehung zur Form des Gefäßes unorganisch aufgebracht sind und außerdem noch unmotiviert bunte Farben zeigen, sind abzulehnen. Auch Dekor und Gefäßform müssen harmonieren, so wie Gefäß und Blumen ebenso wie Arrangement und Umgebung zusammenpassen sollen.

WISSENSWERTES ÜBER GEFÄSSARTEN · Keramiken nehmen beim Blumenarrangieren eine bevorzugte Stellung ein, stehen sie doch auf Grund ihres Herstellungsmaterials der Pflanze und Blume sehr nahe. Schließlich ist Ton eine Erde, und alles pflanzliche Leben entwächst der Erde. So wirken rauhe, urwüchsige und erdhafte Tongefäße vor allem als Pflanzgefäße besonders organisch und schön. Auch zum Einstellen von Schnittblumen sind sie gut geeignet, vorausgesetzt, sie haben zumindest an der Innenwand eine Glasur. Diese soll den porösen Tonscherben abdichten, so daß keine Feuchtigkeit hindurchschlägt und damit das Möbelstück, auf dem das Blumenarrangement steht, nicht verdirbt. Wohl kann man sich mit einer untergelegten Kachel helfen, doch sieht das nicht immer gut aus.

Wir müssen wissen, daß es zwei verschiedene Keramiktypen gibt; die eine wird Weichkeramik und die andere Hartkeramik genannt. Der Unterschied hängt vor allem mit der Brenntemperatur zusammen. Die aus feuchten, knetbaren Tonmischungen geformten Gefäße werden zunächst getrocknet. Danach kommen sie in Brennöfen und werden bei Temperaturen von 800 bis 1 500 Grad Celsius gebrannt. Der Ton »versintert« zu einem fest verschmolzenen Scherben. Bei Brenntemperaturen unter 1 200 Grad Celsius etwa bleibt der Scherben jedoch noch porös, d. h. er läßt zwar nicht Wasser, jedoch feine Spuren von Feuchtigkeit hindurch. Erst bei Brenntemperaturen über 1 200 Grad Celsius (je nach Tonmischung mag das etwas variieren) versintert der Scherben so dicht, daß er wie Glas für Luft und Feuchtigkeit undurchlässig ist. Nun haben wir Hartkeramik, wozu Steinzeug (nicht mit

Steingut zu verwechseln) und Porzellan gehören. Den porösen Scherben der Weichkeramik haben Irdenware, Hafnerware, Majolika und Fayencen sowie Steingut. Irdenware – wie unser Blumentopf oder das Verdunstungsgefäß beispielsweise – ist nicht glasiert, doch Gefäße aus anderen Weichkeramiken sind mit einer stumpfen oder glänzend-glatten Glasur überzogen. Diese Deckschicht, die bei einem zweiten Brand, dem sogenannten Glatt- oder Glasurbrand, auf dem porösen Scherben ausgeschmolzen wird, dichtet das Gefäß. Glasurfehler – Risse zum Beispiel – können die Wirkung der Glasur zunichte und damit das Gefäß unbrauchbar machen. Sogenannte Craqueléeglasuren, die den Glasurriß als Schmuckelement nutzen, dürfen deshalb entweder nur die äußere Gefäßwand überziehen, während innen eine glatte Glasurdecke den porösen Scherben gut abschließt, oder sie müssen ein zweites Mal glasiert werden, so daß die Schmuckrisse mit einer weiteren, durchsichtigen Glasurschicht überzogen werden. Man kann mit dem Fingernagel über die Craqueléeglasur fahren; spürt man die Risse, so macht das gar nichts, wenn es sich um Hartkeramik, also um Porzellan handelt. Bei Weichkeramik kann es bedenklich sein. Spüren Sie die Risse nicht, dann liegt eine weitere Schutzglasur darüber, und das Gefäß ist mit Sicherheit undurchlässig.

Übrigens: Sie können Hartkeramik von Weichkeramik unterscheiden, indem Sie eine unglasierte Stelle am Boden des Gefäßes schwach mit der Zungenspitze berühren. Der poröse Scherben der Weichkeramik saugt mehr oder weniger heftig Feuchtigkeit an, so daß Sie das Gefühl haben, als klebe die Zunge leicht am Scherben an. Die dicht versinterte Hartkeramik dagegen nimmt keine Feuchtigkeit an. Für Kenner mag auch der Klang ein Erkennungszeichen sein. Schlägt man ein hartkeramisches Gefäß mit dem Fingerknöchel an, so gibt es einen helleren und schwingenderen Ton als bei einem schwächer gebrannten. Da jedoch auch die Gefäßform die Tonhöhe beeinflußt, können Laien durch das Anklopfen kaum Schlüsse auf die Keramikart ziehen. Dennoch sollte beim Einkauf nicht auf eine derartige Probe verzichtet werden. Wir können dadurch zumindest feststellen, ob nicht irgendwo verborgen ein schwacher Riß im Scherben ist. Brandrisse können mitunter kaum erkennbar und unter der Glasur verdeckt sein. In diesem Falle entsteht beim Anklopfen kein klingender Ton.

In den Betrachtungen über die Beurteilung eines Gefäßes sind bezüglich Keramiken bereits so vielfältige Hinweise gegeben, daß wir uns jetzt gleich einem anderen Material zuwenden können, dem Glas. Genaugenommen hat auch Glas seine Herkunft im irdenen Bereich, besteht es doch zum größten Teil aus Quarz, also aus Sand. Dazu kommen unterschiedliche Mischungsverhältnisse von Kalk und Soda, die mitunter auch durch andere Mineralien ausgetauscht werden können. Und wie bei Keramiken ist auch an der Formung des Glases die Mitwirkung des Feuers notwendig. Das körnige

Material wird erst formbar, wenn es in sogenannten »Häfen« – großen Schamottekesseln – bei etwa 1 400 Grad Celsius zu einer homogenen Masse verschmilzt. Im zähflüssigen Zustand wird es nun mit Hilfe eines Blasrohres, einiger Hohlformen und der geschickten Hände des Glasbläsers in die gewünschte Form gebracht. Vielfältige Arbeitsgänge sind erforderlich und lassen dickwandigere oder hauchzarte, streng geformte oder elegant geschwungene Gläser entstehen, deren Reinheit und Glätte wie eine Offenbarung wirken, hervorgegangen aus den Elementen Feuer und Erde.

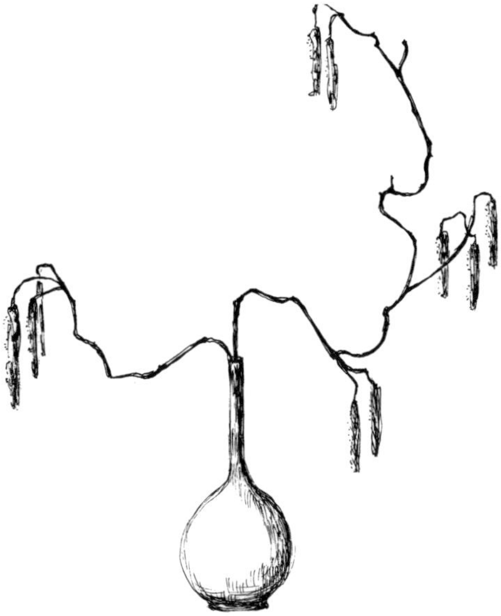

Aufgeschmolzene Schmuckelemente, Bänder, Fäden, Tropfen usw. sind schon in der Antike beliebte Verzierungen gewesen, und sie werden auch heute wegen ihrer Werkgerechtigkeit im Kunsthandwerk geschätzt. Schleifen und Ätzen nehmen dem Glas etwas von seinem Wesen, seiner Klarheit und Glätte, jedoch bringen sie im Kontrast zu unbearbeiteten, klar belassenen Flächen diese zu besonderer Wirkung.

Flaschen und Schüsseln für die Küche werden maschinell durch Blasen und Pressen in Formen hergestellt. Sie sind nicht so edel, aber nicht minder brauchbar zum Blumeneinstellen. Selbstverständlich entscheidet der Wohnstil, ob die platt-runde Sliwowitzflasche mit dem Erlenzweig oder der Hopfenranke auf dem Bord neben den Büchern passend ist und damit schön wirkt oder nicht; in einen Raum mit gobelinbezogenem Fauteuil und Kristallüster, echtem Perser und damastseidener Tapete paßt sie ganz gewiß nicht. Hier wäre ein schönes Muranoglas oder ein edler Kelch mit Schliffdekor harmonischer.

Beigaben von Metalloxyden färben die Glasmasse. So entsteht zum Beispiel grünes oder braunes Flaschenglas durch die Einwirkung von Eisenverbindungen. Das schöne Rubinrot wird durch Spuren von Kupfer und Gold hervorgerufen; kein Wunder, daß Rubinglas teurer ist als amethystfarbenes oder kobaltblaues. Es gibt heute wunderschöne farbige Gläser. So wirken unter anderem klare, dickwandige Vasen, die nur innen einen hauchdünnen farbigen Glasüberzug aufweisen, sehr reizvoll durch den Kontrast der durchsichtig-klaren Wandung mit dem farbigen Kern.

Zum Blumenstellen sind farbige Gläser gut zu verwenden, vorausgesetzt, ihre Farbigkeit fügt sich organisch in die Farbharmonie der Komposition ein. Im amethystfarbenen Glas wirken Blumen gelber Farbtöne schön, Blau kann ergänzend auftreten zu Gelb oder Weiß. Im kobaltblauen Glas werden alle Farbnuancen von Gelb, Orange und Rot lebhaft und farbkräftig wirken. Flaschengrüne Gläser betonen die rote Blütenfarbe. Das rubinrote Gefäß kann blaue und gelbe Blumen genauso tragen wie Rot, Rosa und Weiß – vorausgesetzt, der Grundton dieses Gleichklanges entspricht dem Rotton des Glases. Von besonderem, eigentümlichem Reiz wird jedoch immer das farblose, unkörperlich wirkende Glas sein. Wir stellen gern Blumen in Glasvasen, wenn der Stiel mit zur Wirkung kommen soll. In diesem Falle ist es besonders wichtig, nur wenige, wenn nicht sogar nur einen einzigen Blumenstiel in das Glas zu stellen (Taf. 30 unten rechts, S. 126); nur so oder in geringerer Zahl können die Stiele reizvoll zur Wirkung kommen. Das Stielgewirr eines buschigen Straußes sähe nicht schön aus, weshalb man diesen besser in ein undurchsichtiges Gefäß stellt. Außerdem entspricht es der ätherischen Klarheit und Unkörperlichkeit des Glasgefäßes nicht, wenn wir es allzu üppig mit schweren und massigen Blüten füllen. Sparsame Verwendung elegant beschwingter Blumenformen von duftiger Zartheit oder edler, reiner Schönheit ist dem Materialcharakter des Gefäßes angemessen. Farbige Glasbecher wirken nicht so unkörperlich und können deshalb etwas reichlicher mit Blumen besteckt werden. (Taf. 10, S. 34.)

Die Durchsichtigkeit des Glases kann man gestalterisch recht reizvoll ausnutzen, indem man einmal folgende Variation ausführt: Auf den Boden einer weiten Glasvase wird ein Stück wasserdurchtränkte Steckmasse (siehe S. 52 ff.) gelegt. Kurzstielige Blätter und Blüten kann man bereits vorher hineingesteckt haben, so daß die Steckmasse überdeckt ist; hinsichtlich der seitlichen Ausdehnungen muß man lediglich an den Durchmesser des Gefäßhohlraumes denken. Die längeren und hochaufragenden Blumen werden jedoch erst gesteckt, wenn die Steckmasse bereits im Gefäß liegt. So kann man die Ausdehnung der Vase gut ausnutzen. Nur eine Blütenstaffelung ragt hoch auf und über den Gefäßrand hinaus, alle anderen Blumen sind durch die Gefäßwand zu sehen. Ein wenig Wasser nachgegossen bewirkt, daß sich die Steckmasse immer wieder vollsaugt und die hineingesteckten Blumen frisch bleiben, die Blätter und Blüten aber nicht in Wasser eintauchen. (Taf. 12, S. 36.)

Von gegenteiligem Charakter im Vergleich zum Glas sind Gefäße aus Zinn. Das relativ weiche Metall mit seinem matten Schimmer und seiner schlicht-grauen Farbe bringt einen Hauch von Behaglichkeit und Ruhe in den Raum. Das schon sehr früh bekannte Metall – mit Kupfer legiert ist es als Bronze Kennzeichen einer ganzen Kulturepoche (1750 bis 800 v. Chr.) geworden – hat im Mittelalter die irdene und hölzerne Schüssel vom Tisch verdrängt; es wurde Gebrauchsgeschirr und Zierstück in Küche und Haus. Nur auf dem Herd blieben der Eisenkessel und die Kupferpfanne bestimmend, weil Zinn einen recht niedrigen Schmelzpunkt hat (232 Grad Celsius). Zinngefäße sind allerdings nicht billig, werden sie doch in mühseligem handwerklichen Gußverfahren hergestellt. Es ist, als hätten die Zinngießer auch etwas von dem Geist ihrer Zeit mit in die Formen gegossen, der heute noch mit den Gefäßen lebt. Material und Form scheinen beseelt von altväterlicher Gemütlichkeit, von schlichtem Menschentum und häuslichem Frieden. Deshalb sind auch heute noch alte oder den alten Formen nachgebildete Zinngefäße beliebter Zierat im Wohnraum oder in der Gaststube. Heute produziertes, sogenanntes »Alt-Zinn« unterscheidet sich von dem »Neu-

Zinn« durch Legierungsbeigaben, Formgebung und Oberflächenbehandlung. Dieses Alt-Zinn will nicht tatsächlich alt sein, sondern ist lediglich den alten Vorbildern nachgemacht. Gute Ausführungen können echte Schmuckstücke moderner Wohnräume sein, im altdeutsch eingerichteten Raum mit Truhe und Wandbord sollten sie nicht fehlen. Hinzu kommen sehr schöne, schlichte, moderne Formen, die das Kunsthandwerk aus Zinn fertigt. Dosen und Schalen, auch Vasen und Becher zeigen meist eine etwas heller wirkende Zinnlegierung und eine feinere Oberflächenbehandlung. Man kann Zinn bis zum Silberglanz polieren, was den weichen Schimmer des Metalls sehr wirkungsvoll hervorhebt. Der Zinnliebhaber findet also auch für den exklusiven, modern eingerichteten Wohnraum stilgerechte Zinngefäße.
(Taf. 15 oben, S. 55.)
Blumen stehen gern in Zinngefäßen. Erstens muß jede Blütenfarbe über dem matten Grau des Metalls voll zur Geltung kommen, und zweitens hält sich das Wasser in dem glatten, leicht zu reinigenden Gefäß recht lange frisch. Charakterlich harmonieren alle Gartenblumen besonders gut mit dem Zinngefäß altertümlicher Form. Trockene Gräser, Zweige mit Früchten (Vogelbeere, Quitte, Zierapfel oder Hagebutte) und die Königskerze oder Sonnenblume passen genauso gut wie der bunte Strauß aus Zinnien oder Sommerastern, der Klatschmohn mit den Margeriten, Kornblumen und Ähren oder der blühende Kastanienzweig.
In Verbindung mit Blumen werden auch sehr gern Gefäße aus Kupfer verwendet. Die den alten Formen nachgebildeten Kupferkesselchen auf drei Beinen und mit einem Henkel versehen waren ein richtiger Modeschlager. Nur schade, daß sie auf Hochglanz poliert und mit einer Lackschicht als Schutz gegen die Patinabildung versehen in den Handel kommen. Dadurch wirken sie steril, weil das milde, warme Leuchten des Kupfers und eine lebendige Tönung der Metalloberfläche durch den übersteigerten Glanz verlorengehen. Zudem sind dadurch diese Kupferkessel gar keine idealen Partner mehr für die Blumen, denn ihre auffallend glänzende Erscheinung nimmt diesen etwas von ihrer Wirkung. Viel harmonischer ordnet sich leicht dunkel getöntes, wie angelaufen erscheinendes Kupfer unter. Auch dem trägt die Industrie Rechnung, weshalb es Schalen und Übertöpfe gibt, die in den gehämmerten Vertiefungen der Oberfläche dunkle Mattierungen aufweisen. Dies ist jedoch nur eine künstlich aufgetragene Tönung. Ein unpräpariertes Kupfergefäß bekommt von selbst im Laufe der Zeit als Folge eines natürlichen Prozesses dunkle, teils grünlich schimmernde Flecken. Wird die ganze Oberfläche von einer derartigen Patina überzogen, so wirkt das recht gut für Gefäße, in die man Blumen stellen will, denn sie haben dann die lebendige, typische Färbung des alten Kupfers, das wunderbar mit gelben, gelborangenen sowie blauen Blütenfarben und dem Grün des Laubes harmoniert. In einem bunten Strauß brauchen auch die roten Blüten nicht

zu fehlen, jedoch sollten nicht unbedingt nur rote Blumen in eine Kupferkanne gestellt werden, vor allem dann nicht, wenn diese glänzend geputzt ist; das rötliche Kupfer würde mit der Blütenfarbe konkurrieren. Ein patiniertes Gefäß jedoch »verträgt« sich mit allen Farben.

Kupfergefäße als echte Gebrauchsgefäße für Küche und Haus gibt es bei uns nur noch selten. Häufiger treffen wir sie im Orient, in Spanien oder Italien an. Wer sich von seiner Sommerreise ein hübsches Souvenir mitbringen will, der hat dort die schönste Auswahl an Kupferkesseln, -kannen und -pfannen. Die Gefäße werden aus Kupferblech gefertigt, werden gestanzt und verlötet oder durch Hämmern getrieben; Henkel und andere stark belastete Teile werden nicht aus dem relativ weichen Metall hergestellt, sondern aus Eisen oder Messing. Falze und Nieten gehören zur Blechverarbeitung. Sie werden gern als werkgerechte Schmuckmittel eingesetzt. So bekommen Kupfergefäße ihre charaktervolle Ausprägung.

Das dem Orange verwandte Kupfer wurde als Symbolfarbe der antiken Göttin Venus zugeordnet und verkörperte das häuslich Schützende, mütterlich Liebende. Es wird wohl jeder den warmen Kupferton als Stimulans für Behaglichkeit und gemütliche Beschaulichkeit empfinden (vorausgesetzt, er hört auf Gefühlsregungen dieser Art). In die dem Landhausstil entsprechend eingerichtete Wohnung mit Kamin und Eichenholzmöbeln oder bunt bemalten Bauerntruhen paßt die Kupferkanne ideal als Bodenvase. Auch auf einem Tisch mit Webläufer oder Leinensets ist die Kupferschale ein harmonisches Gefäß für die bunten Sommerblumen aus dem Garten. Selbst der nüchtern-sachliche, modern eingerichtete Wohnraum bekommt wohnliche Atmosphäre durch ein schönes Kupfergefäß. Im eleganten Boudoir jedoch oder im Stilzimmer à la Louis-quinze oder Chippendale wäre die Kupferkanne fehl am Platze. (Taf. 15 unten links, S. 55.)

Um die Betrachtungen der Metallgefäße abzurunden, seien noch Bronze- oder Messinggefäße erwähnt. Beides sind Legierungen mit Kupfer. In der Bronze sind Kupfer und Zinn gemischt, im Messing Kupfer und Zink. Bronze hat einen dunkleren, matteren Goldton als Messing. Wir kennen es aus den alten Mörsern mit dem Bronzestößel, die man in Apotheken noch als Ausstellungsobjekte finden kann. Wer ein solches Gefäß hat, kann es gut zum Blumeneinstellen verwenden. Es ist im Charakter den Zinn- und Kupfergefäßen ähnlich, weshalb wir es wie diese mit Blumen kraftvoller oder herberer Art füllen. Eleganz und Zartheit werden besser durch ein Glas- oder Porzellangefäß betont. – Messing wird häufig aus orientalischen Herkunftsländern angeboten. Es ist dann reich ziseliert, und die Kannen sind meist von sehr eigenwilliger Form, die Teller durch Intarsien, Ziselierungen oder getriebene Reliefformen so stark geschmückt, daß sich diese Gefäße in den seltensten Fällen zum Blumeneinstellen eignen. Sie können allenfalls ausdrucksvolle Attribute einer entsprechenden Raumgestaltung sein.

Und nun noch einige Worte zu Gefäßen aus pflanzlichem Material. Es sind dies Körbe und massive Behälter aus Holz. Werden Schnittblumen in einem Korb arrangiert, so ergibt sich eine harmonische Verbindung von Pflanzenteilen, die einmal durch Verflechtung zum Gefäß geformt sind und zum anderen frei geordnet daraus hervorwachsen. Man kann aber die Blumen auch so arrangieren, daß sie die Vorstellung gerade gesammelter Blumen in einem Tragegefäß vermitteln. Somit wird der Zweck des Behälters dargestellt und nicht die wuchshafte Schönheit der Blumen. Ein solches Arrangement hat mehr impressionistischen Charakter, so, als wäre der Korb mit all den Blumen, die bei dem Gang durch den Garten geschnitten wurden, gerade hereingebracht. Es wird natürlich von der Form des Korbes abhängen, ob man die Blumen in dieser Art anordnen will; es muß schon ein Tragegefäß sein. (Taf. 11, S. 35.)

Jeder Korb, ob er nun aus geschälter und ungeschälter Weide, dem Span verschiedener Hölzer, aus Peddig- oder Stuhlrohr, Schilf, Binsen, Stroh oder Bast hergestellt ist, wird für das Blumeneinstellen brauchbar, wenn wir ein passendes, wasserhaltendes Gefäß hineinstellen. Die schönen, sich gut unterordnenden Farben des natürlichen Materials sollten nicht farbig übermalt werden, mitunter können lediglich eine Beize oder Mattierung dunkler tönen und imprägnieren. Das weiß lackierte »Biedermeierkörbchen« hat allenfalls im Jungmädchenzimmer Platz oder kann – gefüllt mit spielerisch zarten Blüten und Ranken wie Wicken, Polyantharöschen und Immergrünranken oder Adiantumgrün – für eine Tischdekoration zum Nachmittagskaffee dienen.

Von Holzgefäßen wissen wir, daß sie entweder aus einem Stück gedrechselt, geschnitzt oder aus einzelnen Spanten zusammengesetzt werden. Es ist besser, Schalen- oder Becherformen, die aus einem Holzstück gefertigt sind, nicht mit Blumen zu füllen, es sei denn, wir schützen das Holz vor jeder Feuchtigkeit. Bei Berührung mit Nässe können sich nämlich die Formen verziehen, werfen oder gar aufplatzen, und das wäre schade. Die vom Böttcher aus Spanten zusammengesetzten Kübel, Fässer und Bütten dagegen brauchen Nässe, anderenfalls können die einzelnen Holzbretter eintrocknen und aus den haltenden Reifen fallen. Kübel bepflanzt man gern, zum Arrangieren von Schnittblumen werden sie seltener benutzt. Allenfalls dienen das alte Butterfaß oder die Winzerbütt als Bodenvase. In die passende Umgebung gestellt, sind sie für große Blumen und Zweige aus dem Garten und dem Wald ideale Einstellgefäße. (Taf. 19, S. 83.)

Ein paar Worte noch zu dem neuesten Gefäßmaterial, dem »Kunststoff«: Auch als Blumenvase oder Steckschale wird er sich mehr und mehr einbürgern. Er ist vor allem billig, was durchaus eine schätzenswerte Eigenschaft sein kann. Da der Kunststoff aber fast jede Gestalt annehmen und die Struktur anderer Materialien erhalten kann – ganz wie seine Schöpfer es vermögen –, so liegt es nahe, mit ihm teureres Material und kostbare Formen zu imitieren. Keramik oder Zinn aus der Retorte widersprechen jedoch dem Gesetz der Wahrhaftigkeit, wodurch ein derartiges Gefäß die gleiche Rolle wie ein Similischmuck spielen würde. Ist ein Kunststoffgefäß aber zweckmäßig und schlicht in der Form, hat es eine neutrale, sich gut unterordnende Farbe und eine glatte, leicht zu säubernde Oberfläche, so ist es als Blumeneinstellgefäß voll zu akzeptieren. Durchsichtig, durchscheinend oder opak, wie Kunststoff nun einmal sein kann, sollte er als Kind der Technik mit seinen Formen dem »Geist der Technik« nahe bleiben. Vielleicht kann damit auch dem Kunststoff ein eigenes, ihm gemäßes Wesen verliehen werden, wie es das körnige Schamottegefäß oder der matt schimmernde Zinnkrug kraft ihres natürlichen Materials haben. Vorläufig wird man sich wahrscheinlich kaum ein leeres Kunststoffgefäß als Schmuckstück der Wohnung auf das Regal oder in den Schrank stellen, doch für einen Blumenschmuck auf dem Mittagstisch kann es ein passendes, durch seine Schlichtheit und Zweckmäßigkeit auch schönes Gefäß sein. (Taf. 27 oben rechts und links, S. 123.)

TECHNISCHE HILFSMITTEL FÜR DAS BLUMENSTELLEN

Es wurde schon früher erwähnt, daß es – neben Messern, Scheren und anderen Geräten, die wir für den Umgang mit unseren Blumen benötigen, Hilfsmittel gibt, die uns vom Gefäß völlig unabhängig machen (siehe S. 41). Diese Stoffe haben folgenden Anforderungen zu genügen: 1. Sie müssen in sich ausreichend Feuchtigkeit halten und diese an die Blumen abgeben. 2. Sie müssen sich von den Blütenstielen durchdringen lassen, ohne selbst zu zerfallen, und die Blumen in der gewünschten Lage halten.

Moos als Steckhilfe · Die Moospflanze kann in ihrem Gewebe sehr viel Wasser speichern, so viel, wie das eigene Volumen beträgt. Sie gibt davon auch ab – natürlich nicht alles – und deckt daher für eine gewisse Zeit den Wasserbedarf von Schnittblumen, die zwischen die Moospflanzen gesteckt werden. Vor allem das Sumpfmoos (Sphagnum), eine interessante Pflanze, die an der Torfbildung maßgeblich beteiligt ist, entspricht allen Anforderungen, die wir an eine Steckhilfe für unsere Blumenarrangements stellen. Bei einem Spaziergang durch die Heide mit Hochmoorcharakter kann sie dem aufmerksamen Beobachter kaum entgehen. Sie wächst zwischen den Heidebüschen und am feuchten Grund zwischen Erlen und Kiefern. Die etwa 10 bis 20 cm langen, fasrigen Pflänzchen müssen zu einem dicken Bündel zusammengebunden werden, damit sie genug Masse und Festigkeit bekommen, um den Blumenstielen Halt zu geben. Dazu werden die langen Moospflänzchen parallel nebeneinander gelegt und zu einem Packen von etwa 6 bis 8 cm Durchmesser fest zusammengebunden. Ein dünner Draht (Blumenwickeldraht) oder ein Bastfaden hält diesen dadurch zusammen, daß man das Bündel etwa 1 bis 2 cm unter den Pflanzenköpfchen und ein zweites Mal ungefähr 4 cm tiefer fest umbindet. Schließlich schneidet man die überflüssige Länge der Moospflanzen 1 bis 2 cm unter der zweiten Bindung ab. Nun haben wir einen Mooszylinder, etwa 6 bis 8 cm hoch und ebenso breit, den wir auf seine gerade Schnittfläche stellen können.

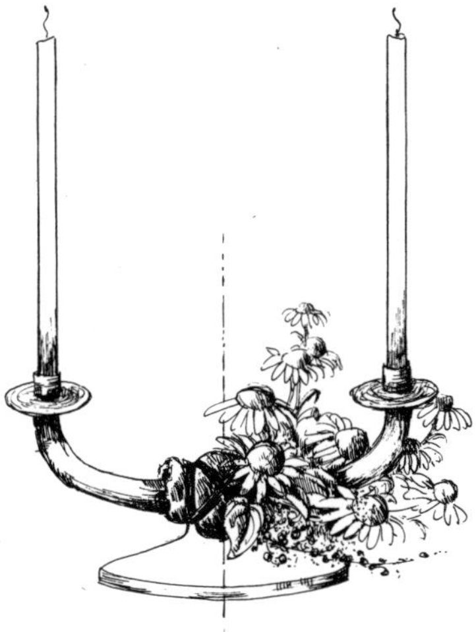

Vor dem Blumenstecken wird der Moosblock noch einmal ins Wasser gelegt, so daß er voll mit Wasser getränkt ist. Auf eine Glasscheibe oder schöne Kachel gestellt und mit Blüten gleichgewichtig besteckt, erhalten wir mit Hilfe dieser Moosbasis eine aparte Tischdekoration. Soll ein Leuchter aus Porzellan oder Metall mit Blumen geschmückt werden, so formen wir einfache Moosknäuel, die nicht zu fest umwickelt sein sollen und an den Leuchter gebunden werden. Je nach Form des Leuchters und gestalterischer Absicht können auch zwei Moosbällchen von etwa 4 cm Durchmesser rechts und links an den Fuß eines Leuchters gebunden und mit Blumen besteckt werden. Man sollte jedoch dabei beachten, daß funktionell wichtige Teile des Leuchters nicht völlig unter den Blumen verschwinden, der Fuß des Kerzenhalters zum Beispiel soll erkennbar sein. Andernfalls würde man die Proportionen der Leuchterform unschön verändern.

Blumen mit festen Blütenstielen lassen sich natürlich besonders leicht ins Moos stecken. Der fleischige Alpenveilchenstiel oder der breite Blütenschaft der Narzisse bereiten dagegen einige Schwierigkeiten. Mit einem spitzen Bleistift kann man jedoch in das Moospolster hineinbohren und dort Platz schaffen, wo der Blütenstiel gesteckt werden soll. Beim Stecken müssen wir natürlich darauf Rücksicht nehmen, daß der auf eine Platte gestellte Moosblock nicht sehr schwer ist und trotz geradegeschnittener und etwas breit gedrückter Standfläche leicht umkippen kann. Deshalb sei hier auf die Ratschläge hingewiesen, die später bezüglich des Steckvorganges gegeben werden (siehe S. 85 f.).

Wer sich einmal Sumpfmoos beschaffen konnte, vermag den noch nicht verarbeiteten Rest über lange Zeit hin aufzuheben. Das Moos muß dazu nur gut getrocknet werden. In einer Papiertüte aufbewahrt, behält es seine fasrige Struktur. Vor dem Gebrauch weicht man es kurz im Wasser ein; die wasserhaltenden Zellen füllen sich wieder, ja, das grau gewordene, noch nicht zu alte Moos wird sogar wieder etwas grün. Nicht empfehlenswert ist es dagegen, mit Moosen aus dem Wald – dem feinen, polsterartigen Plattenmoos oder weniger geschlossen wachsenden Moospflänzchen – eine Basis für das Blumenstecken zu schaffen, wenn wir nicht auch Wasser mitgeben können. Dies Moos hält zu wenig Feuchtigkeit und gibt noch weniger an die Schnittblumen ab. Moospolster aus Waldmoosen sind somit nur für das Blumenstellen in flachen, mit Wasser gefüllten Schalen brauchbar.

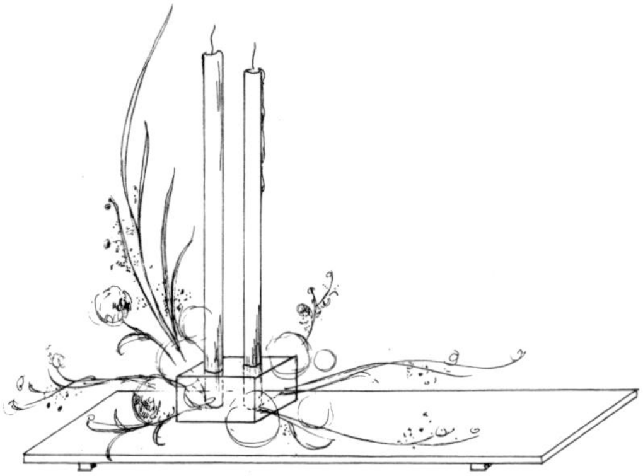

KUNSTSTOFF ALS STECKHILFE · Seit ein paar Jahren ist ein Kunststoff auf dem Markt, der sich wie ein Schwamm voll Wasser saugen kann, fest ist und seine Form wahrt, auch wenn Blütenstiele hineingesteckt werden. Heute gibt es bereits drei Fabrikate. Es ist müßig, sie hier zu nennen, wer weiß, wieviel es in einigen Jahren geben wird. Probieren Sie es mit jedem einmal, und sammeln Sie Ihre Erfahrungen. Im Blumenfachgeschäft wird man Sie beim Kauf gern beraten.

Diese Steckmasse für Schnittblumen ist ganz leicht, solange sie trocken ist. Soll sie benutzt werden, so muß man sie lediglich auf das Wasser legen; sie saugt sich binnen kurzer Zeit voll. Tauchen Sie den Kunststoffblock nicht unter, man beschleunigt damit nicht den Vorgang. Im Gegenteil! Man erreicht nur, daß anfangs von allen Seiten Wasser in die Steckmasse eindringt, die innerste Partie aber trocken bleibt, da die Luft nun nicht mehr durch die allseits mit Wasser gefüllten Hohlräume entweichen kann. Gelangt das Wasser nur von unten in die Kunststoffmasse, sinkt diese langsam in das Wasser ein, und alle Luft kann durch die trockene Oberfläche heraus. Ist der ganze Block der Steckmasse in das Wasser eingetaucht, so kann mit dem Blumenstecken begonnen werden. Dies geht sehr leicht, nur in den seltensten Fällen muß der spitze Bleistift helfen, ein Loch vorzubohren. Die Steckmasse wird im allgemeinen in brauchbaren Größen gehandelt. Erwirbt man jedoch einen ganzen großen »Ziegel«, so kann man gut mit einem scharfen Messer ein Stück der benötigten Größe abschneiden. Diese ist natürlich von den gewählten Blumen abhängig. Für Wicken, Stiefmütterchen, Maiglöckchen und ähnliches mag eine 5 × 5 cm große Platte von 4 cm Höhe genügen; für mittellange Rosen, Tulpen oder Astern sollte sie etwa 8 × 8 cm groß und 6 cm hoch sein. Sollen auch einmal wenige Gladiolen hinzugesteckt werden, empfiehlt sich ein noch größeres Stück, weil sonst die kräftigen Blumenstiele die Kunststoffmasse zersprengen können.

Leider bleiben die einmal in die Steckmasse gebohrten Löcher erhalten. Deshalb kann man diese Steckhilfe nur ein- bis höchstens dreimal verwenden. Nasse Steckmasse hält man am besten feucht, bis man sie wieder braucht, indem man sie in einen Plastikbeutel einschlägt. Läßt man sie zwischendurch trocken werden, saugt sie nur schwer wieder genügend Wasser auf!

Mit Hilfe dieser Steckmasse kann man zum Beispiel die Blumen für den Sonntagstisch besonders reizvoll arrangieren. Auch eine lange, schlanke Kerze kann in diese Kunststoffbasis gesteckt werden, indem man mit dem Küchenmesser ein Loch vorformt, in das die Kerze gezwängt wird. Nun werden die Blumen darumherum arrangiert, und fertig ist ein festlicher Tafelschmuck; das Mahl wird zum Festmahl – allein durch die Dekoration!

13. Die bunten Sommerblumen, Gräser und Blätter werden in ihrer Wirkung durch das schöne Keramikgefäß noch beachtlich gesteigert. Wenn ein Gefäß auch der Blume dient, so soll es doch nicht nur zweckmäßig sein, sondern allen gestalterischen Anforderungen entsprechen (siehe S. 38). ►

14. Für jeden Raumstil gibt es passende Gefäße, hier zwei Sortimente schlichter Keramikvasen (siehe S. 42 f.) mit schönen Glasuren (oben), Steingut und Porzellan in alten und modernen Stilformen (unten links) und bäuerliches Steinzeug (rechts unten).

15. Zinngefäße sind ideale Partner für Blumen (oben). Rustikale Pflanzen, wie hier die langen Sauerampferblütenstände, die dicken Distelblüten und Dolden der Schafgarbe oder die Schafgarbe mit Berberitzenzweigen harmonieren gut mit dem matten Grau des »Altzinn«. Modernes Zinn (rechte Gruppe im Bild) ist häufig bis zum Silberglanz poliert, weshalb es für edlere Blüten besser geeignet ist (siehe S. 46 f.). Kupfergefäße sind nicht so farbneutral wie Zinn (siehe S. 47 f.). Hier nehmen die Blütenfarben Gelb (Ochsenauge) und Rot (Indianernessel) das dem Orange nahestehende Kupferrot in die Harmonie der Nachbarfarben auf (unten links). Ein Frühstücksbrettchen dagegen (unten rechts) als Basis für ein Blumenarrangement (Mohnkapseln, Heide, Kiefer und Stechpalme) betont die Urwüchsigkeit der Zusammenstellung (siehe S. 41 und 80).

16. Der Reiz einer wuchshaften Anordnung liegt in der ungeschmälerten Wirkung der Pflanzenpersönlichkeiten. Diese erzielt man, wenn die Blumen gemäß ihrer natürlichen Wuchsrichtung gesteckt werden und ihnen viel freier Raum gegeben wird, in dem sie sich entfalten können (siehe S. 104).

An einen Leuchter läßt sich die Steckmasse schlecht binden, da der Faden oder Draht das Material durchschneiden würde. Man kann sich helfen, indem man den Kunststoffwürfel in ein grobmaschiges Plastiknetz – beispielsweise ein entsprechend zugeschnittenes Stück von einem Beutelchen, in dem Apfelsinen oder Tomaten verpackt waren – wickelt. Nun ist ein Widerstand da, der ein Durchtrennen mit dem Faden verhindert. Die Steckmasse kann leicht befestigt werden, und die Blumenstiele werden durch die groben Maschen tief in die wasserhaltende Basis gesteckt.
Das Moospolster und die Kunststoffsteckform können selbstverständlich auch in flache Schalen gelegt werden, die zusätzlich mit Wasser gefüllt sind. Beide, Moos und Steckmasse, würden ständig das Wasser aufsaugen und den in ihnen steckenden Blumenstielen zuführen. Haben wir aber ohne Wassergefäß arrangiert, so ist es notwendig, das verdunstete und verbrauchte Wasser zu ersetzen. Dazu begießt man entweder das Arrangement, während es über ein Becken gehalten wird, oder man legt die Steckmasse mit den Blumen in eine weite Schale, flach mit Wasser gefüllt, so daß zwar die Blüten nicht ins Wasser tauchen, das Moos oder der Kunststoff sich aber wieder mit Wasser vollsaugen können. Dies sollte einmal am Tage geschehen, wodurch auch derartige Blumengestecke länger frisch zu halten sind.

BLUMENIGEL · Neben dem Moospolster oder Steckschwamm benutzen wir in flachen Schalen, die mindestens 2,5 bis 3 cm Wasserstand ermöglichen, den aus der japanischen Blumensteckkunst (siehe S. 26) zu uns gekommenen Kenzan (Blumenigel, Nagelblock, Blumensteckblock, Fakirbed und ähnlich genannt). Der flache, meist runde Bleiblock ist so schwer, daß er nicht leicht umkippt, und die daraus aufragenden Messingnägel spießen die Blumenstiele fest auf. Voraussetzung ist natürlich, daß der Kenzan nicht zu klein ist und die ausreichend langen Nägel dicht genug stehen. Zu klein heißt in diesem Falle möglichst nicht unter 6 cm Blockdurchmesser – besser mehr! Wesentlich kleinere »Igel« werden fest in die Schalen eingeklebt angeboten. Man kann auf sie gut drei bis fünf Alpenveilchenblüten stecken, mehr

aber auch nicht. Und selbst dann würden die Igelchen umfallen, wären sie nicht festgekittet. Löst sich einmal ein solcher Steckblock, ist es daher ratsam, ihn wieder anzukleben. Ein größerer Kenzan ist universeller zu nutzen; auch können wir ihn seitlich verschoben in die Schale legen, ganz wie es die Gestaltung des Arrangements erfordert, während ein angeklebter Steckblock uns diese Freiheit nimmt. Mit der Zeit wird sich der Liebhaber vegetativer oder formaler Blumenkompositionen mehrere, verschieden große »Igel« anschaffen. Man kann dann sogar größere Zweige oder Blütenstiele befestigen, indem man durch einen seitlich umgekehrt aufgehakten zweiten Kenzan das haltende Gewicht erhöht. (Taf. 23, S. 95.)
Die Nagellänge soll 1,5 bis 2 cm betragen, bei sehr großen Nagelhaltern auch mehr. Die Messingnägel dürfen nicht zu dünn sein, damit sie sich nicht verbiegen, und sie sollen ziemlich dicht zusammenstehen. Dennoch kann es geschehen, daß feine Blütenstiele – zum Beispiel die der Wicken und Maiglöckchen oder ein Grashalm – keinen Halt finden, weil die Stielchen weder aufgepiekt werden können noch zwischen den Nägeln festklemmen. Dann kann man sich auf verschiedene Weise helfen: Wenn man zugleich Blumen mit dickeren, fleischigen oder gar hohlen Stielen zur Hand hat (Anemonen u. a.), kann man davon etwa 2 cm lange Stengelstücke schneiden und die dünnen Blütenstiele hineinstecken, bis sie ganz hindurchstoßen. Notfalls bohrt man mit einer dicken Nadel oder einem Blumensteckdraht vor. Nun ist das ehemals dünne Stielende verdickt, so daß es sich gut auf die Nägel stecken läßt. Dennoch kann die Blume durch die ein wenig wieder hervortretende Schnittfläche das Wasser aufsaugen. Eine ähnliche Wirkung kann man erzielen, wenn man das Stielchen an seinem Ende mit einem Streifen Seidenpapier straff umwickelt und auch hier die Schnittfläche frei läßt. Das Papierröllchen zwängt den dünnen Blütenstiel fest zwischen die Nägel des Kenzan. Eine weitere Möglichkeit bieten die Steckmasse oder ein dichtes Polsterchen von Plattenmoos. Beides kann in passender Größe auf das Nagelbett gedrückt werden. Nun finden auch dünne Stiele Halt, weil die Leerräume zwischen den Nägeln mit einem besteckbaren Material ausgefüllt sind. Allerdings bereitet es vor allem bei Verwendung von Kunststoffmasse einige Mühe, den Kenzan wieder sauber zu bekommen. Wer Fingergeschick hat und einige Übung nicht scheut, kann daher auch mehrere Blütenstiele zu einer Staffelung zusammennehmen und diese mit einem Fädchen kurz über der Stelle umbinden, wo die Stiele gekürzt werden. Vereinigung macht stark! – so auch hier, denn jetzt kann das dickere Stielbündel gut auf den Nägeln des »Igels« befestigt werden, wo vorher der einzelne Stiel keinen Halt fand.
Ein anderes Problem bilden dicke, holzige Stiele. Man kann sie nicht auf den Nagelblock drücken, selbst wenn die Nägel noch so spitz sind. Hier muß eine Vorbehandlung der Stielenden Hilfe leisten. Soll der Zweig (zum

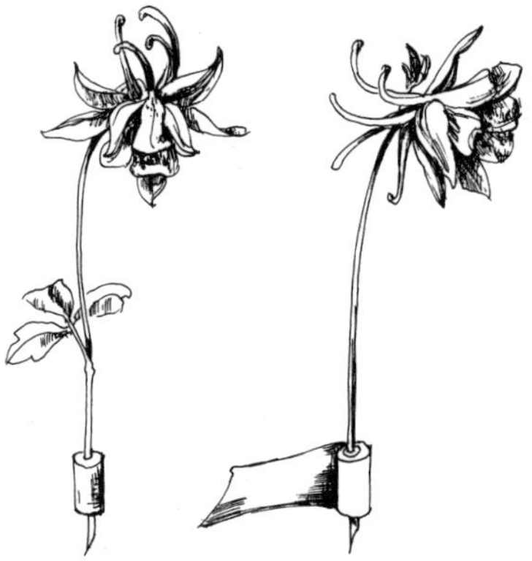

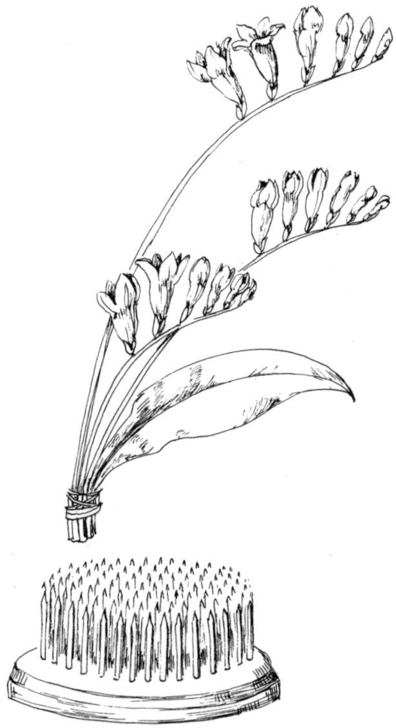

Beispiel Weidenkätzchen, getriebene Kirschen, die knospige Kastanie oder ein Vogelbeerzweig usw.) aufrecht stehend angeordnet werden, spitzt man ihn an. Mit dieser bleistiftähnlichen Spitze läßt sich das Holz zwischen die starken Nägel eines entsprechend großen Kenzan pressen. Ein nicht allzu starker und noch nicht fest verholzter Stiel (Mandelbäumchen- oder Haselkätzchenzweig) kann auch mit der Rosenschere etwas aufgespalten werden. In diese Einschnitte zwängen sich die Nägel und verklemmen den Stiel, wenn man ihn auf den Kenzan preßt. Um einen Zweig dagegen in Schräglage zu stecken, wird er zunächst schräg aufgeschnitten. Nun drückt man ihn erst einmal senkrecht auf das Nagelbett, die Schnittfläche zeigt in Richtung der beabsichtigten Neigung. Dann biegt man den Zweig zur Seite und drückt dabei die Schnittfläche fest auf die Nagelspitzen, bis der Zweig die gewünschte Schrägstellung hat. Bei dieser Manipulation ist Vorsicht anzuraten, damit man sich nicht die Finger an den spitzen Zacken verletzt. Zur Sicherheit kann mitunter ein Handwerkszeug – etwa eine geschlossen gehaltene Flachzange oder ein fester Holzstößel – angesetzt werden, welches die drückende Kraft der Hand auf das Stielende überträgt und es auf die Nägel preßt. Blumen und Blätter mit weichen, krautigen Stielen können geradegeschnitten werden; sie lassen sich leicht in senkrechter oder schräger Lage aufdrücken.

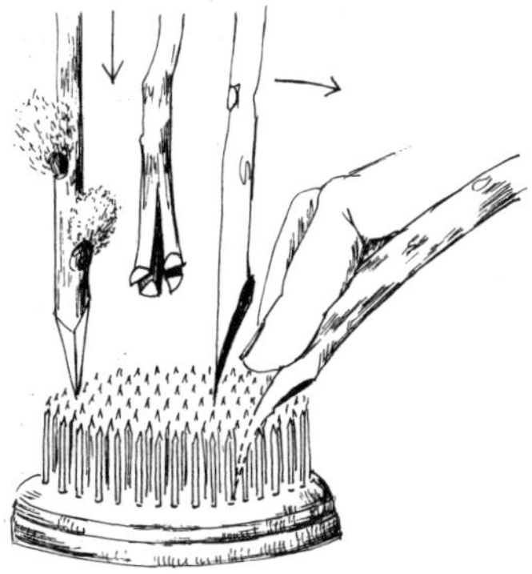

Übrigens kann man auch Kerzen auf dem Steckigel befestigen. Dabei ist nicht an die sehr dünnen »Steckkerzen« gedacht. Diese sind wohl einfach auf die Nägel zu stecken, wirken gestalterisch in Verbindung mit Blumen aber nur, wenn sie über kurzstielige, gesellig vereinte Blüten wie Tausendschön und Veilchen, Polyantharöschen und Enzian usw. aufragen. In einem anspruchsvollen, rhythmisch gestaffelten Gesteck müssen diese dünnen Kerzen untergehen – und das um so mehr, wenn sie schräg gesteckt sind. Deswegen werden lieber eine oder zwei dickere, etwa 1,5 cm starke und 30–40 cm lange, zylindrische Kerzen gewählt, die man senkrecht stehend auf dem Igel befestigt. Die gerade, untere Endfläche der Kerze wird auf den Igel gepreßt. Dies geht leicht, und die Kerze hält absolut sicher, wenn man kurz vorher die haltenden Nägel über einer Kerzenflamme anwärmt. Der Bleisockel wird zwischen Daumen und Zeigefinger senkrecht aufgekippt so über die Kerzenflamme gehalten, daß diese durch die mittlere Partie der Nägel schlägt. Ehe sich die Wärme dem Bleisockel mitteilt, so daß man den »Igel« nicht mehr halten könnte, haben sich die Nägel genügend erwärmt. Nun wird schnell eine Kerze in die Mitte des Blockes oder zwei, etwas unterschiedlich lange Kerzen in die gegenüberliegenden Außenpartien der Nagelfläche gedrückt. Drei Zentimeter Abstand von Kerze zu Kerze sind völlig ausreichend. Die freien Nägel werden mit Blättern und Blüten besteckt. – Für die Kombination von Blumen mit einer Kerze gibt es aber auch speziell hergestellte Blumenigel. Sie bestehen aus einer Ringform. Die

Kerze wird einfach in die runde Öffnung inmitten des Kenzan gesteckt und hält dort wie in einem Kerzenhalter fest, vorausgesetzt, ihr Durchmesser entspricht der Weite des Loches. Der Nagelkranz des Halters wird mit Blumen besteckt. Im fertigen Arrangement vereint sich der stimmungsvolle Glanz der Kerzen mit der lebendigen Frische der Blüten zu einer festlichen Komposition.

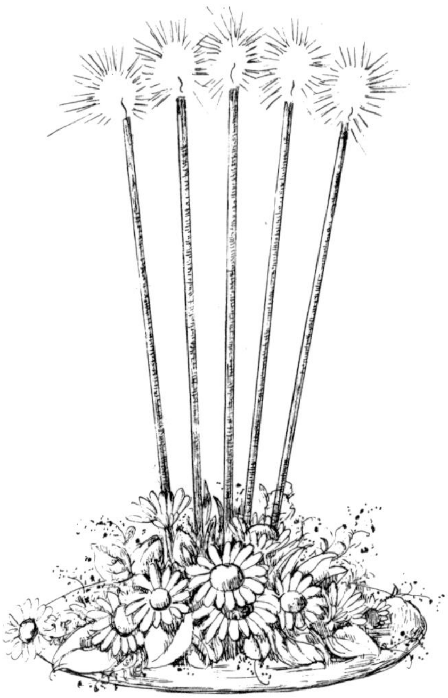

MASCHENDRAHT ALS STECKHILFE · Soll ein recht üppiges, dekoratives Arrangement hergestellt werden, genügt der Blumenigel allein nicht. Erstens haben so viele Stiele nicht Platz, und zweitens wählen wir für derartige Blumenstücke gern ein kübelartiges Gefäß, zumindest eine tiefere Schale. Da der Igel aber auf dem Boden des Behälters liegt, werden ihn etliche Blumenstiele nicht erreichen. Je tiefer der Kübel ist und je seitlicher eine Blume angeordnet wird, um so weniger nützt der Igel. Man löst das Problem, indem zusätzlich ein locker zusammengenommenes Maschendrahtknäuel zu Hilfe genommen wird. Am geeignetsten ist sogenannter »Hühnerdraht«, ein verzinkter Maschendraht von 5–6 cm Maschenweite. Man kann sich in jedem Metallwarenladen ein Stück von der Rolle, etwa einen Meter lang, abschneiden lassen. Damit hat man für relativ wenig Geld ein ideales Steckhilfsmittel erworben. Aus dem großen Stück schneidet man sich brauchbare Teile heraus, die natürlich je nach gewähltem Gefäß verschieden groß sein müssen (etwa die drei- bis fünffache Fläche des Kübelquerschnittes). Dieses Stück Maschendraht wird so zusammengefaltet, daß sich in jeder Höhe des Gefäßes ein loses Gitterwerk befindet, tief am Boden, in den mittleren Partien und sogar etwas über den oberen Rand herausragend. Die Dichte soll möglichst gleichmäßig sein. Durch das Knäulen verbiegen sich die Drähte, überlagern und kreuzen sich, so daß ein Gittersystem entsteht, in dem die Blumenstiele sowohl ausreichend Platz wie auch genügend Halt finden. Nimmt man Draht mit engerer Maschenweite, wird beim Zusammendrücken die Struktur zu dicht, und man kann die Blütenstiele kaum noch hindurchstecken; die Menge der Stiele eines dekorativen Arrangements hat auf keinen Fall Platz genug. Das höher als der Gefäßrand aufragende Drahtgitter erhöht die Standsicherheit der Blumen wesentlich und erleichtert das Anordnen der seitlichen Partien. Unschön auffallen wird der Draht nicht, da er durch Blätter und kurzstielige Blüten überdeckt wird.
Ein Kenzan unter dem Maschengeflecht ermöglicht eine feste Lage des Drahtknäuels, indem zunächst einmal wenige Blütenstiele senkrecht durch das Drahtgitter auf den Kenzan gesteckt werden. Alle weiteren Blumen können nun, ohne den Kenzan zu berühren, Halt finden, weil ja der Maschendraht fest verankert ist. Ihre Stiele müssen lediglich unter der Wasserlinie enden! In Töpfen, Kelchen oder Vasen mit weiten Öffnungen benötigen wir den Kenzan unter dem Maschendraht nicht, nur in weit offenen Schalen

– in einer Salatschüssel etwa – ist er vorteilhaft. In Gefäßen, die so tief wie breit oder tiefer sind, bekommt das gut gefaltete und in die Form eingepaßte Drahtknäuel ausreichend Halt durch die Gefäßwandung. Es gilt lediglich zu verhindern, daß während des Blumenstellens der etwas hochgebauschte Drahtball niedergedrückt wird oder sich in einer runden Innenwandung dreht. Dazu stecken wir zwei Hölzchen kreuz und quer durch den Maschendraht, so daß die Enden der Stäbe auf dem Gefäßrand liegen und diesen etwa 2–3 cm überragen. Es genügen schlichte, entsprechend zugeschnittene Zweiglein. Man kann auch starken Draht nehmen, der obendrein noch an der Außenwand des Topfes herabgebogen wird. Mit den damit entstehenden vier Haken wird das Maschendrahtknäuel fest verankert. Diese Praxis ist vor allem bei großen Bodenvasen dienlich. Der Drahtball für eine Bodenvase muß nicht den ganzen Innenraum ausfüllen. Es genügt, wenn im oberen Teil der Vase ein derartiges Gitterwerk hängt, gehalten durch die sich kreuzenden und auf dem Vasenrand lagernden Stöckchen oder durch sehr starke, an den Enden ösenartig umgebogene Drahtstücke, die genau über die Gefäßöffnung passen. Dank dieser technischen Hilfe ist es möglich, mit sehr wenigen Teilen – Zweigen, Blumen oder Schilfgräsern – die große Bodenvase ansprechend zu füllen, ohne daß die Blumen allzu tief in das Gefäß eintauchen und ohne daß sie nach allen Seiten auseinanderfallen. (Taf. 22, S. 94.)

Auch für Glasbecher und -vasen hat sich der eingehängte Drahtball als Steckhilfe bewährt. Es ist zwar nicht schön, wenn im Hohlraum des Glasgefäßes ein Maschendrahtgeflecht sichtbar wird, und Draht ist ein Material, das in Verbindung mit Blumen immer als technischer Fremdkörper wirken muß. Wir können jedoch dessen Zweckmäßigkeit nutzen, ohne daß er allzu augenfällig in Erscheinung tritt. Formen wir einen annähernd runden Maschendrahtball und hängen ihn so in die Vasenöffnung, daß er nur zur Hälfte in die Höhlung eintaucht, die andere Hälfte aber aus dem Gefäß herausragt, so bleibt das Vaseninnere weitgehend frei von Draht. Die Blumenstiele stoßen durch die Maschenlagen des eingehängten Drahtgitters hindurch und tauchen in das freie Wasser ein. Im oberen Teil, wo sich viele Blumenstiele kreuzen, fällt das wenig sichtbare Drahtgeflecht kaum auf, und über dem Gefäß ist es durch Blätter und Blüten ausreichend überspielt.

GLASKUGELN UND KIESEL · Es steht uns noch eine andere Steckhilfe für Glasvasen zur Verfügung. Sie entspricht ganz dem Material des Gefäßes; es sind nämlich Glaskugeln. Diese sind aus massivem Glas, ähnlich den »Murmeln«, mit denen die Kinder spielen (Taf. 10 oben Mitte, S. 34). Sie sollten transparent oder milchig sein und außerdem farblos, allenfalls matt grünlich. Vom Kauf der farbigen, eventuell sogar bunt gemischten Kugeln ist abzuraten, da diese funktionellen Elemente mit ihrer dienenden Rolle optisch nicht allzu stark mitwirken sollen. Bunte Kugeln können die farbliche Harmonie der Blumenkomposition erheblich stören. Meist wird man nur den unteren Teil des Glasgefäßes mit den Kugeln füllen. Zwischen ihnen finden die Stielenden Halt, so daß sie nicht verrutschen. Nun fehlt nur noch ein Widerlager in der Öffnung der Vase, damit sich die Stiele nicht alle gegen den oberen Gefäßrand legen. Dies würde bedeuten, daß wir die Blumen nicht in die Stellung bringen können, die für eine schöne Gestaltung erforderlich ist. Ein einschichtiges Netzsystem über der Öffnung der Vase könnte das verhindern. Gut, schaffen wir uns einen solchen Halterungsmechanismus, ähnlich der Ablage für Regenschirme oder Reagenzgläser. Es bietet sich sogar durchsichtiges, zum Glas passendes Material an: synthetische Klebestreifen. Billig und einfach entsteht damit das gewünschte Haltegitter, indem man etwa 1 cm breite Streifen mit 1,5 bis 2 cm Zwischenraum parallel über die Öffnung klebt. Außen läßt man sie 1,5 bis 2 cm an der Gefäßwand herablaufen und drückt sie fest an. Nachdem in gleicher Weise rechtwinklig zur ersten eine zweite Serie solcher wasserfesten, sehr klebefähigen Streifen über das Glasgefäß gelegt ist, haben wir eine praktische Steckhilfe, die gut hält und oft benutzt werden kann. Sind erst einige Blumen eingestellt, wird die Verankerung der weiteren immer leichter.

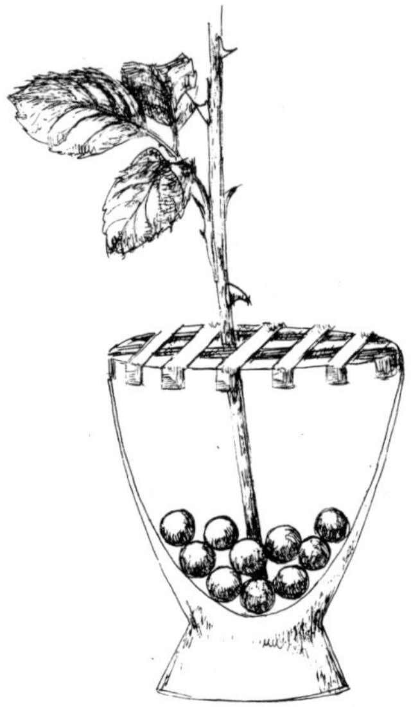

Wer genügend Glaskugeln hat, um das ganze Gefäß zu füllen, kann aber auch allein damit recht gut einige wenige Blütenstiele arrangieren. Wünscht man aber eine üppigere Anordnung in einem weiten Glasgefäß, ohne mit dem Gitter aus Klebefolie zu arbeiten, kann man Glaskugeln und Kenzan kombiniert verwenden. Das Gefäß muß breit genug sein, damit um den Kenzan ein Ring von Glaskugeln liegen kann, welche den stacheligen Gesellen umgeben und damit den Blicken entziehen. Wenn hier und da ein wenig von dem »Igel« durchschimmert, ist das nicht so schlimm. Benutzt man ihn aber in einem Glasgefäß ohne die Glaskugeln, stört das sichtbare technische Objekt sehr und beeinträchtigt Eleganz und Gefälligkeit des gesamten Arrangements. Auf den »Igel« werden die Blumen gesteckt, und zum Schluß kommen noch Glaskugeln um die dem Kenzan entwachsenden Blumenstiele. Selbst zwischen die Blütenstaffelungen können einige Kugeln rollen. So verbinden sich Glas und Blumen innig und harmonisch zu einer wahren Augenfreude. (Taf. 31 oben rechts, S. 127.)

In einer weiten Keramikschale kann die oben beschriebene Rolle der Glaskugeln von einer Handvoll Kieselsteinen übernommen werden. Es ist nun einmal nicht schön, wenn das Aufpieken der Blumen auf den Nagelblock sichtbar bleibt, weshalb der Kenzan mit Blättern im Wuchsmittelpunkt überdeckt wird. Ergibt es sich beim Arrangieren, daß dennoch einige Partien des Kenzan frei bleiben, so ist es recht gefällig, dort die Kieselsteine hinzulegen. Wir nehmen keinen Bruchkies, sondern Steinchen des Flußufers oder der Seen, die vom Wasser glatt und rund geschliffen sind. In der Utensiliensammlung eines jeden Blumenliebhabers sollte ein Beutelchen voll davon vorhanden sein. Und wenn Sie bei dem Spaziergang einige größere, besonders interessant geformte Kiesel finden, so verleiben Sie die Ihrer Sammlung ein. In einem vegetativen Arrangement mit Schilfrohr, Sumpfiris, Froschlöffel und großen, glatt-runden Blättern – angeordnet auf dem Kenzan in einer weiten, flachen Keramikschale – sehen die Kiesel in der zur Wirkung kommenden Wasserfläche sehr organisch und schön aus.

Und noch viele andere Hilfsmittel · Schließlich seien noch die Steckhilfsmittel aus festem Kunststoff erwähnt. Nach dem Prinzip des Maschendrahtknäuels sind diese als zwei- oder dreietagiges Gittersystem gebaut, kuppelartig und halbrund oder zylindrisch geformt. Teils sind diese Gitterblöcke mit einem pneumatischen Sauger an dem Boden der Steckschale zu befestigen, oder sie sind fest in die Form der dazugehörigen Schale, die ebenfalls aus Kunststoff ist, eingepaßt. Nur so werden diese Steckhilfen standsicher. Die Gitterhalter eignen sich für üppige Anordnungen im dekorativen Stil recht gut; auch lassen sich mit kurzstieligen Blumen nette Blumengestecke mit geschlossener Umrißform arbeiten. Einige Übung ist natürlich hier – wie bei allen anderen Methoden – notwendig.

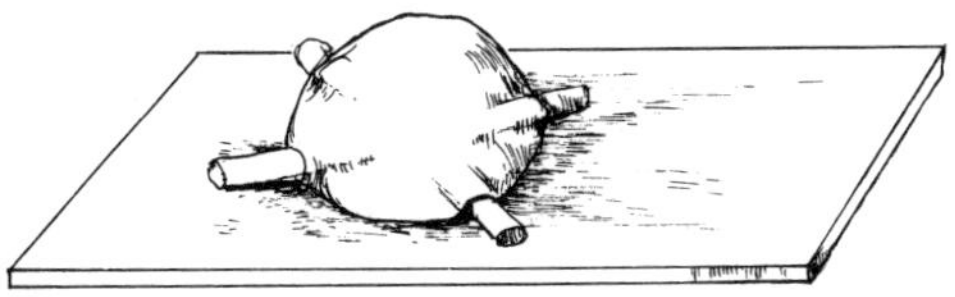

Keramische Blumenhalter, die wie durchlöcherte Halbkugeln gestaltet sind, haben genügend Eigengewicht, um die hineingesteckten Blumen zu halten. Nur kann man leider mit ihnen auf Grund der Zahl, Größe und Lage der Löcher nicht wahrhaft frei gestalten.

Im Herbst sehen Arrangements aus trockenen Gräsern und Fruchtständen recht stimmungsvoll und schmückend aus. Sie entsprechen ganz dem Charakter der vorwinterlichen Jahreszeit und erfreuen durch stille Farbgebung und reizvolle Linienführungen. Kleine Zusammenstellungen, auf ein Holzbrettchen (Eßbrettchen) oder in eine rauhe, flache Keramikschale gefügt, erfordern kein Steckhilfsmittel, das den abgeschnittenen Pflanzenteilen Wasser zuführt. Ein knetbarer Tonklumpen, schwerer Lehm, ein Stück Plastilin oder Fensterkitt sind ideale Steckhilfen zum Arbeiten mit trockenem Material. Ton oder Lehm trocknen zwar ein und lösen sich dann häufig von der Unterlage, an der sie im feuchten Zustand festkleben, doch soll das Arrangement ja nicht ewig stehen! Schließlich kann man in weiser Voraussicht dem dann drohenden Umfallen vorbeugen, indem man den Tonklumpen über den Mittelpunkt von sich kreuzend zusammengelegten Hölzchen drückt. Trocknet der Ton von der Unterlage ab, werden die etwa fingerlangen Holz-»Strahlen« die Standsicherheit übernehmen, denn sie bleiben meist fest in dem Ton verankert. In tieferen Gefäßen stecken wir die trocknen Gräser und Fruchtstände einfach in sauberen Sand.

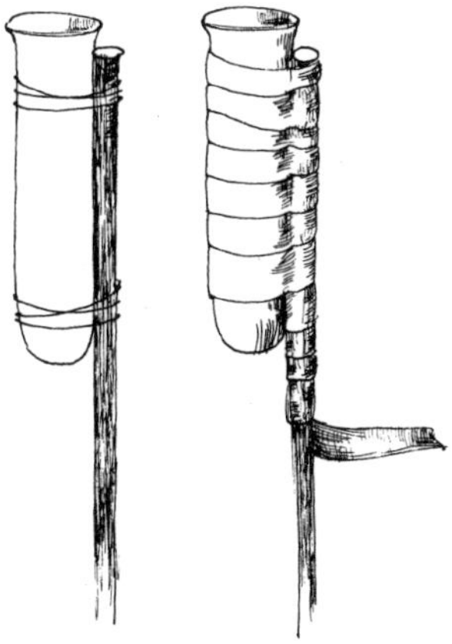

Es sei aber noch ein Trick verraten, wie man Blumenstiele verlängern kann, so daß die Blüte Wasser bekommt, auch wenn der Stiel nicht bis in die Vase reicht. Für Bodenvasen oder dekorative Kübelfüllungen fehlt leicht einmal eine besonders langstielige Blume, um die Spitze der gewünschten Umrißform auszugestalten oder weil die Proportionierung hoch aufragende Formen notwendig macht. Oft sind es nur wenige Zentimeter, um die ein Stiel verlängert werden muß. Hier helfen Glasröhrchen (Reagenzgläser oder eine leere Kapernröhre) und Steckvasen aus Blech oder Kunststoff, wie sie für Grabschmuck verwendet werden.

Das Glasröhrchen wird an einen passenden Holzstab gebunden, mit dem es an den entsprechenden Platz in das Steckhilfsmittel im Gefäß gestellt wird. Das Röhrchen und der sichtbare Teil des Stabes können mit einem bräunlichen, grünlichen oder naturfarbenen Bastfaden oder wenig grünem Kautschukband (im Blumenfachgeschäft erhältlich) umwickelt werden. So fallen sie kaum noch als technische Hilfe zwischen den Blumen auf. In das Röhrchen wird Wasser gefüllt und die somit verlängerte Blume hineingestellt. Das Wasser muß zwar jeden Tag ergänzt werden, denn dieser schmale Behälter faßt sehr wenig, doch wird die kleine Extramühe durch ein aufgelockert gestaltetes und zum Gefäß in einem guten Verhältnis stehendes Arrangement belohnt. Sollen der ganze Mittelteil angehoben oder mehrere größere Blumen verlängert werden, reichen die Glasröhrchen nicht aus. Dann nehmen wir trichterförmige Steckvasen von möglichst schlanker, schmaler Form. Sie werden mit ihrer Spitze in den Maschendrahtball gesteckt. Blätter und kurzstielige Blüten sollen möglichst das aus der Mitte aufragende Gefäß umspielen und damit etwas abdecken. (Taf. 21, S. 93, Taf. 22, S. 94.)

Wer besonders geschickt ist, kann auch seine Blumen in einem Strauß zusammennehmen und binden. Die Blumen müssen dabei genauso gestaffelt und geordnet werden, wie sie auch beim Stecken arrangiert würden. Das erfordert viel Handfertigkeit und Übung. Der in dieser Weise zusammengebundene Strauß mit den ganz zum Schluß gleichmäßig kurz geschnittenen Stielen läßt sich einfach in die passende Vase stellen. Auch beim Erneuern des Wassers bleibt die Form erhalten, was recht praktisch ist. Sollte der Strauß etwas wacklig stehen, helfen ein paar Kieselsteine, seinen Halt zu festigen. Wollen Sie einen derartigen Strauß als Geschenk für ein Geburtstagskind oder zu einem Jubiläum im Blumengeschäft erwerben, wird es notwendig sein, Ihre Wünsche und Vorstellungen genau zu erläutern, denn es ist nicht selbstverständlich, einen Strauß wie ein Arrangement, gestaffelt und rhythmisch geordnet, zu binden. Allenfalls findet man im Sommer zur Zeit des reichen Flors im Freiland in den Auslagen der guten Fachgeschäfte derartige bunte Sträuße. Schließlich ist zum Binden eine gewisse Kunstfertigkeit und – was im Geschäftsbetrieb ins Gewicht fällt – einige Zeit notwendig, was diesen künstlerisch gestalteten Strauß kostbar macht. Beim Verschenken darf der Rat, den Bastfaden nicht aufzuschneiden, weil

17. Aufrecht und frei arrangiert, so zeigen sich Stolz und Schönheit dieser Lilien am wirkungsvollsten. Die sich neigenden Clematis fügen sich harmonisch unter. Die Blätter der Grevillea und der krause Schopf der Selaginella kontrastieren reizvoll (siehe S. 104). ►

18. Blumen, die in vielblütigen Büschen und Polstern wachsen, eignen sich für Blumenkompositionen in dichter Fülle. Sie haben nichts dagegen, Bausteine in einer neuen Form zu sein, wie diese Gemeinschaft aus Stiefmütterchen, Goldlack, Schleifenblumen und Gemswurz in einem Tischkranz (siehe S. 164 u. 175).

sonst die schöne Ordnung der Blumen verlorengeht, nicht vergessen werden. Der Vergleich mit dem Biedermeierstrauß erleichtert das Verständnis für diese Tatsache, dieser wird auch nicht auseinandergenommen, weil sonst seine Form und damit seine spezielle Schönheit zerstört wird. (Taf. 27 unten rechts u. links, S. 123.)
Aber es gibt noch etliche andere Steckhilfsmittel. Vor allem die Japaner haben in der Technik des Blumenstellens die unterschiedlichsten Methoden entwickelt. So nehmen sie zum Arrangieren im Nageire-Stil (siehe S. 25 f.) einfache oder gegabelte Hölzchen, die sie passend zuschneiden und geschickt in die Vasenöffnung klemmen. In den entstehenden Winkeln halten sich die Zweige und Blumen in jeder gewünschten Lage. Oder sie nageln kleine, passende Holzstücke quer an die einzustellenden Zweige, so daß sie diese selbst in dem Gefäß festklemmen. Daneben erfanden sie außer dem Kenzan weitere Halter aus Blei, Bronze, Jade und anderen Materialien. Sie kennen auch Metallhaken, die über den Vasenrand zu hängen sind und an einem Metallblättchen einige Messingnägel tragen. Gegen diese Nägel wird der eingestellte Zweig gepreßt, so daß er daran hält und somit einen festen Stand im Gefäß erreicht. Schließlich sind etliche Blumeneinstellgefäße nicht offen wie unsere Vasen, es sind lediglich Hohlformen mit einer Standfläche, die oben oder auch seitlich Schlitze oder Löcher aufweisen, durch die Wasser ein- und ausgefüllt wird und durch die die Blumenstiele gesteckt werden. Ja, es ist kein Wunder, daß in einem Land, in dem das Blumenstellen eine alte und allgemein gepflegte Kunst ist, auch die Hersteller von Einstellgefäßen nicht nur schöne, sondern auch zweckmäßige Formen entwickeln! Hier wird absichtlich nicht von »Blumenvasen« gesprochen, einem Wort, das in uns bestimmte Vorstellungen auslöst, die sich häufig nicht mit den im Ikebana bevorzugten Gefäßformen decken. Je länger auch Sie sich mit dem kunstvollen Blumenarrangieren beschäftigen, um so häufiger werden Sie immer unterschiedlichere Gefäße benutzen, vor allem weite oder flache Kübel und Schalen. Damit werden Ihnen die Blumensteckhilfsmittel immer unentbehrlicher werden. Nun, in diesem Kapitelchen sind Ihnen viele und ganz unterschiedliche Anregungen gegeben worden. Doch vielleicht experimentieren Sie weiter und finden noch andere Möglichkeiten, den Schnittblumen in weiten Gefäßen Halt zu geben? Dann vermitteln Sie den Tip auch andern, denn jeder, der das Blumenstellen als Hobby erwählt hat, wird sich darüber freuen und Ihnen dankbar sein.

Notwendige Werkzeuge und Geräte · (Taf. 26, S. 106.) In der Betrachtung über technische Hilfsmittel seien auch Scheren und Messer nicht vergessen. Ein scharfes Messer, ein Küchenmesser tut es durchaus, benötigen wir, um die Blumen auf die gewünschte Länge zu kürzen und sie richtig anzuschneiden. Für Zweige genügt das Messer aber oft nicht, deshalb sollte eine

Schere, die Baumschere oder die etwas kleinere Rosenschere, vorhanden sein. Mit einer einfachen scharfen Schneiderschere lassen sich bei schadhaften Blättern die Blattränder nachschneiden und die trockenen Spitzen oder fleckigen Teile entfernen. Die Schnittränder trocknen ab und beeinträchtigen kaum die Haltbarkeit des Blattes.
Hin und wieder kann man auch eine Flachzange ganz gut gebrauchen, vor allem dann, wenn man sich mit dem Maschendraht als Steckhilfe vertraut gemacht hat. Erstens ist es mit Hilfe der Zange leicht, die scharfen, unverflochtenen Drahtenden zusammenzubiegen, so daß sie nicht die Innenwände der Gefäße zerkratzen können, und zweitens lassen sich mit ihr die Haken der Haltedrähte leicht biegen. Eine Kneifzange zum Durchzwicken des Drahtes und ein Hammer, den wir eventuell für das Anklopfen von holzigen Stielen brauchen (siehe S. 74), werden wohl im Gerätekasten des Haushalts sein. Eine Säge (Stichsäge oder Fuchsschwanz) wird nur von dem benötigt, der stärkere Äste wie Kastanien- oder Obstbaumzweige stellen will, für die die Baumschere beim Zurechtschneiden nicht mehr ausreicht.
Weiterhin sind die Drähte zu erwähnen. Ihr Blumenfachgeschäft kann Ihnen zu ein paar »Steckdrähten« in verschiedenen Stärken und Längen verhelfen und auch zu einer Rolle »Wickeldraht«. Sie sind unentbehrliche Requisiten zum Herstellen von Moospolstern, zum Anbinden derselben an Leuchter oder anderes, zum Einhängen des Maschendrahtknäuels oder um einmal einen Zierapfel oder eine Vogelbeerendolde an eine andere Stelle des Zweiges zu hängen, wo sie besser zur Geltung kommen!
Dann sei hier noch einmal das Kautschukband genannt, das Sie in Hell- und Dunkelgrün, Hell- und Dunkelbraun und in Weiß erwerben können. Wenn Sie zum Beispiel den starken Steckdraht, mit dem der Maschendrahtball in die Porzellanvase eingehängt werden soll, vorher mit weißem Blumenbindeband umwickeln, so schmiegt sich der Drahthaken weicher an den Gefäßrand an. Er ist auch sauber abgedeckt, fällt nicht auf, und es kann keine Rostflecken geben, denn der Steckdraht ist nicht wie das Maschendrahtnetz verzinkt, sondern ist schlichter Eisendraht und rostet. Deshalb ist er trocken zu verwahren. Das Kautschukband dagegen ist vor Hitze zu schützen. Legen Sie es nicht gerade in das Schubfach eines Schränkchens, das nahe an der Heizung steht. Die Klebefähigkeit des Bandes ist ein Plus bei der Arbeit, denn deshalb schmiegt es sich fest an den Draht. Die Handwärme steigert bereits diese Eigenschaft, weshalb man es nur einfach abzureißen braucht, und das Ende wird durch die Handwärme so angeklebt, daß sich die Wikkelung nicht löst. Doch kommt es in den Einfluß großer Heizungs- oder Sonnenwärme, so kleben die Lagen des Bandes unweigerlich zusammen, vor allem, wenn es auf der Originalrolle aufgewickelt ist. Diese Rollen, mit denen der Fachmann arbeitet, sind aber für den Liebhaber viel zu groß. Bitten Sie Ihren Blumenhändler, ein paar Meter abzuwickeln, er wird Ihnen

den Gefallen schon tun. Ein allzu großer Vorrat ist nämlich insofern unrentabel, als dieses gummiähnliche Produkt altert und mit der Zeit seine Schmiegsamkeit und Dehnbarkeit verliert. Vor allem das weiße Blumenband reagiert derartig auf lange Lagerung. Finden Sie keine Möglichkeit, Kautschukband zu kaufen, so sammeln Sie die Bastfäden von den Blumensträußen oder besorgen sich eine kleine Portion lindgrün gefärbten Bast im Handarbeitsgeschäft. Auch damit läßt sich ein Draht, ein Glasröhrchen oder ein Holzstock umwickeln.
Ist das Arrangement fertig, wird es mit einem feinen Nebel frischen Wassers übersprüht. Die Verdunstung wird nun zunächst diesen kleinen Wasservorrat verbrauchen, ehe die Blätter und Blüten Feuchtigkeit aus ihren eigenen Zellen abgeben müssen. Zudem wird die Luftfeuchtigkeit angereichert, was für Schnittblumen wie für Topfblumen gleich angenehm ist. Eine Sprühflasche, die einen gut zerstäubten Wassernebel erzeugt, ist deshalb ebenso unerläßlich für den Blumenfreund wie eine Gießkanne. Doch damit sind wir bereits bei der Pflege von Schnittblumen, der wir uns im folgenden Kapitel eingehender zuwenden wollen.

DIE BEHANDLUNG UND PFLEGE VON SCHNITTBLUMEN

Ehe überhaupt die Schnittblumen in ein Gefäß geordnet werden können, geschieht allerhand mit ihnen. Sie haben Strapazen des Transportes und der Verpackung zu überstehen, müssen zeitweilig ohne Wasser auskommen, sich an neue Lebensbedingungen gewöhnen und sollen schließlich doch so lange wie möglich mit ihrer Frische und Schönheit erfreuen. Deshalb ist es dienlich, die Schnittblumen auf allen ihren Stationen recht pfleglich zu behandeln; sie danken es uns oft überraschend gut.

Die Blumenernte · Dieser Begriff ist für die Schnittblumengewinnung nicht allgemein üblich, aber doch recht treffend. Genau wie beim Korn ist dabei auf die »Schnittreife« zu achten. Hierunter versteht man bei unseren Blüten und Blättern den Zeitpunkt für die Ernte, der alle Voraussetzungen für die bestmögliche Haltbarkeit der Schnittblumen erfüllt. So schneidet man Flieder und Zinnien, Chrysanthemen, Sonnenblumen, Astern und Alpenveilchen – wie überhaupt alle Korbblütler – im erblühten Zustand. Andernfalls welken die Stiele kurz unter den Blüten sehr leicht. Man muß dann allerlei Kunstkniffe anwenden, um die Blumen frisch zu erhalten und die Knospen zur Blüte zu bringen – wenn man es überhaupt schafft. Narzissen, Tulpen, Lilien, Pfingstrosen, Iris, Mohnblumen sowie Gladiolen dagegen schneidet man knospig, doch sollen die Knospen bereits etwas Farbe zeigen.

Auch bei Rosen ist es wichtig, daß sie – je nach Sorte allerdings unterschiedlich viel – Blütenfarbe erkennen lassen.

Dagegen kann man im Winter viele Gehölze mit fest geschlossenen Knospen schneiden und die Zweige in die Vase stellen. Die Knospen werden sich unter dem Einfluß der Zimmerwärme öffnen und die Blüten sich voll entwickeln, weil im Holz genügend Baustoffe für das Wachstum der Blüten gespeichert sind. Der Austrieb wird begünstigt, wenn man die Zweige gleich nach dem Schnitt mehrere Stunden lang in etwa 40 Grad warmes Wasser stellt und auch später das Wasser in der Vase durch heißes Wasser ergänzt oder durch warmes Wasser ersetzt. Weiterhin fördert ein leichter Wassernebel – mit der Sprühdose über die Zweige gespritzt – das Schwellen und Aufbrechen der Knospen. Haben die Zweige vor dem Schnitt einen starken Frost erlebt, ist ihre Blühwilligkeit sicher. Der natürliche Rhythmus im Stoffwechsel der Pflanzen braucht die Winterruhe und die Frosteinwirkung. Deshalb soll man Zweige, die man treiben will, nicht vor einer Frostperiode schneiden. Im allgemeinen ist es üblich, am 4. Dezember – am Tage der heiligen Barbara – sogenannte »Barbarazweige« in die Vase zu stellen, um sich zu Weihnachten an den geöffneten Blüten erfreuen zu können. Doch sollte bis zu diesem Tag noch kein Frost eingetreten sein, warte man lieber mit der Gehölztreiberei. Übrigens eignen sich zum Treiben folgende Gehölze gut: Forsythia, Magnolia, Prunus- und Malusarten (Kirsche, Apfel usw. – auch Zierformen wie Mandelbäumchen u. a.), Quitten (Chaenomeles), Goldregen (Laburnum), Roßkastanie (Aesculus), Ginster (Cytisus praecox) und alle Kätzchenzweige (Weide, Haselnuß und Erle).

Doch noch einmal zurück zur Schnittreife, und wenden wir unsere Aufmerksamkeit den Blättern, Ranken und Laubzweigen zu. Jedes Schnittgrün muß ausgereift sein – wir können auch sagen, voll ausgewachsen –, damit es sich gut hält. Das frische, junge Birkengrün welkt nur gar zu leicht und wird am Zweig trocken, obgleich das Holz im Wasser steht und der Stiel aufgeklopft wurde. Die Blättchen sind einfach zu jung, zu zart und weich, um die trokkene Zimmerluft zu ertragen. Schneiden Sie von einem Farn im Garten einige Wedel oder bringen Sie sich vom Spaziergang etliche am Wegrand gepflückte Blätter mit nach Hause, dann verzichten Sie auf die frisch und zartgrün aussehenden jungen Herzblätter und schneiden Sie vom äußeren Rand der Blattrosetten älteres Laub. Auch Ranken mit jungen Austrieben sind für das Schnittblumenstellen ungeeignet, sie welken zu schnell. Wenn allerdings vom buntlaubigen Eichenzweig im Herbst die Blätter abfallen, so ist das ein ganz natürlicher Vorgang, der mit Welken nichts zu tun hat.

Die Blätter fallen ja auch von den Bäumen!

Und hier noch einige Pflanzennamen von geeigneten Blatt- und Rankenlieferanten – falls Sie das Glück haben, sich im eigenen Garten etliche davon anpflanzen zu können:

Stauden: Alchemilla alpina (Frauenmantel), Hosta-Arten (Funkie), Bergenia-Arten.
Farne: Polypodium (Tüpfelfarn), Polystichum (Schild- bzw. Filigranfarn), Blechnum (Rippenfarn) und Phyllitis (Hirschzunge).
Rankende Pflanzen: Vinca minor (Immergrün), Hedera (Efeu – am besten kleinblättrige Formen), Lonicera japonica (Rankendes Geißblatt).
Gräser: Pennisetum (Lampenputzergras), Spartina (Goldleistenspartina), Stipa (Federgras), Miscanthus (Silberfahnengras), Luzula sylvatica (immergrüne Waldmarbel), Carex-Arten (Seggen) und andere.
Topfpflanzen: Sie werden vom Liebhaber kaum zur Schnittgrüngewinnung genommen, weil man sich an der grünenden vollen Pflanze erfreuen möchte. Aber sollten Sie einen üppigen Zierspargel (Asparagus) haben oder eine wuchernde Bepflanzung im Blumenfenster, wo Sie gern einmal etwas auslichten wollen, dann denken Sie auch hier daran, daß ausgereifte Blätter im Steckarrangement besser und ausdauernder bestehen als junges, gerade erst gewachsenes Grün.
Nachdem wir nun wissen, in welchem Reifestadium die Schnittblume geerntet wird, beschäftigt uns die Frage: Hat auch die Tageszeit, in der die Blume geschnitten wird, Einfluß auf deren Haltbarkeit in der Vase? Nun, die Meinungen sind sehr verschieden und jede hat eine Begründung. Für den frühen Morgen als Erntezeit spricht die Frische der Blumen durch die Nachtkühle und den Tau; gegen die Morgenstunde aber spricht die Tatsache, daß die Blumen während der Nacht viel Energie veratmet haben, die sie am Tage unter der lebenspendenden Kraft der Sonne erst wieder ersetzen müssen. Die am Morgen gewonnenen Schnittblumen haben also einen geringeren »Kraftstoff«-Vorrat als die am Abend geschnittenen. Auch kann der Tau auf den Blüten besonders zarter Pflanzen wie Wicken schaden, doch geschieht das nur, wenn diese unachtsam aufeinandergehäuft und stark gedrückt transportiert werden. Also können wir das letzte Argument unbeachtet lassen. Für den Nachmittag oder Abend als Erntezeit spricht die Anreicherung von Assimilaten, also Energien in den Pflanzenteilen, aber ungünstig ist die Nachmittagszeit dann, wenn die Sonne heiß geschienen und der Pflanze viel Feuchtigkeit entzogen hat. Doch schließlich können wir diesen Mangel durch entsprechende Pflegemaßnahmen ausgleichen. Großzügig betrachtet, können wir sagen, daß jede Tageszeit eine Schnittblumenernte erlaubt, es aber besser ist, vor allem knospige Blumen erst im späteren Verlauf des Tages zu schneiden, damit die Blumenstiele genug Kraft für die Weiterentwicklung der Blumen mitbringen.
Beim Schneiden der Blüten denken wir bereits daran, daß wir kürzere und längere Blumen brauchen. Überhaupt ist es richtig, die Pflanze genau anzuschauen und dann die Blumen so zu schneiden, daß die Pflanze für die Neubildung von weiteren Blüten noch recht viel Chancen behält. In den Blatt-

achseln liegen bei vielen Blumenarten Knospen, die neu austreiben können und mit weiteren Blüten ihr Wachstum abschließen. Der Rittersporn blüht lange und sogar noch einmal sehr schön im Spätsommer, wenn ihm ein Stengelstück mit bereits angelegten Seitentrieben, zumindest aber etlichen gesunden Blättern belassen wird. Man kann auch bei Korbblütlern durch einen derartig sinnvollen Schnitt einen langen Blütenflor erhalten.
So, nun können wir unsere Ernte – sorgfältig in einen Korb gelegt und mit den Blütenköpfen über den Korbrand ragend – in das Haus tragen. Die gekauften oder auf einem Spaziergang gesammelten Blumen lieben es sehr, ganz eingewickelt zu werden, und zwar locker, damit die Blütenblätter nicht gedrückt werden. Die Papierhülle verhindert übermäßige Verdunstung während des Transportes. Deshalb sollte das Papier über den Blüten, aber auch unter den Stielenden zusammengefaltet sein. Wenn auf Autotouren Blumen gesammelt werden, empfiehlt es sich, einen großen und unbeschädigten Plastikbeutel zur Hand zu haben. Diese Folie ist eine ideale Umhüllung für den Feldblumenstrauß. Die Blumenstiele können zusätzlich mit feuchtem Moos oder ein paar großen Blättern geschützt und feucht gehalten werden.

Schnittblumen brauchen Wasser · Zu Hause werden dann alle Blumen erst einmal zu einer kleinen Erholungspause tief in lauwarmes Wasser gestellt. Durch dieses füllen sich nämlich die Zellen besonders schnell wieder auf, und Stengel wie Blätter werden straff. Wir wissen, daß Wärme alle Lebensvorgänge beschleunigt, also hier auch den Wassertransport im Gewebe der Blumenstiele und Blätter. Will man daher welke Blumen – auch in der Vase welk gewordene Blüten – wieder erfrischen, so stelle man sie in etwa 30–35 Grad warmes Wasser. Auch für den normalen Wasserwechsel ist kühles Leitungswasser nicht ideal. Es sollte abgestanden sein und sich auf Zimmertemperatur erwärmt haben. Schließlich gießt man auch Topfpflanzen nicht mit kaltem Wasser. Der schnelle Temperaturwechsel an dem Pflanzenorgan – hier Wurzel, dort Stengel – kann bei empfindlichen Pflanzen einen Schock hervorrufen, auf den die Blüten beispielsweise mit schnellem Welken reagieren. Vor allem die Gerbera, eine südafrikanische Blume aus den Küstengebieten des Kaplandes und Transvaal, und Orchideen sind unter diesem Aspekt mit Vorsicht zu behandeln.
Auch allzu kalkhaltiges, sogenanntes hartes Wasser ist für die Schnittblumen ebenso ungünstig wie bekanntlich für die Topfpflanzen. Wir lassen deshalb das Wasser mindestens 24 Stunden in einem Eimerchen abstehen oder kochen es. Durch den Kochprozeß fällt ein Großteil des Kalks im Wasser aus; sie kennen alle den grauen Niederschlag im Topf, der zurückbleibt und sich als Kesselstein absetzt. Wer eine Regenwassertonne hat, wird aus ihr sein Wasser für jegliche Blumenpflege nehmen.

Häufig wird empfohlen, Blumenstiele nicht nur frisch anzuschneiden und tief in warmes Wasser zu stellen, sondern die Blumen auch noch in Papier einzuwickeln. Das Papier soll unten die Schnittfläche freilassen, aber oben zusammengefaltet werden. Diese Umhüllung mindert die Verdunstung sehr stark, so daß alles aufgenommene Wasser in der Blume bleibt und die Zellen auffüllen und straff machen kann. Der Prozeß geht mitunter erstaunlich schnell, und die Blumen können recht bald schön aufgesteckt werden. Beim Einwickeln mit Papier vermeide man jedoch, daß die Blüten gedrückt werden; zartblättrige sowie weiße oder pastellfarbene Blüten sind besonders achtsam zu behandeln, auch sollte man aufpassen, daß bei derartigen Blüten das Papier nur die aus dem Wasser herausragenden Partien der Blumen umschließt, nicht aber mit in das Wasser eintaucht. Im letzteren Falle würde das Papier das Wasser hochsaugen und in den Bereich der Blüten führen. Weiße und pastellfarbene Blumen lieben aber kein Wasser an ihren Blüten, vor allem dann nicht, wenn sie eingehüllt sind. Die Begründung ist leicht verständlich: Die weiße Farbe im Blütenblatt entsteht nämlich nicht durch einen Farbstoff, sondern durch Lufteinschlüsse in Zellhohlräumen. Es ist wie beim Schnee, der auch nur durch unzählige kleine Luftbläschen in den Wasserkristallen weiß erscheint. Wird die Luft aber durch Wasser ersetzt, so werden sowohl der Schnee wie auch zum Beispiel die weiße Wickenblüte wäßrig-glasig.

Bevor die Blumen in das Wasser gestellt werden, schneidet man alle schadhaften und überflüssigen Laubblätter ab. Beim endgültigen Anordnen der Blumen in der Schale oder Vase achtet man darauf, daß die im Wasser eintauchenden Stengelteile keine Blätter mehr tragen. Laubwerk unter Wasser wird nämlich leicht faulig. Die Bakterien finden dann reichlich Nahrung, und die Folge ihrer Tätigkeit sind unsauberes Wasser und verschleimte Blumenstiele. In solchem Zustand können die Schnittblumen kein Wasser mehr aufsaugen, sie müssen welken und vergehen, nur weil das Wasser unsauber ist. Man schneidet aber auch gern Blätter von den über dem Wasser stehenden Blumenstielen bis auf einige wenige ab (bei Rosen, Sonnenblumen, Flieder usw.). Die Verringerung der Blattfläche bedeutet nämlich eine Verringerung der Verdunstungsfläche, wodurch der Wasserhaushalt der Schnittblume verbessert wird, was sie durch längere Haltbarkeit dankt. Außerdem ist es vom gestalterischen Gesichtspunkt aus oft falsch, den Blumenstielen alle Blätter belassen. Blüten und Blattgrün müssen in einem gut abgewogenen Mengenverhältnis stehen; schneiden wir aber bei blattreichen Arten keine Blätter heraus, erhalten wir einen sehr krautigen Strauß, in dem die reizvollen Bewegungen der Stiele in der Blätterfülle untergehen. Von den abgeschnittenen Blättern können wir etliche zur Betonung des Wuchsmittelpunktes und andere zum Abdecken des Steckhilfsmittels verwenden.

DIE SCHNITTFLÄCHE AM BLUMENSTIEL · Sie ist mit besonderer Sorgfalt zu behandeln, denn durch sie nimmt die Blume nun das Wasser auf. Es ist unnatürlich, die ganze Oberfläche des Blumenstiels als Aufnahmeorgan zu betrachten; nur Wasserpflanzen sind so gebaut, daß sie auch unter Wasser leben können. Die meisten unserer Schnittblumen fühlen sich am wohlsten, wenn sie allenfalls einige Zentimeter tief im Wasser stehen. Aus diesem Grunde ist das Anordnen von Schnittblumen in flachen Gefäßen mit den genannten Steckhilfsmitteln botanisch richtiger als die bisher übliche Benutzung von hohen Vasen. Auch das Stecken in Vasen mit Hilfe des Maschendrahtknäuels bewirkt, daß die Blumenstiele zum größten Teil nur um ein geringes in die Tiefe des Gefäßes eintauchen. Ordnen wir wenige Blumen so, daß ihre Stiele alle bis auf den Grund der Vase reichen, dann füllen wir entsprechend wenig Wasser ein (etwa 5–10 cm). Nur zur Erholung – wie oben schon gesagt – werden die frisch nach Hause gebrachten oder in der warmen Zimmerluft welk gewordenen Blumen tief in das Wasser gestellt; die Blüten allerdings sollen in den meisten Fällen nicht mit in das Wasser eintauchen (knospige Rosen machen eine Ausnahme).

Die Schnittfläche am Blumenstiel ist für die Blume in der Vase das Tor des Lebens! Wir müssen es immer weit offenhalten. Ein scharfes Messer wird zum Anschneiden benutzt, bei sehr festen Stielen auch die scharfe Baumschere; eine stumpfe, mehr quetschende als schneidende Schere darf nicht zu diesem Zweck benutzt werden. Sie würde die Zellen und Leitungsbahnen nicht öffnen und für die Wasseraufnahme bereitmachen, sondern zusammenquetschen und damit verschließen. Eine recht große Schnittfläche ist günstig, weshalb man ein kurzes Stück vom Blumenstiel schräg abschneidet. Holzige Stiele kann man am Ende außerdem einige Zentimeter mit dem Messer kreuz und quer aufspalten. Geschickter als mit dem Messer läßt sich das durch einen kurzen, harten Schlag mit dem Hammer erreichen, wobei das Stielende auf einer massiven Unterlage ruhig aufliegt. Der prellende Schlag läßt die Holzteile aufplatzen; das Wasser findet eine große Berührungsfläche und tritt leichter in die Gefäße des Zweiges ein. Doch bitte hämmern Sie nicht auf dem Stiel herum, bis das Stielende ganz zerfasert ist, damit wäre wie beim quetschenden Schnitt nur das Gegenteil erreicht. Allenfalls können Sie die Rinde etwa 5 cm lang vom Ende des Stieles abschälen, so daß ein sauberer Holzkern hervorsieht. In diesem Holzteil wird nämlich das Wasser nach oben zu den Blättern und Blüten geführt, und der abgeschälte Teil saugt mit seiner ganzen Länge das Wasser auf. Schließlich bricht man gern starre Stiele von Gehölzen wie auch von Chrysanthemen an. Der schräge Schnitt erzielt wohl eine große, aber glatte Berührungsfläche mit dem Wasser; beim Anbrechen fasert der Stiel etwas auf, was die wasseraufnehmende Fläche vergrößert. Die fleischigen Stiele von Alpenveilchen und Christrosen werden nicht schräg angeschnitten, sondern auch noch in der Längsrichtung mit dem spitzen Messer eingeritzt oder mit einer Stecknadel mehrmals durchstochen.

Die Japaner und auch hiesige Blumenfreunde plädieren dafür, das Anschneiden unter Wasser zu besorgen, während also das Stielende in ein weites Becken eintaucht. Das ist mit dem Messer nicht leicht auszuführen. Die Japaner haben für diesen Zweck eine bei uns allgemein unbekannte, sehr scharf schneidende Schere. Untersuchungen in pflanzenbaulichen Instituten haben ergeben, daß tatsächlich die Haltbarkeit vieler Schnittblumenarten durch diese Manipulation verlängert wird. Der Wert der Maßnahme wird damit erklärt, daß gleich Wasser in die frisch geöffneten Zellen und Gefäße treten kann und nicht erst Luftpartikelchen, die den sofortigen und reibungslosen Strom des Wassers unnötig aufhalten und stören. Nach dem Unterwasseranschnitt kann der mit Wasser benetzte Stiel ohne Gefahr eine kurze Luftreise vom Becken zur voll gefüllten Vase unternehmen; der dünne Wasserfilm über der Schnittstelle hält die Luft ab. Wir sollten es also auch einmal – vor allem bei kostbaren Blumen – versuchen.

Wenn man aber auf das Unterwasseranschneiden verzichten will, so dürfen doch auf keinen Fall die Blumen nach dem Anschneiden noch lange auf dem Tisch liegenbleiben. Dann wäre unsere ganze Mühe umsonst; trockene Schnittflächen bedeuten eine enorme Erschwernis der Wasseraufnahme.

Im Blumenfachgeschäft kann man es häufiger erleben, daß der wohlmeinende Rat, die Blumen zu Hause vor dem Einstellen noch einmal frisch anzuschneiden, dahingehend beantwortet wird, das Anschneiden möchte besser gleich besorgt werden! Wie unterscheidet sich doch dieses Verhalten von dem wunderbaren Einfühlungsvermögen derer, die der Blume sogar den allergeringsten Lufteintritt in ihre Gewebe ersparen und sie unter Wasser anschneiden!

Nun gibt es Pflanzen, die aus frischen Schnittstellen einen Saft absondern. Narzissen und Clivien zum Beispiel verschleiern leicht das Wasser, alle Wolfsmilchgewächse – der Weihnachtsstern (Poinsettia oder Euphorbia pulcherrima) und die hübsche Rispe der Euphorbia fulgens – sondern einen weißen, klebrigen Milchsaft ab. Damit verlieren die Blumen nicht nur eigene Kraftreserven, die Ausscheidungen setzen sich auch vor die offenen Leitungsbahnen, verstopfen sie und behindern somit die Wasseraufnahme. Deshalb lohnt sich vor allem bei den Euphorbien eine Sonderbehandlung. Man hält das angeschnittene Stielende über eine Kerzenflamme; der obere Blumenteil ist seitlich geneigt, damit die Wärme der Flamme hier keinen Schaden anrichten kann. Nun verkocht der Milchsaft regelrecht in dem kurzen Stielende; bereits herausgetretener Saft verschmort und verkohlt. Diese verkohlten Milchsaftreste sowie die durch die Hitze getöteten Zellen wirken wie ein Schwamm, wenn der Stiel in das Wasser gestellt wird. Dieses wird durch das behandelte Stengelende schnell an die gesunden Zellen

herangeführt, und sie wiederum leiten es nach den Gesetzen der Osmose, der Kapillarität und des Verdunstungssoges im Blumenstiel aufwärts. Ein derartig präparierter Stiel braucht nicht mehr so häufig nachgeschnitten zu werden. Geschieht es dennoch und man gelangt wiederum in »blutendes« Gewebe, so nimmt man nochmals die Kerzenflamme zu Hilfe.

Auch der dünne, drahtharte Stiel des Adiantumgrüns (Frauenhaarfarn) kann auf diese Weise für eine leichtere Wasseraufnahme vorbereitet werden. Bekommen Sie dieses Adiantum als Schnittgrün in einem Strauß geschenkt, so probieren Sie doch einmal die Wirkung der Behandlung mit einer Kerzenflamme aus: Ein Wedel wird nur angeschnitten und gleich ins Wasser gestellt, ein anderer nach dem Anschneiden mit dem Stielende etwa 20 bis 30 Sekunden über eine Kerzenflamme gehalten und dann erst eingeordnet. Der letztere wird ganz sicher noch frisch sein, während der andere bereits seine feinen Blättchen einrollt und welkt.

Narzissen brauchen wir nicht einzeln über eine Flamme zu halten, hier genügt das minutenlange Eintauchen der Blumenstielenden in etwa 50 Grad heißes Wasser. Doch sogar fast kochendes Wasser kann helfen, den Blumen die Wasseraufnahme zu erleichtern. Vor allem bei Chrysanthemen werden Sie verwundert sein, wie vorteilhaft sich folgende Behandlung auf die Haltbarkeit der Blüten und Blätter auswirkt. Man bricht die Stengel an oder schneidet das Stielende schräg ab, dann wird die Blume in einen Topf gestellt, in den kurz vorher 5–10 cm hoch kochendes Wasser geschüttet worden ist. Damit der Dampf des heißen Wassers die Blätter und Blüten nicht in Mitleidenschaft zieht, hält man die Blumen etwas schräg, läßt sie etwa eine Minute oder länger in dem sich langsam abkühlenden Wasser stehen. Wie die Kerzenflamme, so macht auch das fast kochende Wasser das eingetauchte Stengelstück porös und für das Wasser leicht durchlässig. Ohne noch einmal etwas vom Stengel abzuschneiden, wird die Chrysantheme in die Blumenvase mit dem frischen Wasser geordnet. Nun tritt das Wasser sogar durch die Oberfläche des behandelten Stengelteils in den Stiel ein und gelangt leicht an die lebendigen Zellen des nicht präparierten Stieles. Das gilt auch für Dahlien, Löwenmäulchen, Euphorbien, Mimosen und sogar Rosen.

Die Pflege des Blumenarrangements · Bei der Wahl des Standorts der Schnittblumen vermeide man direkte Sonnenbestrahlung, Luftzug oder den Platz neben der Heizung. Wärme und Wind fördern die Verdunstung sehr. Wir pflegen die Blumen nicht nur gut, wenn wir ihnen die Wasseraufnahme erleichtern, sondern indem wir auch die Wasserabgabe durch Verminderung der Transpiration beschränken. Aus dem gleichen Grunde ist es richtig, das Blumenarrangement für die Nacht aus dem warmen Zimmer zu tragen und in einen kühlen Raum zu stellen. Orchideenblüten allerdings sollen möglichst nicht unter 10–12 Grad gehalten werden.

Ja – wenn es nun die Frage zu beantworten gilt, wie oft das Wasser gewechselt werden soll, so kann leider keine eindeutige und allgemeingültige Antwort gegeben werden. Zu viele Faktoren spielen eine Rolle. Wechselt man häufig – etwa jeden Tag – das Wasser, so können sich keine Fäulnisbakterien bilden, die sich an den Blumenstielen ansiedeln und durch ihre Zersetzungsprodukte die Wasseraufnahme der Blumen erschweren oder unmöglich machen. Somit ist der tägliche Wasserwechsel vorteilhaft und zu empfehlen. Stehen die Blumen aber kühl, wird nur langsam Bakterienleben aufkommen; es genügt also, das verbrauchte Wasser lediglich zu ergänzen. Überhaupt wird man schön arrangierte Blumen seltener aus dem Gefäß nehmen, um das Wasser zu wechseln. Solange dieses klar ist und die Blumen nicht welken, wird nur frisches Wasser nachgefüllt. Beim vollständigen Wasserwechsel können Arrangements auf einem Kenzan oder im Maschendrahtball, der in einem weiten Kübel liegt, mit der Steckhilfe aus dem Gefäß genommen werden. Nur wenn die Stiele neu angeschnitten werden sollen, bleibt nichts anderes übrig, als das Arrangement auseinanderzunehmen und nach der Pflege der Blumen neu zu gestalten.
Zur Verhütung der Fäulnis im Wasser gibt es chemische Mittel. Vielfach hört man aber auch von dem Kupferpfennig, der Prise Salz oder der Chinosoltablette, von Aspirin oder kohlensaurem Kali, alles Stoffe, die eine längere Haltbarkeit garantieren sollen, wenn sie in das Wasser gegeben werden. Hier muß allgemein zur Vorsicht geraten werden. Das heißt: Der Kupferpfennig schadet den Blumen nichts, aber auch nicht den Fäulnisbakterien! Doch die anderen Mittelchen können je nach Dosierung oder Empfindlichkeit der Blumen mitunter mehr Unheil anrichten als helfen. Will man diesbezüglich seinen Blumen etwas Gutes tun, sich selbst aber das notwendige Wasserwechseln ersparen, dann erwerbe man im Blumenfachgeschäft die entsprechenden erprobten Fabrikate und wende sie genau nach Vorschrift an. Meist beruht deren Wirkung nicht nur auf der Fäulnisverhütung, sondern sie reichern obendrein das Wasser mit Pflanzennährstoffen an. So kommen die Schnittblumen in die Lage, die verbrauchten Energien zu ergänzen, was ihre Haltbarkeit natürlich sehr positiv beeinflußt. Vielleicht haben Sie einmal gehört, daß etwas Zucker im Vasenwasser die Lebensdauer der Schnittblumen erhöhen soll. Das stimmt – und stimmt auch wieder nicht. Zucker wäre ein Nährstoff für die Schnittblumen, ist aber auch einer für die Bakterien! Er belebt also Vorgänge im Vasenwasser, die wir möglichst unterdrücken wollen. Außerdem schätzen nicht alle Blumenarten Zucker im Wasser, zum Beispiel Alpenveilchen und Maiblumen. Forsythien dagegen sowie Narzissen, Tulpen, Freesien u. a. halten sich tatsächlich in einer schwachen Zuckerlösung besser als in reinem Wasser. Wenn Sie Ihre Erfahrungen diesbezüglich sammeln wollen, dann verfahren Sie nicht nach dem Satz: »Viel hilft viel!« Eine zwei- bis dreiprozentige Zucker-

lösung ist konzentriert genug. Bei stärkerer Konzentration können die meisten Blumen weder Zucker noch Wasser aufnehmen und verwelken.
Neben dem Welken steht das Verblühen. Dem Welken können wir in mancher Weise – wie beschrieben – entgegenwirken, doch gegen das Verblühen gibt es nichts! Dies ist ein natürlicher Alterungsprozeß. Er gehört zur Blume wie zu jedem Lebewesen. Können wir also das Verblühen nicht verhindern, so wollen wir es aber auch nicht unnötig beschleunigen. Dies geschieht aber, wenn zum Beispiel zu bereits länger stehenden Blumen frische hinzugefügt werden. Man kann dadurch das Arrangement nur für sehr kurze Zeit »verjüngen«. Die älteren, vollerblühten Blumen nämlich scheiden Duftstoffe ab. Darunter ist Äthylengas, und dieses wirkt wie ein Stimulans und fördert das Erblühen. Knospen brechen in mittelbarer Nähe verblühender Blumen schnell auf, und die gerade erblühten Blumen altern schnell. Beim Obst kennen wir die gleiche Erscheinung. Liegt im Keller eine frühreife Apfelsorte dicht neben einer anderen, die normalerweise erst später genußreif wird, so beschleunigen die Äthylenausscheidungen der reifen Äpfel den Reifeprozeß der noch unreifen.
Da wir im Herbst gern fruchttragende Zweige mit Gladiolen, Sonnenblumen oder Chrysanthemen kombinieren, sollte man wissen, daß vor allem die Beeren des Sanddorns Erzeuger des reifefördernden Gases sind. Für

derartige herbstliche Arrangements ist deshalb ein lockerer, wuchshafter Anordnungsstil mit getrennten Gruppen von Blumen einerseits und Fruchtzweigen andererseits zu empfehlen.
Blumen geben auch Stoffe in das Wasser ab, die mitunter von Vertretern anderer Blumenarten nicht vertragen werden. Veilchen und Vergißmeinnicht, Rosen und Tulpen sollen sich nicht mit dem Maiglöckchen vertragen, die weiße Madonnenlilie bringt dem Mohn, den Kornblumen und Margeriten ein vorzeitiges Ende. Auch Reseda und Himmelsschlüsselchen beeinflussen die Haltbarkeit anderer Blumen ungünstig. Doch hat man andererseits festgestellt, daß etwas Zellsaft, aus einem Maiglöckchen gepreßt und in das Vasenwasser getan, die Haltbarkeit von Rosen und Flieder verlängert hat! Nicht nur Arten, sondern auch Sorten reagieren recht unterschiedlich. So ist es wohl für den Blumenliebhaber am besten, er ordnet die Blumen zusammen, die er nach ästhetischen Gesichtspunkten gern zusammen sehen möchte, auch wenn ihre Lebensdauer wirklich ein wenig geringer sein sollte. Vergänglich ist ihre Schönheit ohnehin; aber gerade deshalb erlebt man immer wieder neu ein besonderes Glück, wenn man ein schönes, lebensfrisches und harmonisches Blumenarrangement betrachten kann.
Papierringe um die Tulpenkelche gelegt, die das Aufgehen der Blüten verhindern sollen, würden diese Schönheit allerdings erheblich beeinträchtigen. Es ist also besser, solche Tricks lieber wegzulassen, die Tulpe hält deswegen kein bißchen länger! Es gibt allerdings einige kleine Manipulationen an Blüten, die kleine Schäden wieder gutmachen können. Dazu gehört zum Beispiel der Nelkenring. Nelken haben mitunter – je nach Sorte oder Wachstumsbedingungen – die unschöne Eigenschaft, daß der Kelch aufplatzt und die Blütenblätter aus der geschlossenen Form flattrig heraustreten. Ein Nelkenblattstück, unter die aufgespaltenen Kelchränder geschoben, kann schon den Schaden beheben. Der Fachmann nimmt Drahtringe, Kunststoff- oder Pappblättchen dazu. Damit ist die Nelke nicht etwa als »alt« gekennzeichnet. Der Nelkenring behebt lediglich einen kleinen Formfehler, der übrigens schon an der Knospe auftreten kann. Auch wenn Chrysanthemen ausfallen, sind sie nicht alt. Sie sind lediglich unvorsichtig behandelt und angestoßen worden. Ist erst einmal ein Blütenblatt von dem breiten Blütenboden abgestoßen worden, lockern sich auch die nächsten. Träufeln Sie dann vorsichtig mit einer brennenden Kerze etwas Wachs in die entstandene Lücke, dann finden die Blütenblätter wieder Halt, und die Blüte hält so lange wie die anderen des Straußes. Hohle Stiele, vor allem Zinnien und Tagetes, haben die Eigenschaft, leicht einmal umzuknicken. Auch diese Blumen brauchen nicht weggeworfen zu werden. Ein dünner Draht, in den Stiel geschoben, stützt die schwache Stelle, und die Blüte wird wieder mit Wasser versorgt.
Bei Zinnien genügt mitunter auch ein spitzes Streichhölzchen, das durch die Blütenmitte von oben in den hohlen Stiel geschoben wird, weil diese

Blumenart oft unmittelbar unter der Blüte umknickt. Nun, warum soll man nicht zu solchen technischen Mitteln greifen, wenn man damit die Schönheit und Lebensfrische der Blumen, solange es geht, erhalten kann?

Der Sonderfall »Trockenblumen« · Blumen beleben, weil sie selbst lebendig sind. Eine Kunstblume wird immer, auch wenn sie noch so täuschend nachgebildet ist, nur ein unvollkommenes Machwerk sein. Gerade weil sie nicht vergeht, ist sie keine Blume, sondern lediglich ein totes Gebilde in Form und Farbe ihres lebendigen Vorbildes. In einem Schaufenster, das mit künstlichen Blumen dekoriert ist, wollen die Blumen ein Farbfleck, eine formale Auflockerung und ein optischer Gegensatz zur ausgelegten Ware sein. Dazu genügt das Surrogat natürlicher Blumen. Im Wohnraum aber, wo die Blume durch ihre Lebensfrische wohnliche Atmosphäre schafft, den Betrachter aufmuntern oder erheitern soll, sind Kunststoffblumen fehl am Platz.
Möchte man jedoch einmal zu haltbareren Blumen greifen, so bietet der Herbst allerlei Trockenformen (Taf. 15 unten rechts, S. 55): Mohnkapseln, trockene Blütenstände von Gräsern, haltbare Distelblüten (Dipsacus, Carlina und Eryngium) und Silberlinge (Lunaria), die orangerote Lampionblume (Physalis) und Maiskolben, zapfenbesetzte Lärchenzweige oder Schilfkolben, tiefbraune Fruchtstände des Sauerampfers oder der Königskerze. Alle genannten Pflanzenteile und viele andere auch werden bereits an der Pflanze trocken, man braucht sie nur noch zu schneiden. Auf Spaziergängen in Wald und Flur bieten sich die reizvollsten Formen an. Man muß sie nur sehen, erkennen und sie – ohne der übrigen Pflanzen zu schaden – sorgsam schneiden. Im Herbst und Winter sind derartige Trockenformen, beispielsweise in eine Bodenvase gestellt, ein stimmungsvoller Raumschmuck. Im Frühjahr allerdings sollten sie nicht mit Zweigen zusammengebracht werden, die zum Treiben aufgestellt sind, denn in dieser Zeit wollen wir junges, beginnendes Leben um uns haben, nicht abgestorbenes! Trockene Blütenformen dagegen haben etwas Zeitloses an sich, nur der Wunsch nach Abwechslung oder die zunehmende Verstaubung zwingt, auch diese nicht »ewig« stehen zu lassen.
Sie selbst können Blumen trocknen und in einem Karton trocken und staubfrei aufbewahren, um sie bei Bedarf zu arrangieren. Hierfür sind folgende Blumenarten besonders gut geeignet: Schafgarbe (Achillea), Papierknöpfchen (Ammobium), Statice (Limonium), Strohblumen (Helichrysum), Immortellen (Helipterum), weiterhin Erica oder Heidekraut (Calluna), der im Winter blühende, gelblichweiße, durch Farbstoffzusatz im Vasenwasser auch gelb oder rot gefärbte Ginster (Cytisus praecox), der einjährige Sommerrittersporn (Delphinium ajacis), Zwiebelblüten aller Größen (Allium) und andere mehr. Versuchen können Sie es mit vielen Arten.
Die Blumen werden gekauft oder gepflückt, wenn sie gerade erblüht und voll ausgefärbt sind. Nun macht man am besten die meisten Laubblätter ab,

bindet immer nur wenige Stiele zu einem Strauß zusammen, damit an alle Blumen die Luft gut herangelangen kann, und hängt sie an einem luftigen, trockenen und schattigen Platz auf. In der Sonne würden sie ausbleichen und sehr an Farbe verlieren. Nach 10 bis 20 Tagen sind die Stiele trocken und die Blüten von papierener Struktur. Lagert man die Trockenblumen längere Zeit in einem Karton, so sind sie sehr brüchig. Es ist daher ratsam, sie vor dem Arrangieren über Wasserdampf zu halten. Das Kondenswasser macht die Blumen wieder elastischer und verarbeitungsfähig.
Im Handel gibt es außerdem gebleichtes oder gefärbtes Trockenmaterial. Gebleichte Gräser wirken nicht unnatürlich, denn auch die Sonne bleicht; aber gefärbtes Trockenmaterial ist mit Geschmack zu wählen. Ein kräftiges Anilinrot oder Kobaltblau paßt nicht zu einem trockenen Gras, allenfalls ein gelbliches Braun oder ein Rostton. (Taf. 24, S. 96.)

SO WERDEN BLUMEN GESTECKT

Sind alle Vorbereitungen getroffen? Sind Gefäß, Steckhilfe, Messer und Schere sowie die bereits vorbehandelten Blumen bereit? Gut, dann wollen wir beginnen! Ob Sie vor dem Küchentisch stehen oder sitzen, vielleicht sogar auf dem Boden knien und alles um sich herum aufbauen, ist gleich – chacun à son goût. Machen Sie es sich bequem; schließlich haben wir keine Arbeit, sondern ein Vergnügen vor uns!
Zuerst wird das Steckhilfsmittel (die bereits durchtränkte Steckmasse, der Kenzan oder das Maschendrahtknäuel (siehe S. 50 ff.) in das Gefäß getan. Unter den Kenzan legt man gern ein passend zusammengefaltetes Stück Papier, damit er weicher aufliegt und nicht so leicht verrutscht (Taf. 23 oben links, S. 95). Soll ein Drahtgeflecht verwendet werden, so wird es richtig zusammengedrückt, dann in das Gefäß eingepaßt und mit Draht oder Stäbchen vor dem Verrutschen gesichert. Jetzt kommt Wasser in das Gefäß. Wir füllen es nicht ganz, weil sonst die Blumenstiele durch die Verdrängung das Wasser zum Überlaufen bringen würden. Vor allem beim Blumenstellen auf den Kenzan ist es aber sinnvoll, das Wasser vor dem Stecken einzufüllen. Während nämlich die Blumen auf die Nägel gedrückt werden, durchstechen diese die Stengelenden, und das Wasser dringt sofort in die Gewebe der Blumenstiele ein, ähnlich wie beim Anschneiden unter Wasser (siehe S. 75).

DER STECKVORGANG · (Taf. 23, S. 95) Man beginnt damit, die kurzen Blätter zu arrangieren. Diese haben wir vielleicht von sehr belaubten Blütenstielen geschnitten; wir wollten ja sowieso nicht alle Blätter an den Stengeln lassen. Mit den Blättern, auch mit sehr kurz geschnittenen Blumen betonen und gestalten wir eine kraftvolle Basis, aus der heraus sich die hoch aufragenden oder weit ausschwingenden Blütenformen entfalten. Nicht die längste Blume wird zuerst gesteckt, sondern die kürzeste; nicht das Dach wird zuerst gebaut, sondern der Keller! Wir entwickeln unser Arrangement aus der Mitte heraus, was vor allem für dekorative Arbeiten (siehe S. 31) wichtig ist. Nur bei formalen Gestecken (siehe S. 31, 109) ist es gestattet, anfangs die wichtigen Leitlinien auszubilden und danach die Mitte zu gestalten. Aber bei üppigen Blumenanordnungen läßt es sich leichter und unbehinderter arbeiten, wenn die lang gelassenen Blumenstiele zwischen die kürzeren gesteckt werden, nicht aber umgekehrt.

Wir beginnen also, Blätter und kurz geschnittene Blüten so zu arrangieren, daß das technische Hilfsmittel überdeckt wird. Aber schon dabei achten wir darauf, daß nicht dicht »gepflastert« wird. Lockerheit und Rhythmus der Staffelungen (siehe S. 98) werden bereits dadurch angelegt, daß Blätter und Blüten in verschiedenen Höhenstellungen, Abständen und Raumrichtungen angeordnet werden. Nach den Blättern und kurzstieligen, massiven Blumen folgen die längeren und leichteren Formen, zum Schluß werden die auflockernden, zierlichen und hoch aufragenden Knospen, Gräser oder Blütenrispen gesteckt. Übrigens erzielen wir durch diese Arbeitsfolge auch einen funktionalen Vorteil. Steckhilfsmittel, wie der Moosblock, die Steckmasse oder der Kenzan, können umkippen, wenn langstielige Blüten eventuell auch noch schräg aufgesteckt werden. Das Arrangement wird sozusagen kopflastig. Entwickelt man aber erst eine kraftvolle und breit ausladende

19. Wir sollten viel häufiger Obst und Ziergemüse mit Blumen zusammen komponieren (siehe S. 169). Hier ist alles, was ein Bauerngarten bietet, in einer Holzmolle vereint, selbst Zwiebeln und Möhren fehlen nicht. Wäre dies nicht ein schöner Blumenschmuck für die Diele des Hauses?

Basis und danach die aufragenden Partien, so wird die Standfestigkeit gewahrt. Beachtet man dabei Dreiecksbeziehungen der Blatt- und Blütenstaffelungen, die horizontal wie vertikal zu sehen sind (siehe S. 38), ist die Anordnung nicht nur zweckmäßig, sondern auch schön.

Die Japaner ordnen allerdings erst den »Himmelszweig« ein, und dann die nächst kürzeren, verfahren also genau umgekehrt (siehe S. 27). Nun, auch wir dürfen das bei Anordnungen mit wenig Einzelformen, die im formalen oder vegetativen Stil gehalten sind (siehe S. 31, 109). Allerdings muß man dazu das endgültige Bild des Arrangements bereits vor seinem geistigen Auge haben, ehe man beginnt; sonst kann es passieren, daß die langen Blumen zu groß und schwer wirken, die wichtige Wuchsmitte aber leer, unbetont und kraftlos bleibt. Beim Aufbau von innen nach außen kann man die Abstände der Blüten innerhalb der Staffelungen besser steigern und das Arrangement in seiner Ganzheit harmonischer entwickeln.

Ein 10-Punkte-Programm als Gestaltungshilfe · Einige wichtige Gestaltungsregeln werden später noch ausführlich erörtert (siehe S. 87–144). Hier soll zunächst nur ein kleiner Schnellkursus abgehalten werden, in welchem Sie später immer wieder als Erinnerungshilfe nachschlagen können, wenn Sie dabei sind, Blumen zu arrangieren.

1. Wir schaffen reizvolle Spannungen, indem wir die Blumen kontrastreich zusammenstellen. Dabei beachten wir die Gegensätze der Farbe, Form, Bewegung und Stofflichkeit. Gleichheiten dagegen beruhigen und verbinden. In diesem Sinne werden nicht nur die Blumen, sondern auch die Zutaten, wie Blätter, Fruchtzweige, eventuell Bänder und selbstverständlich das Gefäß, ausgesucht (siehe S. 99 ff.).

2. Das Arrangement wird ausdrucksvoll, wenn man nicht allzu kunterbunt mischt, sondern sich in der Zahl der Unterschiede beschränkt. Auch sollte eine Eigenheit – eine Farbe zum Beispiel – betont zur Wirkung kommen, die anderen nur ergänzen und begleiten (siehe S. 117–144).

3. Wir schaffen Ordnung, indem Blumen gleicher Art und Farbe zu Gruppen bzw. Staffelungen zusammengefaßt werden (siehe S. 92–99).

4. Die organische Einheit des Arrangements wird durch die Herausbildung einer gemeinsamen Bewegungsmitte und durch die Betonung des Wuchsmittelpunktes erreicht. Alle Blüten- oder Blattformen, die optisch schwerer wirken, sollen der Wuchsmitte näher angeordnet werden als optisch leicht wirkende. In Stichworten heißt dies: groß unter klein, dunkel unter hell, massiv unter aufgelockert, rauh unter zart (siehe S. 92 ff. und S. 98).

5. Jede Einzelheit kommt gut zur Wirkung, wenn die Blumen nicht in einer dichten Masse untergehen, sondern zwischen den Staffelungen ausreichend Platz bleibt. Der Blumenstiel gehört zur Blüte und soll zu sehen sein. Blätter werden abgeschnitten, wo sie stören und das Auge hindern, den reizvollen

20. Melone und Weintrauben, Pfirsiche und Äpfel sind in einer Korbschale um eine Steckbasis für Blumen gruppiert. Diese gibt Gräsern, Fruchtzweigen des Zierapfels und Blütenstielen des Ageratum Halt und Feuchtigkeit (siehe S. 169).

Bewegungen der Blumenstiele und dem Aufbau der Staffelungen zu folgen. Die so gewonnenen Leerräume werden nicht wieder mit Schnittgrün ausgefüllt (siehe S. 98 ff.).

6. Wir achten auf Ausgewogenheit bzw. optisches Gleichgewicht. Im wuchshaften und formalen Stil wählt man die dominierenden Zweige oder Blüten gern so, daß sie sich nicht absolut gerade und senkrecht entwickeln – sofern dies nicht der Natur ihrer Wuchsform entspricht. Weicht die höchste Blütengruppe anfangs seitlich aus, so entwickeln wir eine unsymmetrische Anordnung, die übrigens dem Wesen unserer Blumen, ihrer Lebendigkeit und Natürlichkeit mehr entspricht als die statische Wirkung der Symmetrie. Doch selbst wenn diese Mittelpartie in die senkrechte Bewegung einbiegt und über dem Einstellpunkt endet, so ergibt sich doch eine optische Mehrbelastung auf einer Seite. Diese wird ausgeglichen durch die Anordnung einer gegensätzlich gerichteten Blütenstaffelung. Die Bildung eines »Gegengewichtes« kann auch in Form einer entsprechend großen und schweren Blüte bzw. durch eine ganze Blumengruppe geschehen.

7. Wir berücksichtigen die Natur der Blumen so weitgehend wie möglich, indem wir sie gemäß ihrer natürlichen Wuchsbewegung und Wuchsrichtung aufstecken. So erhalten wir ihre charaktervolle Schönheit. Vor dem Stekken wird jede Blume daraufhin betrachtet, um festzustellen, auf welchem Platz im Arrangement sie ihre größtmögliche Schönheit zeigt (siehe S. 27, 109).

8. Wir gestalten räumlich. Nicht nur bei Tischdekorationen wird auf eine allseitig schöne Ansicht geachtet. Auch Arrangements mit einer Hauptansicht werden plastisch, vollrund ausgebildet. Die höchste Blume soll nie die hinterste sein; kürzere Partien hinter der höchsten Staffelung sind auf Grund des lockeren, rhythmischen Gesamtaufbaues dennoch von vorn zu sehen. Die entstehenden Überschneidungen sind optisch sogar wichtig, denn erst sie rufen einen räumlichen Eindruck hervor. Die dreidimensionale Schau aber ist die lebendigste, also unseren Blumen die gemäßeste. Schließlich wachsen auch die Pflanzen rund und dehnen sich in alle Himmelsrichtungen aus. So ist es nur materialgerecht, wenn wir beim Arrangieren diesem Vorbild der Natur folgen und plastisch – nicht flächig – gestalten.

9. Eine gute Proportionierung steigert den ästhetischen Wert. Dabei beachten wir das Verhältnis zwischen Gefäß und Blumen hinsichtlich der Größe und Massenwirkung, zwischen Breiten- und Höhenausdehnung, zwischen Abständen innerhalb der Staffelungen und die Mengenverhältnisse (siehe S. 113 ff.).

10. Wir gestalten passend zum Anlaß. Das Blumenarrangement wird nicht nur farblich auf den Anlaß bezogen, sondern auch in seinem Stil (siehe S. 157 ff.). Den gewählten Typ des Gesteckes gestalten wir in konsequenter Beachtung der Stileigenheiten. Je stilreiner das Arrangement ist, um so eindrucksvoller wird es.

Das A und O beim Blumenordnen

Mit Bedacht ist in der Überschrift dieses Kapitels das Wort »Blumenordnen« gewählt worden. Wohl möchten wir gern so schnell wie möglich an das »Blumenstecken« gehen; es drängt uns an das praktische Werk. Doch was wir tun, wollen wir ganz tun! Die manuelle Fertigkeit allein verhilft noch nicht zu der Kunst, die Blumen so zusammenzufügen, daß das Arrangement seine größtmögliche Schönheit erlangt. Deshalb ist es richtig, sich einiges Wissen über gestalterische Grundregeln zu verschaffen. Viele mögen gefühlsmäßig urteilen können, weil sie ein natürliches Empfinden für das Zusammenspiel von Formen und Farben haben. Doch wenn zum Gefühl noch das Wissen kommt, dann erweitern sich die Möglichkeiten und die Sicherheit beim Blumenarrangieren erheblich. Rein geistige Konstruktionen sind leer und empfindungslos. Andererseits führt ein nur auf das Gefühl aufgebautes Schaffen leicht in die Irre, und es begrenzt die schöpferische Tätigkeit.

Blumen, Blätter und Zweige, willkürlich auf den Tisch gelegt, sind zunächst ein ungeordnetes Durcheinander – allenfalls ein trautes Nebeneinander – der verschiedensten Dinge. Wollen wir beispielsweise rote und blaue Astern »ordnen«, so sortieren wir sie vielleicht erst einmal nach gemeinsamen Merkmalen. Wir legen alle roten Astern zusammen und daneben alle blauen, so daß die Blüten jeweils schön nebeneinander liegen und die Stiele parallel verlaufen. Wollen wir noch einen Schritt weiter gehen, so nehmen wir eine Kanne, die gerade so hoch ist, wie die Asternstiele lang sind, fassen mit einem Griff alle Blumen zusammen und stellen sie in die Kanne. Die Stiele verschwinden ganz in dem Gefäß, und aus der Kanne ragen alle Blütenköpfe heraus, dicht nebeneinander, zu einer roten und einer blauen Fläche vereint. Ja, geordnet haben wir nun, aber ob dies schön ist? Ganz bestimmt nicht. Wir sehen vor uns die in zwei Farben eingeteilte Blütenfläche, die kaum noch etwas mit Astern gemein hat, die unproportioniert das Gefäß abschließt und plump und ohne Reiz ist. – Ganz anders aber sehen dieselben Astern aus, sind sie locker in eine passende Schale gesteckt, aus der sie herauszuwachsen scheinen, harmonisch in den Ausdehnungen und dem Miteinander der Farben.

Wie wir zu dieser »höheren Form der Ordnung« und damit zu der harmonischen Einheit und schönen Form eines Arrangements kommen können, zeigt uns die große Lehrmeisterin Natur. Sie schafft zum Beispiel aus vielen Teilen, aus einzelnen Nadeln, Zweigen und Ästen – in bestimmter Weise geordnet und um einen geraden Stamm gefügt – die einheitliche Form der Fichte. In dieser erkennen wir jedoch nicht nur die schöpferische Ordnung, sondern darüber hinaus die Schönheit und das Zweckvolle ihrer Gestalt. Das Geheimnis dieser Schönheit liegt in dem Zusammenspiel der Formen und Größen, in der Vereinigung von kraftvoller, dem Himmel entgegenstrebender Wuchsbewegung des Stammes, der seitlichen Entfaltung der Äste, bereit, die Kraft des Himmels zu empfangen, und der entsprechenden Anordnung der Nadeln an den Zweigen. Harmonie aller Teile untereinander und ein Verhältnis zum Ganzen, aber auch sinnvolle Beziehung zwischen Bau und Funktion bewirken, daß wir zusammengefügte Dinge als schön empfinden. Die Natur gibt uns so vielfältige Hinweise für derartige Ordnungsprinzipien, daß wir uns schrittweise vortasten müssen. Dürer, dem wir unter anderem wunderschöne Aquarelle von Gräsern und Blumen verdanken, hat einmal gesagt: »Wahrhaftig liegt die Kunst in der Natur, wer sie heraus kann reißen, der hat sie.« Wenn wir auch nicht gleich an »hohe Kunst« denken wollen beim Zusammenfügen von Blumen in einem Gefäß, so sollten aber auch wir uns anschicken, Regeln in der Natur zu finden, nach denen wir beim Blumenordnen arbeiten können. Jeder, der der folgenden Entdeckungsreise in die Werkstatt der Schöpferin Natur beiwohnt, kann vieles erkennen lernen. Dies wird ihn befähigen, Blumen in ansprechender Weise zu arrangieren, ohne dabei von einer Vorlage absehen zu müssen oder nur »nachzubauen«. Die Grunderkenntnisse, die er sammeln kann, sind auf alle Erscheinungsformen der Flora anzuwenden. Dieses Wissen

ermöglicht ihm, alle Pflanzen in immer wieder anderer Art zu kombinieren, so daß jedes Blumenarrangement eine Neuschöpfung wird, tatsächlich eine neue Wirklichkeit – gefügt aus seinen Händen.
Wo wir anfangen, ist ganz gleich, wir müssen hindurch durch das Schlaraffenland der Erkenntnisse. Und wir sollten hier wie dort verfahren: Erst wenn eine Mahlzeit verdaut ist, soll man sich an die nächste setzen; das heißt, erst den einen Gedanken verstehen und in der Praxis des Blumensteckens ausprobieren, ehe man sich den nächsten zu Gemüte führt! Es schadet gar nichts, wenn in der Praxis zunächst Falsches und Richtiges zusammentrifft; nach und nach merzen wir die Fehler aus.

WIR ERKENNEN ORDNUNGSARTEN

Suchen wir zunächst zu erkennen, in welcher Art die Natur mehrere Einzelteile zu einem neuen Ganzen zusammenfügt. In der Annahme, daß sich das einfachste Prinzip in der niederen Pflanzenwelt am leichtesten erkennen läßt, blicken wir einmal in das Reich der Spaltpilze oder Bakterien. Ein jeder hat schon etwas von ihnen gehört, von den winzig kleinen Lebewesen, die meist aus nur einer einzigen Zelle bestehen, rund oder stäbchenförmig, letztere gerade oder leicht geschraubt. Die Form charakterisiert sie, doch erst wenn sich mehrere Bakterien zusammenballen und das immer nach dem gleichen Schema geschieht, können wir eine »Ordnungsart« erkennen. Und schon haben wir sie! Es gibt Bakterien, die sich fadenförmig zusammenfügen wie dicht hintereinander aufgereihte Perlen. Jawohl, die einfache oder stetige Reihe ist eine Ordnungsart. Der Vergleich mit der Perlenkette zeigt auch bereits eine gestalterische Anwendung derselben. Das Ordnungsschema der einfachen Reihung besteht darin, daß in allen Eigenschaften gleiche Teile in gleichem Abstand hintereinander gereiht sind.

WIR REIHEN EINFACH AUF · Das Ordnungsschema der »einfachen Reihung« ist so schlicht und klar und stellt beim Gestalten nach diesem Vorbild so wenig Anforderungen an die schöpferische Kraft des Gestalters, daß es zu den ersten Schmuckmotiven kunsthandwerklichen Schaffens führte. Auch Kinder in ihrem schöpferischen Drang benutzen das Ordnungsschema der Reihung als beliebtes, gestalterisches Prinzip und reihen die Bauklötzchen zu einem »Zug« auf oder fädeln Kastanien auf eine Schnur. Größere Kinder winden Blumen über einem Grashalm zusammen zu einer Blütenreihe und legen sich diese als Kranz um den Kopf. Auch die Grüngirlande gehört zu der einfachen Reihung. Wir binden Buchsbaumzweiglein mit einem dünnen Faden auf eine Schnur und schmücken damit den Stuhl des Jubilars oder eine Tür als herzliches Willkommen für einen Heimkehrenden. Die Blüten-

reihe aus Blumen gleicher Sorte, um den Ehrenplatz des Geburtstagskindes gelegt, oder die Bepflanzung des Balkonkastens mit nur einer Art schöner Pflanzen (z. B. Pelargonien) sind ebenfalls stetige Reihungen. Etwas anspruchsvoller ist der Blumenschmuck auf einer längeren Tafel, doch auch er kann aus einer Reihe gleicher Blumenarrangements bestehen. Durch die Gleichheit der Glieder und das einfache Ordnungsprinzip wird ein ruhiges Gleichmaß bewirkt. Eine Gestaltung nach diesem Schema ist überall dort angebracht, wo ein ruhiger Ausgleich wohltuend wirkt oder wo der Zweck des Schmuckes Anpassung an eine vorhandene Form (Stuhl oder Tür) und gegenüber diesen Objekten schlichte Zurückhaltung erfordert.
Von einer »harmonischen« Ordnung kann bei der einfachen Reihung genaugenommen noch nicht gesprochen werden. In Harmonie (= Zusammenklang) können nur unterschiedliche Dinge – wie in der Musik mindestens zwei verschiedene Töne – gebracht werden. Das heißt bezogen auf das Blumenordnen, daß mindestens zwei in einer Eigenschaft unterschiedliche Blütenarten vereint werden müssen. Von Harmonie können wir bei einem schlichten grünen Girlandenschmuck erst sprechen, wenn wir die Girlande und das, was sie schmücken soll, zusammen betrachten. Denn beides soll zusammenpassen, also harmonieren. Die Girlande um die Tür kann nicht aus einer schmalen Ranke von Wickenblüten bestehen. Die Zartheit der Blüten und die Verspieltheit der Formen würden an dem Mauerwerk der Türumrahmung völlig fehl am Platze wirken. Als Ranke um das Gedeck des jungen Geburtstagskindes gelegt, sind die Wicken dagegen schön, denn sie passen in ihrer Art auf das weiße Tafeltuch und zu dem heiter-festlichen Anlaß.

Die Reihe wird interessanter durch rhythmische Ordnung ·
Bleiben wir noch einen Augenblick bei der Wickenranke am Platz des Geburtstagskindes. Vielleicht sind vom Rosenstrauß ein paar Blätter übrig. Die werden wir nicht wegwerfen. Das dunkle Grün paßt gut zur zart rosafarbigen Wicke. Wir können mit den Blättern unsere gelegte Ranke noch viel schöner machen, wenn wir Blüten und Blätter in regelmäßigem Wechsel so anordnen, daß sich eine »rhythmische« Reihe ergibt. Auch auf einer längeren Tafel läßt sich so die Dekoration interessanter gestalten. Die Reihe gleicher Schälchen, einfarbig besteckt mit Nelken, lockern wir auf, indem wir sie abwechselnd mit weißen Porzellanleuchtern aufstellen, die ebenfalls mit Blumen

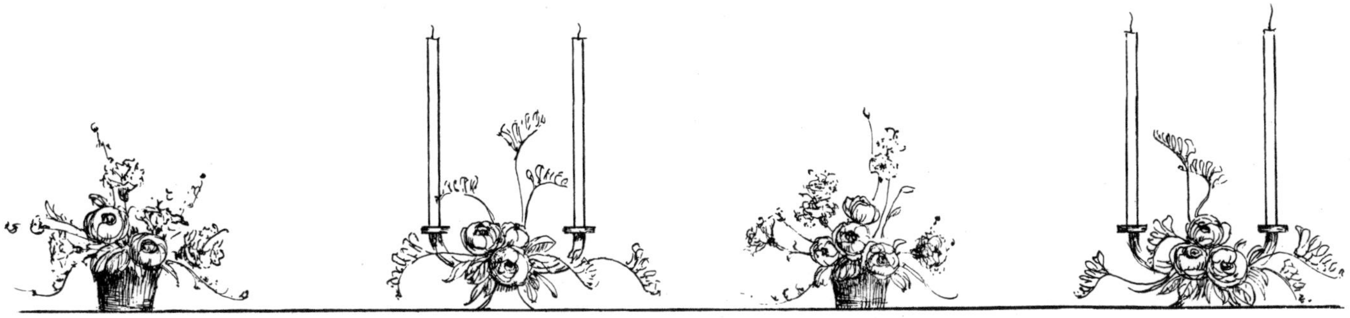

geschmückt sein können. Soll es nicht ganz so festlich sein, ist auch ein Wechsel von einfarbigen und bunten Arrangements auf einer langen, weiß gedeckten Tafel sehr wirkungsvoll. Auf jeden Fall haben wir bei dieser Tischdekoration ebenso wie auch bei der Ranke aus Wicken und Blättern verschiedene Formen und Farben kombiniert. Dies geschieht nicht willkürlich, sondern auch hier folgen wir einem Schema. Das macht die Reihe zu einer »rhythmischen Ordnung«.

Rhythmus kommt aus dem Griechischen, und wir verstehen darunter eine Folge gleichmäßig geordneter Bewegungen, wie das regelmäßige Auf und Ab der Wellen. Auf und ab, einfarbig und bunt, Blüte und Blatt, auch großer und kleiner Abstand zwischen den Formen vereinen sich in einer bestimmten Folge, die immer wiederkehrt. In unserem Tischschmuck-Beispiel bilden Leuchter und Blumenschälchen einen zusammengehörenden Abschnitt, der sich in annähernd gleicher Weise stets wiederholt und so die zwei Schmuckmittel rhythmisch vereint. Auf die Praxis des Girlandenbindens übertragen hieße dies, daß wir Blütentuffs in die grüne Reihe einarbeiten, drei Röschen dicht zusammengenommen und dann drei Margeriten. Die Blütengruppen wechseln mit den Grünpartien in gleicher Folge. Auch die Perlenkette wird vielgestaltiger, wenn beispielsweise drei verschiedene Perlentypen in eine schöne, rhythmische Ordnung gebracht werden. Die Kette aus gleichen Perlen wirkt dagegen eintönig.

Ein natürliches Beispiel der rhythmischen Reihung aus der Pflanzenwelt ist die Blattstellung der Hortensie, die der Botaniker kreuzgegenständig nennt. Der Unterschied zur Perlenkette liegt in der »räumlichen« Anordnung der Blattpaare. Sehen wir nicht nur auf äußerlich erkennbare Merkmale, so stellen wir fest, daß zum Leben überhaupt rhythmische Bewegung gehört. Wie sich Tag und Nacht, die Jahreszeiten, der Herzschlag und das Atemholen in rhythmischem Wechsel stets annähernd gleich vollziehen, so benutzen auch Sprache und Musik, Tanz und Gymnastik die stetige Wiederkehr gleicher Folgen – also den Rhythmus – als künstlerisches Ausdrucksmittel. Die Ornamente und Friese mit rhythmischen Reihungen, wie Mäander, Wellenband, Girlande, Eierstab-Pfeilspitze usw., sind bekannte Schmuckmittel früherer Stilepochen. Die rhythmische Reihe ist im Gegensatz zur stetigen Reihe lebendiger, bewegter und interessanter. In ihr werden Gegensätze harmonisch vereint, wenn zugleich auf Farbzusammenstellungen, Proportionen und anderes geachtet wird.

Wir fügen Gruppen zusammen · Bisher haben wir linear geordnet und zwei wesentliche Schemata erkannt: die stetige und die rhythmische Reihung. Nun wollen wir versuchen zu erkennen, wie wir flächig oder sogar räumlich ordnen können. Wir sprechen dann von »Gruppierungen«. Hat auch hierfür unsere Lehrmeisterin Natur Hinweise bereit? Sehen wir hinein in ihre Werkstatt und nehmen wir uns eine einfache Margeritenblüte vor. Ein jeder kennt das Spiel: »Er liebt mich, von Herzen, mit Schmerzen, ein wenig, gar nicht.« Die Blüte ist das Orakel und wird bei der Befragung zerpflückt. Bei jeder Frage fällt ein Blütenblatt. Zum Schluß liegen die hübschen weißen Blättchen auf dem Boden. Der Stengel fällt dazu. Nun liegen wieder alle Teile der Blüte beieinander, doch es sind eben nur Teile, eine »Blüte« ist es nicht mehr! Oder denken wir an das Gänseblümchen im Rasen. Wie sieht das hübsche Pflänzchen aus, wenn die Mähmaschine darübergegangen ist! Ein wirres Durcheinander von Blättern und Blüten bleibt zurück. Das ordnende Prinzip ist ihnen genommen, und sie sind deshalb keine zusammengehörende Einheit »Pflanze« mehr. Bei allen Blüten – auch den nicht strahlig symmetrischen – und bei allen Pflanzen – auch wenn es auf Grund der Sproßgestaltung nicht so deutlich erkennbar wird – ist folgendes Schema wirksam: Alle Teile sind verbunden durch die Beziehung zu einer gemeinsamen Bewegungsmitte. (Taf. 30 oben rechts, S. 126.) So einfach, selbstverständlich und biologisch erklärbar diese Tatsache ist, so wichtig ist sie gleichzeitig als Erkenntnis für unser gestalterisches Schaffen. Ob gleiche Teile, nämlich gleichförmige Blätter zu einer Margeritenblüte, oder ob unterschiedliche Teile wie Blätter und Blüten des Gänseblümchens zu einer Pflanze zusammengefaßt sind, immer kommen sie aus einer gemeinsamen Wuchsmitte. Auf die Praxis des Blumenordnens übertragen heißt dies, daß wir bei jedem Arrangement darauf achten sollen, daß alle Blütenstiele in ihrer rückläufigen Bewegung auf eine Bewegungsmitte weisen. Dieser Grundsatz verlangt aber nicht, daß die Blumenstiele tatsächlich und vor unseren Augen in einem Punkt zusammentreffen. Die »optische« Wirkung ist entscheidend. Beim Stecken in ein flaches, weites Gefäß kann diese Bewegungsmitte optisch sogar unter dem Gefäßboden liegen, bei einer Tischdekoration unter der Tischplatte. Kein Blütenstiel oder Zweiglein sollte (allzu auffällig) die »Regel« übersehen. Sonst hat man den Eindruck, als gehöre dieser Stiel nicht dazu; ja, er wird geradezu störend wirken.

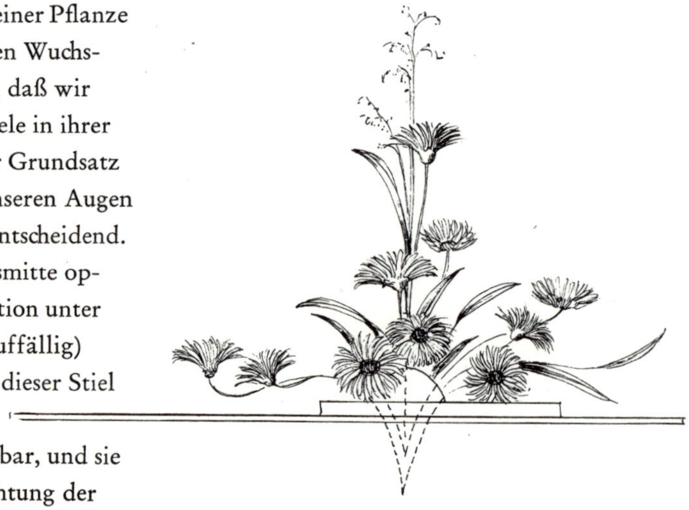

Die optische Erscheinung ist von mancherlei Faktoren beeinflußbar, und sie wird uns noch häufiger begegnen. Hier spielt die Bewegungsrichtung der

21. Eine Bodenvase schmückt jeden Raum wirkungsvoll, wenn sie genügend Platz hat (siehe S. 148). Das große Gefäß muß entsprechend hoch aufragende Blumen enthalten. Die Bilder der nächsten Seite zeigen einen technischen Trick, wie man eine gute Proportionierung erreichen kann.

22. Die große Öffnung und die durch die helle Farbe gesteigerte Massenwirkung der schönen Keramikvase mit ihrer reizvollen Blasenglasur verlangen eine üppige oder sehr hohe Blumenfüllung (siehe Abb. 21). Weder Tulpen noch Narzissen und Iris sind langstielig genug, um einfach in das Gefäß gestellt zu werden; sie würden hineinrutschen und kaum noch zu sehen sein. Deshalb verwenden wir Maschendraht als Steckhilfsmittel. Er hält die Blumen in jeder gewünschten Lage. Wir schaffen uns sogar die Möglichkeit, einige Blütenstiele höher aufragen zu lassen, indem wir den Wasserspiegel durch Steckvasen anheben. Sie werden durch Blüten und Blätter so umspielt, daß sie im fertigen Arrangement gar nicht mehr auffallen (siehe S. 60 f. und 64).

23. Auf einen Kenzan sollen in einer flachen Schale Rosen, Glockenblumen zweier Arten, Frauenmantel und Grasblätter gesteckt werden. Der Steckvorgang läßt sich leichter ausführen, wenn man unter den Nagelblock ein Pappstückchen legt, damit er nicht verrutscht (oben links). Dann wird zunächst das Wasser eingefüllt, so daß sich die aufgespießten Stengel gleich vollsaugen können (oben Mitte). Man beginnt dann damit, kurzgeschnittene Blüten und Blätter so zu arrangieren, daß der Kenzan überdeckt wird (oben rechts). Nun erst folgen die langen und leichteren Formen (unten).

24. Die unterschiedlichsten Trockenformen aus der Pflanzenwelt sind hier zu einem dekorativen Raumschmuck zusammengefügt. Da die Gräser und Fruchtstände kein Wasser benötigen, ist alles in knetbaren Ton gesteckt worden. Seine Schwere gibt obendrein dem leichten Korb die notwendige Standsicherheit. Der Ton trocknet aus und »mauert« die Stiele regelrecht fest. Schon am Tag nach dem Arrangieren kann man nichts mehr herausziehen oder hinzufügen (siehe S. 80).

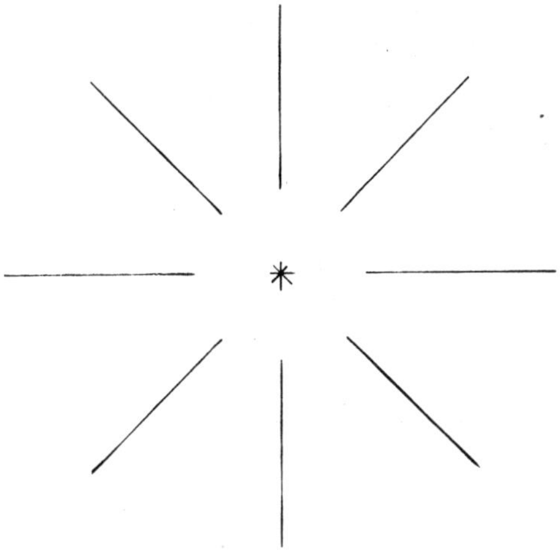

Formen eine Rolle. In jeder Form ist eine Kraft spürbar; ihre Richtung wird vor allem in linearen Gebilden deutlich. Sie wirkt gefühlsmäßig noch über die Grenze der Form hinaus. Weisen einzelne Striche in ihrer Bewegungsrichtung zu einer Mitte, so vollzieht man die Bewegung mit und spürt die Weiterführung, auch wenn sie diesen Punkt gar nicht erreichen.

Ohne sich diese Tatsache klarzumachen, ist beim Arrangieren der Blumen bisher meist in diesem Sinne verfahren worden. Die Vase, die die Blumen aufnimmt, hat im allgemeinen eine relativ kleine Öffnung, weshalb alle Blütenstiele aus der Vasenöffnung herausschwingen und somit die gemeinsame Bewegungsmitte gegeben ist. Benutzen wir jedoch Gefäße mit weiten Öffnungen wie Kübel, Schalen und Teller, so zwingen die nun notwendigen Steckhilfsmittel nicht mehr zur Einhaltung dieses wichtigen Ordnungsprinzips. Es ist deshalb notwendig, sich damit grundlegend auseinandergesetzt zu haben. Ja, wir wollen sogar noch weiter gehen und fragen: Wenn der gemeinsame Bewegungsmittelpunkt solch eine wichtige verbindende Rolle spielt, kann man ihn dann noch wirkungsvoller ausbilden? Befragen wir wieder die Natur: Was hat anziehende, zusammenfassende, sammelnde Kraft?

Ein kleines Experiment soll uns helfen. Rühren wir einmal in einer Schüssel mit Wasser immer in einer Richtung rundherum; vollziehen wir also eine kreisende Bewegung, die das Wasser übernimmt und weiterführt. Schwimmen in dem Wasser Schmutzteilchen, so sammeln sich diese in der Mitte wie in einem Strudel. Die zentripetale, sammelnde Kraft der kreisenden Bewegung hat sich hier bewiesen. So wird auch bei einer in Wirklichkeit ruhenden, runden Form die von uns empfundene Bewegungsrichtung zum Zentrum der Rundung hin tendieren. Darum scheinen runde Blüten oder Blätter rein optisch die Kraft zu haben, von ihnen ausgehende Bewegungen – ausschwingender Blütenstiele beispielsweise – zusammenzuhalten. Das bedeutet für das Blumenordnen, daß in die Wuchsmitte oder zumindest nahe derselben runde Blüten- oder Blattformen zu arrangieren sind (Taf. 30 oben links, S. 126). Stellen wir uns zwei unterschiedlich lange Alpenveilchen in einer kleinen, gradwandigen Vase vor. Wohl entwachsen sie der Vasenöffnung und haben die gemeinsame Bewegungsmitte, doch sie wirken viel vereinter, wenn kurz über der Vasenöffnung nur eins der hübschen, runden Alpenveilchenblätter angeordnet ist. Oder wenn wir mehrere Cyclamenblüten in einem fülligeren Arrangement zusammenfügen wollen, so sieht es nett aus, wenn ein paar kurz geschnittene Pompondahlien, Schneeballblüten oder irgendwelche andere, runde Blumen in die Mitte gesteckt werden.

Und noch ein anderes Naturgesetz hilft uns. Es führt zu der gleichen Konsequenz, daß nämlich in der Mitte eines Arrangements nicht nur Stiele zusammentreffen sollten. Es ist das Massenanziehungs- oder Gravitationsgesetz. Das klingt zuerst wieder sehr wissenschaftlich, ist es aber gar nicht!

Ein jeder weiß, daß unser Gewicht von der Anziehungskraft der Erdmasse bestimmt ist und daß deshalb alles nach unten fällt! In den Raum geschossene Flugkörper und Satelliten sowie kosmische Kleinkörper werden im Gravitationsfeld der Erde in immer erdnahere Bereiche gezogen, bis sie in der Lufthülle als Meteore verglühen. Die Erde zieht als große Masse alles an, was in ihr Schwerefeld gerät. Das Kraftfeld einer Masse läßt mit der Entfernung nach, weshalb die große Sonne geringeren Einfluß auf Ebbe und Flut hat als der kleinere, aber näher gelegene Mond. Doch zurück aus dem Weltraum zu unseren Blumen.
Ordnen wir große, schwer wirkende und obendrein noch runde Formen in die Mitte unserer Blumenarrangements, lassen wir die Abstände von Blüte zu Blüte, je weiter wir uns von dieser Mitte entfernen, immer größer werden und die Formen optisch immer leichter und lockerer wirken, so haben wir in allen Punkten dem von Newton entwickelten Gravitationsgesetz Rechnung getragen und dies auf einem Gebiet, welches kaum etwas mit der Wissenschaft Physik zu tun hat. Aber was einem Naturgesetz entspricht, ob es uns bewußt ist oder nicht, empfinden wir als richtig und auch als schön. Deshalb folgen wir Dürers Erkenntnis, die Kunst in der Natur zu suchen.

Was sind Staffelungen? · Wir werden uns also genau überlegen müssen, welche Blüten oder Blätter kurz über dem Wuchsmittelpunkt des Arrangements eingestellt werden sollen. Wenn es auch schwerfallen sollte – schneiden Sie einige Stiele kürzer als die anderen. Es ist ein völlig falscher Standpunkt, die Stiele alle gleich lang zu lassen, nur weil die Länge den Preis der Schnittblumen mitbestimmt. Hier kommt es doch nicht auf den materiellen Wert der einzelnen Blume an, sondern allein auf den ideellen Wert des Ganzen, nämlich die größtmögliche Schönheit des gesamten Arrangements zu erreichen. Dem haben sich alle Entscheidungen anzupassen. Die kleinen Blüten und Knospen behalten die längsten Stiele, während die mittleren Blütengrößen verschiedene Zwischenlängen bekommen und einige große Blüten kurz geschnitten werden, falls wir für die Partie der Wuchsmitte nicht runde Blätter oder Fruchtstände verwenden. Aus dieser Mitte sollten die Blütenstiele nicht einzeln in die verschiedensten Richtungen ragen, sondern zwei, drei oder mehrere – je nach Größe des Arrangements – zusammen eine sogenannte »Staffelung« bilden. Sie beginnt mit einer größeren Blüte oder einem passenden Blatt nahe dem Wuchsmittelpunkt, woran sich in gleichlaufender Bewegung weitere Blüten in immer größeren Abständen anschließen. Möglichst sollten dabei nicht zwei Blumen gleicher Stiellänge mit ihren Blütenköpfen eng nebeneinander stehen; eine von beiden wird besser tiefer oder höher angeordnet. Mehrere Staffelungen solcher Art bilden bei üppigster Ausführung recht dekorative Arrangements, die aber nicht voll und buschig wirken, sondern locker und rhythmisch immer

wieder neu sich aus dem Mittelpunkt entwickeln. Es ist nicht verkehrt, mit der Hand die Bewegung um diese Staffelungen zu verfolgen. Sie sollte immer wieder hinein zum Wuchsmittelpunkt führen. Man kann dadurch leicht merken, ob man zu dicht gesteckt hat. Zwischenräume sollten frei bleiben, zumindest frei von massiven Formen. Ein Gras, Knospen oder zartes Grün können schon einmal in sie hineinragen. Doch sollte man nicht die für die Gesamtwirkung notwendigen Zwischenräume mit Grün ausfüllen. Das Auge möchte die optisch so wirksame und gestalterisch wichtige Mitte sehen können. Steckt man die Blumen zu dicht, würde man die anfangs gewonnene Ordnung und Ausbildung der Wuchsmitte verdecken und im Enderfolg lediglich einen »Blütenhaufen« erhalten, dessen zusammenhaltendes Prinzip nur noch der neu gebildete Umriß wäre. Nun könnte man mit dem Auge nicht mehr den reizvollen Wuchsbewegungen der Blütenstiele und dem Rhythmus der Staffelungen folgen, und gerade das macht es so lustvoll, ein hübsch geordnetes Blumenarrangement immer wieder anzusehen. Sogar der Strauß kann bereits nach diesen Gestaltungsregeln gebunden sein! (Taf. 30 unten links, S. 126.)

WIRKUNGSVOLLE KONTRASTE

Wir wissen nun, daß bei der Herausbildung des »Wuchsmittelpunktes« ein ordnendes Prinzip wirksam wird, welches uns hilft, aus vielen Teilen eine neue einheitliche Gestalt, die des Blumenarrangements zu fügen. Doch neben der Frage: »Wie fügen wir zusammen?« steht die Frage: »Was fügen wir zusammen?« Auch hierfür finden wir Hinweise in der Natur. Machen wir einen Spaziergang am Feldrain entlang oder auch nur im Garten vor dem Haus. Irgendwo finden wir im Schatten eines Baumes ein Plätzchen zum Ausruhen. Um uns grünt und blüht es üppig, bunt und vielgestaltig. Betrachten wir aber einmal den Baum etwas näher. Aus welchen Formelementen baut er sich auf? Wie ist sein Farbenspiel, wie die Oberflächengestaltung? Er besteht aus dem gerade aufstrebenden Stamm, dem sich verzweigenden, seitlich wachsenden Astwerk und der Masse des Laubes. Aber wir entdecken dabei merkliche Unterschiede in den Formen: der Stamm ist gerade, rund, massig, die Blätter sind flach, dünn, arteigen geformt. Ein Kontrast der Bewegung liegt im senkrechten Wuchs des Stammes und der waagerechten Neigung der Äste und Blätter. Farblich sind Braun und Grün durch Stamm und Blätter vereint, in der Struktur werden der Stamm durch seine rauhe, rissige Borke und die Blätter durch ihre Glätte gekennzeichnet. Uns wird klar, daß nicht nur viele Teile in dem Wesen »Baum« zusammengefügt, sondern unterschiedlichste, häufig sogar ganz gegensätzliche Eigenschaften in glücklichster Weise vereint sind.

Durch die unterschiedlichen Eigenschaften haben wir Vergleichsmöglichkeiten. Im Vergleich ist uns erst Gelegenheit gegeben, Eigenheiten richtig zu erkennen. Ein großer Baum neben einem kleinen wirkt groß; stände er neben einem noch größeren, würden wir ihn klein nennen! Je kontrastierender die Eigenschaften sind, um so deutlicher werden sie uns. Die weiße Magnolienblüte mit dem purpurnen Hauch wirkt deshalb so glatt und rein, weil sie unmittelbar neben der derben braunen Rinde des Zweiges erblüht und die Spannung zwischen Weiß und Braun, glatt und borkig voll zur Geltung kommt, zumal sich die Blätter zu dieser Zeit noch nicht entfaltet haben. Auch die Grazie einer halb erblühten Rose wird uns vor allem deshalb deutlich, weil wir sie im Kontrast zu dem starken, geraden, wehrhaft bestachelten Stiel sehen, und das Maiglöckchen läßt erst neben seinem breitflächigen Blatt sein porzellanenes »Stimmchen« hören.
Derartige Kombinationen von unterschiedlichen Formen und Bewegungen, Farben und Oberflächenstrukturen, aus denen die Natur ihre Geschöpfe zusammenfügt, geben uns vielfältige Anregungen für die Gestaltung unserer Blumenarrangements. So kann man durch die Auswahl bewußt darauf abzielen, eine Eigenschaft durch den Vergleich mit einer beigegebenen Variante in ihrer Wirkung zu steigern. Besonders beliebt sind bei uns beispielsweise Nelken. Sie werden es kaum glauben, aber jede dritte Schnittblume, die in einem Blumengeschäft gekauft wird, ist eine Nelke – obgleich es noch so unendlich viele andere schöne Blumen gibt! Bleiben wir aber zunächst dabei – und kombinieren wir einmal zwei Nelkenfarben. Das kräftige Rot neben einem reinen Weiß ist schon viel interessanter als ein einfarbiger Strauß. Wählen wir zur Nelke aber gar andere Arten und damit andere Formen und Farben, so wird der Strauß noch reizvoller werden. Je nach Jahreszeit wären schön: Weiße Nelken und violetter Flieder oder rote Nelken, blaue Iris und gelber Ginster oder gelbe Nelken und blauer Rittersporn oder rosa Nelken mit zartblauen Scabiosen und dunkelblauen Astern. Nun, da gibt es so viele Kombinationsmöglichkeiten, daß es besser ist, Sie wählen selbst, und wir unterhalten uns lediglich etwas über allgemein wichtige Fragen bezüglich wirkungsvoller Kontraste.

GEGENSÄTZE ODER GLEICHARTIGES? · »Gegensätze ziehen sich an« sagt man . . ., doch da gibt es noch einen Satz, an dessen Richtigkeit man glaubt, und der besagt gerade das Gegenteil! Er heißt: »Gleich und gleich gesellt sich gern!« Kann denn beides richtig sein? O ja! Sehen wir uns einmal ein Arrangement aus Fackellilien (Kniphofia), kleinblumigen Chrysanthemen und Vogelbeeren an (siehe Einband) und fragen wir uns: Was ist gleich und was verschieden? Die Kniphofien sind in ihren Blüten gelb bis orangerot gefärbt. Dieses Farbspiel nehmen die kleinen Blüten und Beeren in gleicher Nuancierung auf. Auch das Grün des kurzen, buschigen Grases (Festuca cinerea) und der langen Grasblätter ist von gleicher Tönung. Gleichheiten sind also da. Dazu kommen aber die Gegensätze in reicher Zahl. Vor allem fallen die verschiedenen Bewegungsformen auf: Die aufrecht, zumindest immer wieder in die Senkrechte strebenden Fackellilien stehen in wirkungsvollem Gegensatz zu den seitlich ausschwingenden Blättern und zu den runden, lagernden Formen der Beeren und der kleinen Chrysanthemenblüten. Gleich ist die Form der Grasblätter, nämlich lang und schmal, unterschiedlich ist aber ihre Größe. Unterschiedlich ist auch die Länge der Fackellilien und die Anordnung, zu den aufrecht gesteckten stehen seitlich angeordnete im Kontrast. Drei Kniphofien wachsen nach links, aber nur zwei nach rechts, die Abstände sind weit oder eng. In wirkungsvollem Formkontrast steht auch das Gefäß. Durch seine rechteckige, gradwandige, architektonisch zu nennende Form wird der Reiz der Wuchsbewegung in den Formen der Pflanzenteile sehr unterstrichen. Doch hat die Schale auch etwas Gemeinsames mit den Blumen. Die herbstlich-herbe Stimmung, die in der Blumenzusammenstellung liegt, ist verwandt mit dem Charakter des Keramikgefäßes, der deutlich wird in der rauhen, rustikalen Struktur. Der glatte, spiegelnde Tisch steht wiederum in reizvollem Gegensatz zu der borkigen Schale.

Es ist einmal ganz interessant, in dieser Weise ein gut zusammengestelltes Arrangement zu betrachten, können wir doch daraus viel für das Gestalten mit Blumen lernen. Bei dem Zusammenbringen gleicher Eigenschaften ist eine Verbindung reibungslos möglich. Weiße Nelken in eine weiße Porzellanvase gestellt, machen farblich gesehen keine Schwierigkeiten. Die einheitliche und ruhige Wirkung ist sicher. Wenn die Saite eines Saiteninstrumentes angezupft wird, so schwingt die gleichgestimmte Saite eines anderen Instrumentes mit; der Zusammenklang ergibt sich in diesem Beispiel von selbst. Doch obgleich nun zwei Instrumente Töne erzeugen, wird man nur einen hören. Zwei gleiche Töne im akustischen Bereich sind – im wahrsten Sinne des Wortes – eintönig! Erst wenn zwei verschiedene Töne angeschlagen werden, kann sich eine Harmonie ergeben, die Töne müssen nur bestimmten Tonstufen angehören. Und kommt gar ein dritter Ton dazu, gefällt dieser harmonische Dreiklang noch besser, weil er vollkommen scheint. Auch in unserem als Beispiel gewählten Fackellilien-Arrangement finden wir mehrmals drei Kontraste einer Eigenschaftsgruppe vereint. Während die Gleichheiten den ruhigen, zusammenfassenden »Unterton« ausmachen, ertönt über ihnen der harmonische Akkord der Kontraste. Sehen wir uns hier die Farben an: führend sind die drei Farben Gelb, Kreßrot und Grün. Blicken wir auf die Formen: die Linien der Blätter und Blütenstiele stehen im Gegensatz zu den runden Formen der Beeren und Chrysanthemenblüten und den langgezogenen Dreiecksformen, wie wir die Blütenstände der Fackellilien beschreiben können. Der Bewegungs-Dreiklang heißt: Aufstreben der Kniphofien, Ausschwingen der Grasblätter und Lagern der runden Formen. Selbst in der Gruppierung werden drei Motive wirksam. Die hohe Mittelpartie und die zwei niedrigeren, seitlichen Gruppen. Man kann auf erstaunlich viele Einzelheiten sein Augenmerk richten, und es macht Spaß, zwischen den vielen Kombinationsmöglichkeiten zu wählen. Schließlich erfreut zum Schluß nicht nur die Blume oder das Arrangement, sondern die eigene Leistung!

Doch die Entscheidung, ob Ähnliches oder Kontrastierendes vereint werden soll, muß zu Beginn jeden Blumenordnens gefällt werden. Die nimmt Ihnen niemand ab. Mal kann das eine, mal das andere passend sein; hier spielen vor allem der Zweck, für den das Arrangement gestaltet werden soll, und die Persönlichkeit des Gestalters eine Rolle. Auch der Geschmack darf hier ein Wörtchen mitreden. Er entscheidet in diesem Fall nicht über gestalterisch »richtig« oder »falsch«, sondern er fällt das Urteil: »Dies gefällt mir, dies aber nicht!« Dem einen mag ein ruhiges Gleichmaß sympathischer sein und dem anderen der Reiz recht großer Unterschiede. (Taf. 9, S. 33.)

Die merkwürdige Rolle der Dreizahl · Bevor wir uns jedoch noch mehr Rüstzeug schaffen und die Eigentümlichkeiten unserer Blumen näher ansehen, noch ein paar Worte zu der merkwürdigen Rolle der Dreizahl, die uns eben schon bei der Betrachtung der Schale mit den Fackellilien aufgefallen ist.

Die Zahl Drei verkörpert die Ganzheit, das Vollkommene, Abgerundete. Das hängt wohl damit zusammen, daß in unserer Erkenntniswelt viele Begriffe durch drei Untergliederungen erfaßt werden. So wird der Mensch als ein Wesen aus Körper, Geist und Seele verstanden, der Körper wiederum besteht aus Kopf, Rumpf und Gliedmaßen. Eine Familie ist vollkommen, besteht sie aus Vater, Mutter und Kindern. Die Himmelskörper bezeichnen wir als Sonne, Mond und Sterne. So stehen jeweils nur drei Worte für unendlich viele Einheiten. Umgekehrt erscheint uns eine Einheit vollkommener, können wir auch in ihr den harmonischen Zusammenschluß von drei Teilen erkennen. Unsere Gottheit zum Beispiel wird – auch wenn wir an den einen Gott glauben – dennoch durch Vater, Sohn und Heiliger Geist verkörpert.

Weitere Hinweise auf die Bedeutung der Dreizahl zeigen uns der Raum mit seinen drei Dimensionen, die Materie mit ihren drei Aggregatzuständen (fest, flüssig und gasförmig), die Farbigkeit unserer Welt, die genaugenommen aus der Mischung von nur drei Farben (Gelb, Rot und Blau) zustande kommt, und das Reich der Töne mit dem harmonischen Dreiklang! So reizvoll es wäre, mehr Beispiele zu suchen – und es gibt deren noch viele –, sei jedoch Ihnen das Spiel überlassen, sie zu finden. Zum Abschluß stehe nur noch das Wort: »Aller guten Dinge sind drei!«

So wollen wir auch beim Blumenstecken der Dreizahl unsere Reverenz erweisen, indem wir drei »Tonstufen« einer Eigenschaft in einem Arrangement kombinieren: drei Farbtöne (Rot, Gelb und Blau der Blüten) oder drei Helligkeitsstufen einer Farbe (zart Pastellblau, Kräftigblau und Dunkelblau) oder drei Formen (gerade und schlanke Form des Schilfkolbens, weich sich entfaltende Form einer Irisblüte und runde Form eines Blattes). Wohl kann noch eine Ranke oder ein Zweig hinzukommen, doch im wesentlichen ist es gut, wenn man sich auf die Kombination von drei Varianten einer Eigenschaftsgruppe beschränkt. Sonst verliert das Bild an Klarheit und Schönheit. Daß in der Beschränkung die Meisterschaft liegt, ist gerade im Zusammenhang mit der Rolle der Dreizahl ein wahres Wort.

Selbst beim Arrangieren gibt es Arten der Anordnung, bei denen die Blüten und Blätter in Gruppen zusammengefaßt werden, und zwar – wie kann es anders sein – in drei Gruppen. Die hohe, größte Gruppe bildet das Hauptmotiv, welches von zwei bzw. drei kleineren Anordnungen begleitet wird. Wir haben eine solche Ordnungsweise schon einmal kennengelernt, als über das japanische Blumenstecken gesprochen wurde (siehe S. 25 f. und Taf. 34 oben, S. 138).

Auch die Eigenschaften der Blüten, Blätter und Zweige können wir wieder in drei Kategorien zusammenfassen, nämlich die der Form, der Farbe und der Oberflächenstruktur. Wenn auch alle Eigenschaften zusammenwirken und die Persönlichkeit der Blume ausmachen, wollen wir sie hier dennoch getrennt betrachten, um uns im einzelnen Klarheit zu verschaffen.

VON DER FORMBETRACHTUNG ZUM FORMALEN ARRANGEMENT

Die Formen der Welt Floras sind unendlich vielgestaltig. Dennoch können wir sie nach Typen ordnen. Dieses Bemühen hat seinen Wert für das Blumenstecken. Hat man sich entschieden, ob ähnlich oder kontrastierend, braucht man nur noch aus der richtigen Gruppe der »Formenskala« den passenden Partner auszusuchen. Verfährt man hinsichtlich Farbe und Stofflichkeit genauso, sollte es nicht schwerfallen, interessante Kombinationen zusammenzufügen und die Frage zu beantworten »Was paßt zu dieser Blume, was zu jener?«

Die Kraft der Formen · In jeder guten Form spürt man noch die schaffende Kraft, die sie hervorgebracht hat. Das gilt für einen mit der Hand gearbeiteten Gebrauchsgegenstand ebenso wie für ein Kunstwerk – und erst recht natürlich für die Schöpfungen der Natur. Bei unseren Pflanzen ist es die von innen heraus wirkende Wuchskraft, die die Form bestimmt. Und es ist eigenartig, wie diese Kraft weiterwirkt, wenn man die Pflanze genau anschaut. Je spitzer beispielsweise eine Form endet, um so stärker spürt man eine Stoßwirkung in die Richtung, in die sie weist. Die Folgerung für das Blumenarrangieren muß also heißen: »Da die Wuchskraft eines Pflanzenteiles über die Endform hinaus spürbar ist, läßt man dort, wohin die Kraft weist, freien Raum!« Ein Schilfkolben zum Beispiel wächst lang und schmal in die Höhe. Man behandelte diese Form falsch, würde sie unter eine breit ausladende Blüte gesteckt. Man hätte das Gefühl, als würde der schmale Zylinder des Schilffruchtstandes zusammengedrückt. Die Form und damit das Arteigene eines Schilfkolbens könnte sich nicht voll entfalten (siehe Abb. S. 107); doch gerade das wollen wir erreichen, denn so berücksichtigen und steigern wir die natürliche Schönheit unserer Blumen. Die Glyzinienblüte dagegen zeigt mit der Spitze ihres Blütenstandes nach unten, und wie schön kommt sie zur Geltung, wenn wir unter den Blüten genügend Raum lassen, in den die Form scheinbar hineinfließen kann (Taf. 31 oben links, S. 127). Auch die hängende Ranke des Efeus wird nicht rechtwinklig zum Boden geführt, sondern sollte weich in die Waagerechte des Tisches einbiegen, um das unangenehme Gefühl des Anstoßens oder Durchstoßens zu vermeiden.

Je mehr wir die Kraft in den Formen unserer Schnittblumen erspüren, ihnen den entsprechenden Raum geben und sie ihrer natürlichen Wuchsrichtung gemäß anordnen, um so deutlicher wird ihre persönliche Eigenart. Vornehmlich in flachen Gefäßen kommt dann die wuchshafte Schönheit der Blume oder des Zweiges voll zur Geltung. Nicht zuletzt nennen wir deshalb ein solches wie gewachsen wirkendes Arrangement wuchshaft oder »vegetativ«. Wir haben diesen Typ des Blumenarrangements im Anfangskapitel schon kennengelernt (siehe S. 31). In ihm werden alle Blumen und Pflanzenteile so angeordnet, wie sie wachsen: die Gladiole senkrecht aufstrebend, der Beerenzweig seitlich ausschwingend und die Ranke weich abfließend. Und da haben wir schon die drei Formtypen, die durch eine Kraftrichtung in den Raum gekennzeichnet sind! Senkrecht oder in die Senkrechte strebend hat man die eine Gruppe genannt, sich seitlich entfaltend oder ausschwingend die andere und hängend oder abfließend die dritte. Hinzu kommt noch eine vierte Gruppe, die ihre Bewegungsrichtung in der eigenen Mitte findet. (Taf. 16, S. 56, Taf. 17, S. 65, Taf. 31 unten links, S. 127.)

Zur ersten Formengruppe gehören zum Beispiel: Gladiolen (Gladiolus), Rittersporn (Delphinium), Königskerze (Verbascum), Silberkerze (Cimicifuga), Prachtscharte (Liatris) und Klebschwertel (Ixia), Löwenmaul (Antirrhinum) und Lupine (Lupinus), Fackellilie (Tritoma – Kniphofia) und Steppenkerze (Eremurus), Tulpen und Rosen, das Bogenhanf- (Sansevierien-) Blatt und die lineare Form des Schilfkolbens, einiger Gräser und des Besenginsters. Alle diese und viele andere, die Sie selbst erkennen werden, wachsen senkrecht der Sonne entgegen. Hat sie der Wind zur Seite gedrückt oder wachsen sie buschig und müssen anderen Trieben ausweichen, so bewegt

25. Im modernen Wohnraum stehen die bewegten Formen der Blüten und Zweige in besonders reizvollem Gegensatz zu den geraden Linien und rechten Winkeln der Möbel, so wie hier Lilien, Zinnien und Tagetes mit Ginster und Zweigen der Zwergmistel (siehe S. 148). ►

Hans Leuenberger
VAN GOGH

26. Zur Ausführung eines jeden Hobbys – und auch das Blumenstellen kann zu einem solchen werden – gehören Hilfsmittel. Praktische Steckhilfsmittel und brauchbare Werkzeuge erleichtern die Ausführung und Pflege eines Blumenarrangements. So nach und nach sollte sich deshalb der Blumenliebhaber eine derartige Sammlung des technischen Drum und Dran für das Blumenstellen anschaffen. Ein Regalfach oder das Schränkchen im Flur wird der Aufbewahrungsplatz.
Von den drei gezeigten Blumenscheren braucht man natürlich nur eine zu haben. Das eine oder andere dieser technischen Hilfsmittel eignet sich auch gut zum Verschenken; mit einem großen Kenzan (Nagelblock) oder einer Sprühflasche, einer Blumenschere oder einem Beutelchen Glaskugeln wird man gewiß dem Blumenfreund eine besondere Freude bereiten (siehe S. 50 u. 67).

falsch

richtig

sich ihre Form zwar erst zur Seite, strebt dann aber stets wieder in die senkrechte Richtung. Wollen wir Blumen dieser Formgruppe wuchshaft anordnen, so sehen wir sie uns daraufhin genau an. Die Blume sagt uns selbst, wohin sie innerhalb des Arrangements gesteckt sein möchte, um ihre Natürlichkeit und Schönheit voll zur Geltung zu bringen. So sind Rosen gar nicht so häufig, wie man nach dem flüchtigen Hinsehen annehmen möchte, absolut gerade gewachsen. Meist ist die Achse der Blüte ein wenig von der Geraden des Stieles abgewinkelt. Eine solche Rose werden wir nicht senkrecht in die Mitte des Arrangements stecken, sondern gemäß der Stellung ihrer Blüte seitlich, so daß die Blüte zur senkrechten Bewegungsrichtung gelangt. Im »dekorativen« Arrangement (siehe S. 31), wo es ja nicht auf die Darstellung der Persönlichkeit einer Blume, sondern auf die üppige Fülle, den Rhythmus der Bewegungen und den Reiz der Farbigkeit ankommt, können wir diese Rose sogar noch etwas schräger anordnen, doch respektieren wir auch hier ihre natürliche Wuchsbewegung insoweit, als wir die Blüte in der Fortsetzung ihrer Bewegung zur Senkrechten tendieren lassen. Der Japaner sagt, »die Sonnenseite der Blüten wie der Blätter muß nach oben gerichtet sein«, und er meint damit genau wie wir, daß die natürliche Stellung des abgeschnittenen Pflanzenteils diesem beim Arrangieren möglichst wiedergegeben werden soll. Tulpen oder Fackellilien würden bei Nichtbeachtung dieser Regel selbst den Fehler ausgleichen, indem sie sehr schnell durch Streckung der Zellen in der Unterseite des Stieles die Blüte bzw. den Blütenstand in die Senkrechte aufrichten. Mitunter schießen sie sogar über dieses Ziel hinaus und verbiegen sich zu unglaublichen Formen.

In die zweite Formengruppe wollen wir solche Blumen einordnen, die sich seitlich entfalten. Ihre Bewegung verläuft zuerst in senkrechter oder nahezu senkrechter Richtung und neigt sich erst später zur Seite. So brauchen Lilien, Eucharis und Amaryllis (Hippeastrum) die senkrechte Stellung und viel Raum um die Blütenkelche, damit sie sich schön und frei entfalten können. Die Paradiesvogelblume (Strelitzia), die Flamingoblume (Anthurium) und die Calla (Zantedeschia) können etwas freizügiger behandelt werden, doch auch sie wollen Platz haben, um ihre spitz auslaufenden Blüten – oder Scheinblütenformen – in den freien Raum hineinstoßen zu lassen. Gefälliger fügen sich die ausschwingenden Formen der Wicken (Lathyrus), Freesien (Freesia), Euphorbienrispen (Euphorbia fulgens), des Ginsters (eigentlich Geißklee = Cytisus) und der Blätter und Zweige ein. Auch Orchideenrispen haben ausschwingende Formen (Cymbidien, Dendrobien, Phalaenopsis u. a.), doch wird man sie wegen ihrer Kostbarkeit kaum mit anderen Blumenarten zusammen arrangieren, allenfalls kombiniert man sie mit einem Zweig, Ranken oder Blättern.

Zu der dritten Formengruppe mit ihren hängenden oder abfließenden Formen gehören die Ranken. Sie werden gerne bei Arrangements in hohen

Vasen verwendet, weil sie zwischen der Masse des Gefäßes und der lockeren Struktur des Blumengebindes vermitteln. Bei Tischdekorationen, die ja meist in flachen Gefäßen arrangiert werden, haben sie ebenfalls eine verbindende Aufgabe. Sie folgen ungezwungen gemäß ihrer Natur der Waagerechten des Tisches. Dadurch haben sie eine Eigenschaft mit dem Tisch gemeinsam, nämlich die Bewegungsrichtung. Diese Gleichheit verbindet Tisch und Blumenschmuck harmonisch.

Meist werden Blattranken verwendet: die verschiedenen Efeuarten (Hedera) oder Kletter-Ficus (Ficus pumila), Tradescantia und Weinreben verschiedener Arten, Ranken des hängenden Philodendron, Columnearanken und Lonicera japonica (das rankende Geißblatt aus dem Garten) oder Immergrünranken (Vinca) und andere. Blühende Ranken als Schnittblumen sind weniger häufig. Im Geschäft können wir allenfalls Clematis (Waldrebe) kaufen, doch sind sie an Stäbchen gebunden und in den seltensten Fällen als herabfließende Form zu verwenden, weil Blüten und Blätter uns dann die Unterseiten zeigen würden. Blühende Ranken der Stephanotis, der Wachsblume (Hoya) und Bougainvillea werden wir kaum zu kaufen bekommen, allenfalls können wir sie einmal vom eigenen Topf abschneiden. – Zu den herabfließenden Blütenformen gehören die Blütentrauben des Goldregens (Laburnum) und der Glyzinie (Wisteria), auch die Kätzchen der Hasel (Corylus), der Erle (Alnus) und Birke (Betula). Sie stehen gern in hohen, schlanken Gefäßen, damit die Abwärtsbewegung der Blütenstände genügend Wirkungsraum bekommt.

Noch eine vierte Formengruppe kommt zu den drei bereits besprochenen Typen hinzu. Mit ihrer natürlichen Wuchsbewegung gehören diese Pflanzen zwar zu der ersten Bewegungsform, denn die Blumen richten ihre Blütenköpfe meist der Sonne entgegen. Doch wird bei ihnen das Drängen zur Senkrechten, das Hineinstoßen in den Raum nach oben nicht so stark empfunden, weil sie mit runden Blütenformen enden. Nelken (Dianthus) und Pfingstrosen (Paeonia), Sommerastern (Callistephus) und Skabiosen (Scabiosa), Sammetblumen (Tagetes) und Dahlien (Dahlia), Chrysanthemen und Zwiebelblüten (Allium), Hortensienblüten (Hydrangea) und Schneeball (Viburnum), Ranunkel (Ranunculus) und Anemonen, Beeren, andere Früchte und vieles mehr gehören zu dieser Formengruppe. Ihre Besonderheit ist, daß die Blüten – als runde Form gesehen – keine Raumrichtung spüren lassen, ihre Bewegungsrichtung ist die eigene Mitte. Über die optische Wirkung der sammelnden Kraft in einer runden Form haben wir uns schon unterhalten (siehe S. 92). Sie benötigen also nicht unbedingt viel Raum über oder neben sich, allenfalls etwas Platz, um ihre Umrißform deutlich werden zu lassen. Sie vertragen sich daher gut mit mehreren Blumen eigener oder anderer Art, denn sie »ecken« auf Grund der Kräfteverhältnisse in einer runden Form nirgends an. (Taf. 31 oben rechts, S. 127.)

Nahe dem Mittelpunkt eines Arrangements angebracht, betonen sie dort die zusammenhaltende Wirkung. Ordnen wir sie in einem wuchshaften oder dekorativen Gesteck senkrecht oder seitlich an, so berücksichtigen wir die Tatsache, daß unsere Blumen Lebewesen mit einem eigenen Bewegungsdrang sind. Die Bewegung des Stieles muß stets so verlaufen, daß die Blüte nach oben zu wachsen scheint. Vielfach stecken Laien gern in der Art, daß die Blüte nach vorn gerichtet ist, den Betrachter also ansieht. Damit erreicht man keine Steigerung der Schönheit, im Gegenteil! Das Arrangement wirkt gepflastert, flächig; also nicht so lebendig, wie es den Blumen gemäß wäre. Als körperhafte Formen zeigen sie sich gern von ihren verschiedenen Seiten.

falsch

richtig

Das formale Arrangement · Sehen wir in der Blume nicht die Pflanzenpersönlichkeit mit Stiel, Blättern und Blüte sowie ihrer arteigenen Wuchsbewegung, sondern betrachten wir sie abstrakt als reine Form, so gelangen wir zu dem dritten, dem »formalen« Typ des Blumenarrangements – neben dem »wuchshaften« und »dekorativen«. Betrachten wir eine Chrysanthemenblüte und einen eigenwillig geformten Zweig der Schraubenhasel, die in eine becherförmige Glasvase geordnet sind. Der Reiz dieser Zusammenstellung liegt vor allem in dem starken Formkontrast zwischen der körperhaften, runden Blütenform und der linearen Bewegung des Haselzweiges. Solche betont formalen Kompositionen sind sehr reizvoll. Sie bauen meist auf einer interessanten Linienführung auf. Ob man dabei die Natur des »Materials« – in diesem Falle unsere Blumen und Pflanzen – weitgehend außer acht läßt und die Zweige sogar verkehrt herum (entgegen ihrer Wuchsrichtung) in oder an der Vase befestigt, bleibt dem einzelnen überlassen; falsch ist es in diesem Fall nicht! (Taf. 28, S. 124 u. Taf. 29, S. 125.)

Mancher wird jetzt schockiert sein, denn es gibt Lehren und deren Anhänger, die ganz der Natürlichkeit der Blume huldigen. Auch wir haben bisher der Blume den Platz gegeben, den sie ihrer Wuchsrichtung nach beansprucht. Aber es liegt allein am Menschen, wie er die abgeschnittene Blume in eine neue – sogar künstlerische – Ordnung bringt, in der sie ihren natürlichen Reiz mehr oder weniger entfalten kann. Wie sehr wir den eigenen Willen – den Bewegungswillen – der Blumen berücksichtigen, hat uns gerade der letzte Abschnitt ausführlich gesagt. Im »wuchshaften« (= vegetativen) Gesteck vor allem ist dies unumgänglich, im »dekorativen« Gesteck können wir schon etwas großzügiger verfahren, steigern aber auch hier die Schönheit der Blumen, indem wir sie so ordnen, wie sie wachsen. Im »formalen« Arrangement kommt es aber nicht auf die Darstellung der Pflanzenpersönlichkeit, sondern auf einen reizvollen Umriß – auf eine formal und linear interessante Gestalt des Arrangements an. Deshalb eignen sich ungewöhnliche Pflanzenformen, Fruchtstände, Gräser und Zweige, eigenwillige Blätter und Blüten besonders gut für derartige Arbeiten. Doch auch eine schlichte, runde Blüte im Kontrast zu einem Zweig oder Grashalm, fein abgewogen in den Mengenverhältnissen und Ausdehnungen, wirkt schön. Die Chrysantheme ohne Stiel ist im eigentlichen Sinne nicht mehr Chrysantheme, sie ist runde Form von gelber Farbe und lockerer Struktur. Der Haselzweig ist kontrastierende Linie, braune, brüchige Bewegung im Gegensatz zu der ruhenden Rundung der Blüte. Steigert es den Kontrastwert oder den Reiz der Linienführung, dürfen wir sogar Halme knicken, Blätter beschneiden oder verknoten, Beeren aufreihen und uns – unabhängig von der natürlichen Wuchsrichtung – »austoben«, vorausgesetzt, wir arbeiten ein Arrangement dieses formalen Typs! Im formalen Arbeiten lösen wir uns von den Gesetzmäßigkeiten des Wachstums und lassen menschlichen Formwillen triumphieren. In Japan geht die moderne Blumensteckkunst sogar so weit, daß sie Materialien der unbelebten Welt (Draht oder Schaumstoff, Glas oder Metallteile u. a.) in uns ungewohnter Weise mit Blumen kombiniert und »Plastiken« ganz eigener Art schafft (siehe S. 30). Zwar kombinieren auch wir mit Band oder Perlen, Glaskugeln, Steinen oder Federn, Kerzen und anderem, bleiben also ebenfalls nicht nur bei Blüten und Blättern, doch der erste Rang gebührt bei uns noch immer den Blumen! (Taf. 34 unten, S. 138.)

Die formale Komposition als Ausgangsgedanke für ein Blumenarrangement sei Ihnen auf jeden Fall einmal angeraten. Man lernt dabei nämlich, die Formen der Umwelt viel intensiver zu betrachten, und eröffnet sich eine Quelle spielerischer Freude. Wie achtlos geht man meist durch seine Umwelt. Wenn Sie das Glück haben, selbst einen Garten zu besitzen, werden Sie über trockene Blätter, abgeblühte Blütenstände und dergleichen selten begeistert sein. Doch sehen Sie sich diese Dinge einmal genauer an. Einige sind sicher darunter, die einfach schön sind! Skurril zusammengerollte Blätter, die feine

Verästelung eines doldigen Blütenstandes – nun seiner Blüten beraubt, offenbart er ein Filigran feiner Sternformen (Augentrost – Athamanta) – Wilde Möhre oder Herkuleskraut (Heracleum), die herbe Gestalt eines blattlosen, dornigen Zweiges (Schlehe, Robinie u. a.) geben gewiß Anregungen, mit ihnen eine Komposition zu versuchen (Taf. 29, S. 125, Taf. 35, S. 139). Das heißt nun nicht, daß auf solche abgestorbene Pflanzenteile das Hauptaugenmerk zu richten wäre, sie sollten lediglich nicht ganz vergessen werden. Sie passen in die Herbstzeit oder den stillen, besinnlichen Winter und können sehr wohl einen reizvollen »Blumenschmuck« darstellen, vorausgesetzt, ein formales Gesteck paßt stilmäßig zur Zimmereinrichtung. In den Stil unserer Zeit paßt es ganz sicher. Die Vorliebe für die reine Form, das Spiel mit Formkontrasten zeigt auch das moderne Bauen. Wir brauchen uns nicht nur die heutigen Kirchen, die Kongreßhallen oder Konzerthäuser anzusehen, auch das Bürohaus oder der große Wohnblock bestätigen dies. Dem Hochhaus wird im Baukomplex sicher ein breitlagernder, niedriger Bau zugeordnet – und dies nicht aus pekuniären oder Zweckmäßigkeitserwägungen, sondern allein aus ästhetischen Gründen. Man findet das Spannungsverhältnis zwischen Schmal und Hoch zu Breit und Flach interessanter und damit schöner, als wenn zwei gleich geformte Baukörper nebeneinander stünden. Zu den Kontrasten der Form kommen aber noch die des Materials und der Farbe. Beton steht neben Glas, der rotbraune Ziegel neben sandfarbenem Rauhputz und anderes mehr. Derartige Kontraste spielen auch beim Gestalten mit Blumen eine wesentliche Rolle. Deshalb wollen wir uns nach der Betrachtung der Formen zunächst der Oberflächenstruktur unserer Pflanzen zuwenden.

AUCH DIE OBERFLÄCHE SPRICHT MIT

Zwischen der Farbe und der Oberflächenstruktur der Blüten und Blätter besteht ein enger Zusammenhang. Einmal kann die Farbe den Charakter der Stofflichkeit beeinflussen, zum anderen aber auch die Oberflächenstruktur die Erscheinung der Farbe. So wirkt zum Beispiel die rauhe, rissige Borke eines Baumes besonders derb und massiv, wenn sie von dunkelbrauner Farbe ist, auch glatte Rinde hat dann einen rustikalen, rauhen Charakter; doch ist sie hell, vielleicht sogar weiß gefärbt, wie bei einigen Birkenarten, dann wirkt sie feiner und eleganter! Umgekehrt läßt die glatte, metallisch hart scheinende Fläche des großen roten Blattes der Anthurienblüte das Rot glänzend, fast kühl erscheinen. Das gleiche Rot hat im Mohnblatt etwas Seidigweiches, Schimmerndes und in dem Trichter der samtigen Gloxinienblüte wird es tiefgründig und schwer. Uns interessiert die Oberflächenstruktur der Blüten und Blätter, weil sie die Gesamterscheinung und das Wesen der Blumen mitbestimmt, weil wir dementsprechende Gefäße wählen und weil

wir bei der Blumenzusammenstellung selbst auch die Stofflichkeit berücksichtigen müssen. So kann zum Beispiel eine Blume von zarter Erscheinung mit seidigweichen Blütenblättern über einer deftig und derb wirkenden angeordnet werden, nicht aber umgekehrt. Oder können Sie sich eine Wicke von einer Sommeraster überragt vorstellen oder eine Cyclamenblüte unter einer Kugeldistel? Es sollen also nicht nur die feingliedrigeren über die massiven, die aufstrebenden über die runden, die hellen über die dunklen Blüten geordnet werden, auch die zarten, feinen, weichen Strukturen kommen über die derben, harten oder spröden.
Man kann die Stofflichkeit einer Blüte gut mit anderen Materialien vergleichen, zumindest um die Eigenart zu kennzeichnen. Am besten lassen sich Stoffe, aber auch andere Dinge, wie Porzellan, Glas und Metall, heranziehen. Metallische Strukturen gibt es bei den Blüten relativ selten. Die Anthurie (A. andreanum) und auch die Strelitzie (Paradiesvogelblume) haben etwas Hartes, Festes und den metallischen Glanz auf ihrer Blüte. Bei den Blattpflanzen gibt es sogar Formen, die »metallica« heißen, zum Beispiel eine Begonienart. Doch da man sich derartige oder ähnliche Blätter nicht oder nur sehr schwer besorgen kann, ist es müßig, näher darauf einzugehen. Zumindest bemühe man sich, beim Einkauf von Anthurien oder Strelitzien deren arteigene Blätter mit zu erwerben; dann ist die Gewißheit gegeben, daß passende Blätter zur Blüte arrangiert werden können! – Auch hart, aber mehr von porzellanener Art sind unter anderem Stephanotis, Maiglöckchen, Tulpen, Hyazinthen, Narzissen und Päonien, Schneeglöckchen und Cyclamen, Begonienblüten wie die der Lorrainebegonien, Seerosen, Calla und Lilien, Ornithogalum (Milchstern) und Ixien, Frauenschuh (Paphiopedilum), Phalaenopsis und Cymbidien (letztere sind Orchideen), Rosen und Nelken, Echeverien und Sedumranken. Der porzellanverwandte Charakter wird durch die Farbe Weiß sehr unterstützt, doch auch Pastelltöne entsprechen dem zarten, eleganten Wesen derartiger Blüten mit glatter Struktur. – Ebenfalls glatt, aber seidig weich sind dagegen Wicken, Godetien (Sommerazalee), Gerbera, Streptocarpus (Drehfrucht), Cattleyen und Kosmeen, Kirschblüten und Hibiskus, die Rhododendronblüte und der Sommerrittersporn (Delphinium ajacis).
Alle glatten, zarten oder glänzenden Strukturen können reizvoll untermalt werden, wenn man ihnen im Arrangement einige wenige Pflanzenteile von

herber, rustikaler Stofflichkeit zuordnet. Die ursprüngliche Derbheit eines unbelaubten Zweiges vermag zum Beispiel die metallische Anthurie, aber auch die porzellanene Nerine oder Narzisse in ihrer strukturellen Eigenart hervorzuheben; die herbe, spröde Distel steigert den Reiz der Rose oder der Gladiole, und die deftigen Zinnien oder Sonnenblumen machen den Rittersporn zum Tummelplatz zart-weicher Blütentupfen. Zu solch »rustikalen« Strukturen gehören neben den eben genannten Vertretern noch Flechtenzweige und Korniferengrün, Schafgarbe (Achillea) und Lampionblumen (Physalis), Chrysanthemen und Herbstlaub, Erica und Borke, Zapfen und alle Trockenblumen.

In stofflicher Übereinstimmung stehen derartige Blumen und Pflanzen gut in rauher, unglasierter Keramik; auch in bäuerlichem Steinzeug, Zinngefäßen oder Körben fühlen sie sich zu Hause. Hier ist die Wahl nach dem Gleichheitsgedanken richtig; der Gegensatz wäre in den seltensten Fällen wirkungssteigernd – oder könnte Ihnen eine trockene Distel in einer weißen Porzellanvase gefallen? In das Porzellan und das sehr glänzend glasierte Keramikgefäß gehören Blüten mit gleichen Strukturen, also alle glatten, wie wir sie unter den metallischen, porzellanenen und seidigen genannt haben. Zu den letztgenannten Blüten können jedoch auch rauhe und rustikale Gefäße gewählt werden, dieser Kontrast tut nicht weh! Er kann im Gegensatz die Zartheit einer Blüte stärker hervorheben. Das Maiglöckchen paßt genausogut in die weiße Porzellanvase wie in die erdfarbene, stumpfe Tonschale. Die Entscheidung wird vom Verwendungszweck des Arrangements abhängen: Auf den Kaffeetisch stellt man wahrscheinlich besser die Porzellanvase, für das Bord aus Nußbaumholz wäre die rauhe Keramikschale zu bevorzugen.

In nicht allzu derben Gefäßen mit stumpfer Oberfläche ordnet man vorteilhaft eine weitere Strukturgruppe ein, nämlich die mit samtiger oder wolliger Oberfläche. Stiefmütterchen und Mimosen, Weidenkätzchen und Kuckucksanemone (Pulsatilla vulgaris) sowie Wollziest (Stachys olympica). Auch etliche Fruchtstände haben wolligen Charakter (Wollgras, Waldrebe = Clematis und Perückenstrauch = Cotinus).

HARMONIE DURCH PROPORTIONEN

In den Betrachtungen über Form und Stofflichkeit der Blumen finden wir Gestaltungsregeln, die die Auswahl der Blumen und deren Anordnung im Gesteck betreffen. Jetzt soll uns die Frage beschäftigen: Wie sind die Verhältnisse zu wählen? Müssen Höhe und Breite eines Arrangements in bestimmten Beziehungen stehen, um schön zu wirken, und wie sollten sich Blumen in Ausdehnung und Menge zur Größe des Gefäßes verhalten? Da erst das Zusammenfügen von Gegensätzen zu Harmoniebildungen führt, achten wir auch hier darauf, daß beispielsweise das Größenverhältnis zwischen der Vase und den darüber aufragenden Teilen der Blumen nicht genau gleich ist und daß die Gesamtbreite des Arrangements kleiner oder größer ist als die Höhe. Das 1 : 1-Verhältnis führt zu plumpen Formen, man würde es als unschön empfinden und sagen: »Die Proportionen stimmen nicht!« Tatsächlich entspricht Ungleichheit viel mehr dem wuchshaften Charakter unserer Blumen, und wir werden dem aufstrebenden Wachstum der Pflanzen gerecht, wenn das Gefäß etwa nur $^{1}/_{3}$ der Gesamthöhe des Arrangements ausmacht; die Blumen bilden die anderen $^{2}/_{3}$. Leider kann nun nicht gesagt werden, daß die Regel »$^{1}/_{3}$ Gefäß + $^{2}/_{3}$ Blumen = $^{3}/_{3}$ Höhe des Blumengestecks« jeder Arbeit wohlgefällige Proportionen gibt.

Es handelt sich hier nicht um Maßverhältnisse, die man mit dem Zentimetermaß messen kann. Es mißt allein das Auge, und das läßt sich von mancherlei Faktoren beeinflussen. Der »optische Eindruck« entscheidet; es muß lediglich so aussehen, als ständen Blumen und Gefäß in dem 1 : 2-Verhältnis. So wirkt eine Vase von runder, massiger Form im Gegensatz zu einer schlanken Vase gleicher Höhe viel schwerer und kraftvoller und kann daher mehr und höher aufragende Blumen »tragen«, als die Vase von eleganter, schmaler Form. Hier beeinflußt die Massenwirkung des Gefäßes die Größe des Blumenarrangements; das tatsächliche Fassungsvermögen spielt dabei keine Rolle. Ein rustikales Keramikgefäß und eine Glasvase sollten also nicht in der gleichen Weise mit Blumen gefüllt werden, auch wenn Größe und Gestalt in beiden Fällen dieselben sind. Die robuste Tonvase braucht mehr und längere Blumen als die Glasvase, die wegen der Leichtigkeit und Durchsichtigkeit des Materials nicht so viele Blumen benötigt, um dennoch das 1 : 2-Verhältnis zur Wirkung kommen zu lassen.

Wahrscheinlich liegt das auch daran, daß man durch das Glas bereits die Stiele der Blumen sieht. Je nach Massigkeit der Blüten wäre für ein Glas-

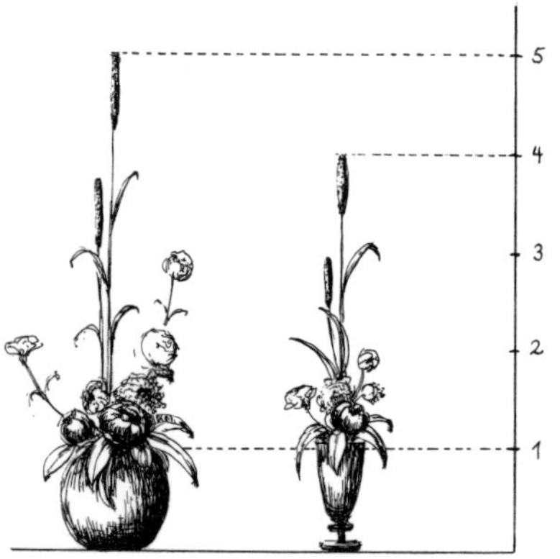

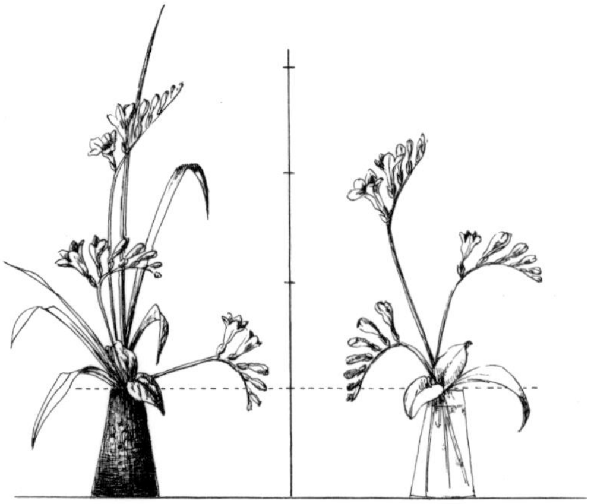

gefäß sogar das 1 : 1,5-Verhältnis bereits von harmonischer Wirkung. Diese wird nämlich auch von den Blumen beeinflußt. Kleinblütige, grazile Blumen und spielerisch zarte Gräser zum Beispiel können bis zum 3- bis 4fachen der Vasenhöhe aufragen und das um so mehr, je linearer und lockerer das Arrangement aufgebaut ist. Das Auge summiert dann die Massen und wägt mehr das Mengenverhältnis als das der Ausdehnung. Große und kompakte Blütenformen möchten nicht so hoch aufragend angeordnet werden; auch für eine dichte Blumenfüllung wähle man insgesamt nur das anderthalbfache von der Vasengröße für die Höhenausdehnung der Blumen. Ordnet man dunkelfarbige Blumen in ein helles Gefäß, so lasse man deren Stiele etwas länger, als dies bei lichten und helleren Blüten nötig wäre: die dunklen Blüten wirken schwerer als helle und werden deshalb vom Auge als lastender und damit nicht so aufstrebend empfunden. Dem arbeiten wir durch hohe Anordnung entgegen und gleichen damit aus.

Für die Größenbeziehungen zwischen Blumen und flachen Steckgefäßen gilt das gleiche. Wir können auch hier sagen: Blumen sollen in doppelter Höhe der Gefäßbreite aufragen. Dieses Grundmaß überschreiten wir mitunter sogar ganz erheblich, wenn die Pflanzenteile von sehr schlanker linearer Form sind, wenn mit wenig Material arrangiert wird, und wenn das Gefäß durch eine gewisse Höhe und Derbheit des Materials eine starke eigene Form- und Massenwirkung hat.

Gestatten Sie an dieser Stelle die Erinnerung an Regeln aus dem Ikebana (siehe S. 25 f.), wo es heißt: »Der höchste Zweig soll das 1,5- bis 2fache der Vasenhöhe haben.« Wenn in einer flachen Schale arrangiert wird wie beim »Moribana«, dann gilt die Regel: »Die Blumen sollen 1,5- bis 2mal so hoch aufragen, wie der Durchmesser der Steckschale beträgt, wozu noch einmal die Höhe der Schale addiert wird.« Berechnen wir aus diesen Angaben ein Mittelmaß, so trifft sich die Proportionsregel des Ikebana mit der unsrigen, und der gegebene Spielraum entspricht den Abweichungen, die wir auf Grund des optischen Einflusses von Form, Farbe und Struktur der Blumen und Gefäße gestatten.

Das eingesetzte Verhältnis 1 : 2 hat sich, wie wir sehen, für das Blumenarrangieren als sehr passend erwiesen. Vielfach geht man jedoch auch hierbei auf die Proportionierung des »Goldenen Schnittes« zurück. Von dessen Gesetzmäßigkeit wird jeder schon einmal gehört haben. Durch ihn wird eine Strecke in zwei Abschnitte zerteilt, dessen kleinerer sich zum großen genauso verhält wie der große Teil zur ganzen Strecke. Diese Beziehungen der einzelnen Teile untereinander und zum Ganzen sind an vielen Formen der Natur erkannt worden und auch am Menschen zu demonstrieren. Wohl proportioniert ist demnach ein Mensch, dessen Oberkörper zum Unterkörper im gleichen Verhältnis steht, wie der Unterkörper zur ganzen Körpergröße. Meist werden die Zahlen 3 : 5 = 5 : 8 = 8 : 13 als beispielhaft für die Teilung im »Goldenen Schnitt« angegeben. Aus ihnen errechnet sich die Verhältniszahl 1,6. Da die Teilung im »Goldenen Schnitt« immer zu wohlausgewogenen Proportionen führt, arbeiten seit dem klassischen Zeitalter der griechischen Kunst alle bildenden Künste mit diesem ästhetischen Grundgesetz (von einigen Unterbrechungen im Mittelalter und Ausnahmen gewisser Manieren abgesehen). Wollten wir auf den »Goldenen Schnitt« zurückgreifen, so hieße dies, daß Vase und Blumen im Größenverhältnis 1 : 1,6 zusammengefügt werden müssen. Da aber der optische Eindruck so vielfältig beeinflußt wird, und man ohnehin nicht mit dem Zentimetermaß abmißt, ist es richtiger, von dem einfachen Schema 1 : 2 auszugehen.

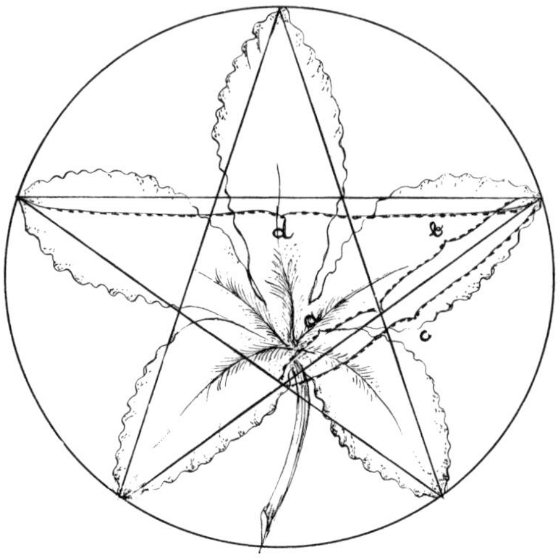

Auch die Höhen- und Breitenausdehnung eines Blumengestecks wird nach dem Schema 1 : 2 gestaltet. In einem »dekorativen« Blumenarrangement liegt die größte Breite der Blumenausdehnung nahe dem unteren Drittel – wie bei einem Wassertropfen –, so daß damit wiederum eine Einteilung in $^1/_3$ und $^2/_3$ gegeben ist. In einem flachen Gefäß ordnet man den Wuchsmittelpunkt nicht genau inmitten der Schale an, sondern rückt ihn seitlich heraus, bis er den Schalendurchmesser in 1 : 2 Drittel gliedert. Die Abstände zwischen den Blütengruppen sollen ebenfalls nicht gleich sein; dem schmalen Abstand antwortet ein doppelt so breiter. Dadurch ergibt sich sogar eine besonders wohlgefällige Proportionierung der freien Räume zwischen den Blumen.

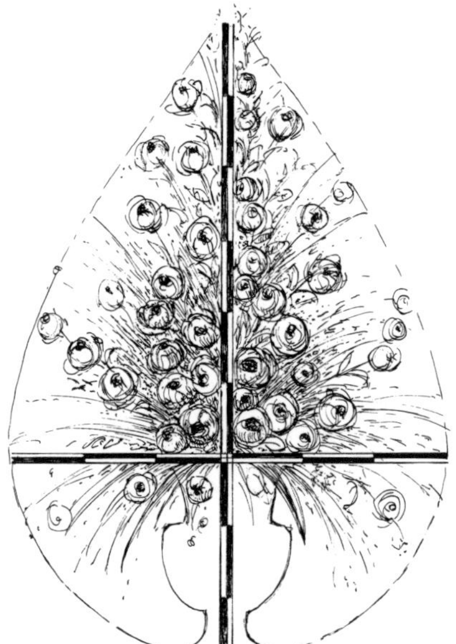

Auch die Mengenverhältnisse der Blütenarten und -farben werden gern nach dem Ungleichheitsprinzip gewählt. Es verhilft zur Klarheit und Eindeutigkeit im Ausdruck, wenn eine Blütenart dominiert. Diese gilt dann gewissermaßen als die führende, erste Stimme, die der Komposition das Gepräge gibt, die anderen begleiten nur und ergänzen zum volltönenden Akkord. Bezüglich Farben muß allerdings wieder auf die optische Wirkung verwiesen werden. Die Helligkeit und Leuchtkraft beeinflussen stark die Mengenwirkung. Soll in einer Violett-Gelb-Kombination (Clematis, Liatris – beide violett – und gelbe Nelken) das Violett dominieren, so muß mindestens das Dreifache an Violett genommen werden. Anderenfalls würden die gelben Nelken, die durch die leuchtend strahlende Farbe stark zur Geltung kommen, die anderen Blumen übertönen. Auch im gleichen Mengenverhältnis mit Violett wirkt Gelb dennoch führend, weil das dunkle Violett sehr stark zurücktritt (gelbe Tulpen und violette Stiefmütterchen).

Die Proportionierung ist ein wichtiges Mittel, unseren Blumenarrangements eine wohlgefällige, eindrucksvolle Gestalt zu geben. Es ist notwendig, dann und wann einmal sein Augenmerk bewußt auf derartige Fragen zu lenken. Grundlegende Richtlinien für harmonische Proportionierungen sollten in der hier aufgezeigten Form durchdacht werden, es muß aber hinzukommen ein Empfinden für die variierenden Einflüsse durch Formen (siehe S. 103 ff.) – und durch die Farben, denen wir uns jetzt zuwenden wollen.

EINIGES ÜBER FARBEN UND DEREN KOMBINATION

Die Vorliebe für bestimmte Farbtöne und Farbzusammenstellungen ist in jeder Epoche eine andere. Einmal werden reine, klare Farben von großer Leuchtkraft bevorzugt (Romanik), einmal gebrochene Farben oder dunkle, trübe Töne im Kontrast zu starken Lichtpartien (Barock), dann wieder liebt man helle, heitere, zarte Pastellfarben (Rokoko) oder die nüchterne Welt der unbunten Farben Weiß, Grau und Schwarz (Klassizismus). Heute gibt es in der Malerei eine Kunstrichtung, die allein durch die Wahl der Farbtöne – ihr Mischungsverhältnis, Hell-Dunkel-Abstufungen und dergleichen – eine künstlerische Aussage erzielen will. Dieser »Expressionismus der Farbe« sieht in jeder Farbe einen geistigen Ausdruckswert und somit ein lebendiges Element, das dem Künstler auf seine Fragen Antwort zu geben vermag.

Ja, Farben sprechen zu uns. Der Mensch versteht sie aber weniger mit dem Intellekt als mit dem Gefühl. So beeinflussen Farben genau wie Töne unsere Stimmung und regen das Gemüt weit mehr an, als Formen es vermögen. Deshalb müssen wir sie für das Blumenarrangieren als eines der wesentlichsten Gestaltungselemente betrachten. So kann eine Festtafel je nach Farbwahl der Blüten festlich/feierlich (Weiß-Lila-Purpur), fröhlich/heiter (Gelb-Orange-Rot) oder beschaulich/besinnlich (Kupfer-Honiggelb-Braun) wirken – dies sind nur einige Möglichkeiten von vielen. Jeder Mensch hat überdies seine eigene Beziehung zu Farben. Sie ist geprägt von Erfahrungen aus seiner Umwelt und von seinem persönlichen Wesen. Charakter sowie Stimmungen können in Farben gleichgestimmte Partner finden. Wäre das nicht so, könnten wir nicht durch Farben auf Gemüt und Empfinden einwirken und das Gestalten mit Farben bliebe ohne Widerhall beim Beschauer.

So spürt man in der gesteckten Schale mit gelben Narzissen, roten Tulpen und blauen Hyazinthen die fröhliche Lebendigkeit eines heiteren Frühlingstages. Der lichtblaue Rittersporn, mit weißen Pfingstrosen und purpurroten und rosa getönten Edelweißmargeriten arrangiert, atmet die Stimmung frühsommerlicher Zeit, während die leuchtende Pracht der Sonnenblumen zusammen mit dunklem Laub der Blutbuche und Vogelbeerzweigen das Gemüt erwärmt, aber auch besinnlich stimmt. Der Mollakkord des Herbstes liegt in dem Mattlila kleinblumiger Staudenastern, dem Graubraun trockener Gräser und dem fast schwarzen Glanz der Ligusterbeeren.

Im Zusammenhang mit Farben drängen sich immer wieder Worte und Begriffe auf, die auch in der Musik üblich sind. Das hängt wohl damit zusammen, daß beide – Melodien und Farben – in uns Stimmungen erwecken.

Wir sprechen von Farbton, Farbklang, Farbakkord oder -dreiklang, von Farbkompositionen und Farbharmonie, ja sogar von Farbsymphonien. Und wie in der Musik gibt es auch für das Gestalten mit Farben Regeln und

Gesetzmäßigkeiten. Wir wollen uns mit derartigen Theorien nicht nur beschäftigen, um unser Wissen zu vermehren, sondern vor allem, um unser Farbempfinden und das Gefühl für Farbzusammenklänge zu schulen. Denn wie man das Ohr für die Wahrnehmung von Tonunterschieden und Klangreichtum sensibler entwickeln kann (selbstverständlich in den veranlagungsmäßigen Grenzen), so kann man auch das Auge »öffnen« und das Gefühl empfänglicher machen für Farben und ihren Stimmungswert.
Zudem ist es notwendig, sich über einige Begriffe Klarheit zu verschaffen, will man über Farben reden und verstanden werden. Schon wenn sich zwei Menschen über die Farbe »Rot« unterhalten, ist es kaum wahrscheinlich, daß beide das gleiche Rot vor ihrem geistigen Auge sehen. Ja, wir sind nicht einmal sicher, ob diese beiden – haben sie einen roten Gegenstand vor sich – tatsächlich die gleiche Farberscheinung wahrnehmen. Vielleicht sieht jeder ein ganz anderes Rot? Schließlich entsteht die Farbe genaugenommen erst in den Gehirnzellen des Betrachters als Reaktion auf einen Reiz des Sehnervs. Wie will man also kontrollieren, ob die Farbwahrnehmungen der Menschen gleich sind? Nun, wir wollen das Problem des Farbsehens nicht größer machen, als es ist. Selbst wenn wir wissen, daß sogenannte Farbenblinde Rot anders sehen als normale Menschen, so können wir doch annehmen, daß eben diese normalen Menschen Farben gleich oder annähernd gleich erkennen. Sonst wäre es auch kaum möglich, daß sich kollektive Vorstellungen und Verhältnisse zu Farben herausgebildet haben. Sicher ist es aber, daß nicht jeder gleich deutlich feinste Unterschiede bei geringen Farbabstufungen feststellen kann. So sollen uns die folgenden Betrachtungen in doppelter Weise Rüstzeug schaffen für das Zusammenfügen harmonischer Farbklänge, indem sie Regeln als Hilfen geben und das Einfühlungsvermögen »trainieren«. (Taf. 8, S. 24.)

Die »Spektralfarben« · Im Dunkeln gibt es keine Farben! Licht und Farbe stehen im Zusammenhang. Wenn ein Lichtstrahl durch einen Wassertropfen oder eine geschliffene Glaskante fällt und bei bestimmtem Einfallwinkel gebrochen wird, so erscheinen plötzlich Farben, wo vorher keine waren! Wir alle kennen die Erscheinung des Regenbogens oder das farbige Aufleuchten geschliffenen Glases, beruhend auf solchen Vorgängen. Das beweist: Farbe ist Licht. Der weiße Sonnenstrahl enthält die Regenbogenfarben Rot, Orange, Gelb, Grün, Blau und Violett. Physikalisch gesehen ist Licht elektromagnetische Strahlung eines bestimmten Wellenbereiches, wobei Rot am langwelligsten und Violett am kurzwelligsten ist. Alle Farbstrahlen gebündelt rufen im Auge die Erscheinung des weißen Lichtes hervor. Neben dem sichtbaren Rot liegt das unsichtbare Infrarot und neben dem Violett das Ultraviolett. Trifft nun ein Sonnenstrahl einen Gegenstand, so kann er fast vollständig zurückgeworfen werden: Dann erscheint der Gegenstand weiß; es können aber auch fast alle Strahlen absorbiert werden: Dann erscheint er schwarz. Grau entsteht, wenn ein Teil der Strahlen »verschluckt«, der andere zurückgeworfen wird. Werden aber nur Strahlen bestimmter Wellenlängen absorbiert, zum Beispiel alle, die Rot ergeben, und werden die restlichen Strahlen reflektiert, so vereinen sich diese zu einer gemeinsamen Reizwirkung auf das Auge, und es erscheint die Farbe, in der kein Rot ist – und das ist Grün. Die grünen Blätter unserer Pflanzen haben ihre Farbe also daher, weil sie aus dem gebündelten weißen Lichtstrahl die roten Farbstrahlen herausfiltern und »aufsaugen«. Eine rote Glasscheibe dagegen, die vor einen Scheinwerfer gesetzt ist, filtert alle Farbstrahlen aus dem Licht, die Grün ergeben und läßt nur die Rot erzeugenden Wellen hindurch. Was geschieht nun, wenn dieser rote Lichtstrahl ein grünes Blatt trifft, ohne daß noch eine andere Lichtquelle vorhanden wäre? Das Blatt absorbiert das Rot – und was wird reflektiert? Nichts, denn es empfängt ja nichts, was es reflektieren könnte. Somit erscheinen normalerweise grün wirkende Gegenstände in rotem Licht schwarz.

Dies ist keine müßige Spekulation oder eine nur interessante Überlegung. Es ergibt sich für unser Blumenstecken eine praktische Lehre daraus: Unser Glühbirnenlicht ist nicht so weiß wie das der Sonne; es wirkt gelblicher. Es muß ihm also ein gewisser Farbanteil fehlen, und das ist etwas Blau-Violett. Wohl sind auch in diesem Licht Strahlen der Wellenbereiche Blau und Violett, doch nicht so viele. Alle Blumen, die im Tageslicht blau oder violett erscheinen, wirken abends bei Lampenlicht dunkler, trüber, nicht so leuchtkräftig wie am Tage. Das ist verständlich, denn es treffen nicht so viele blaue Farbstrahlen auf den Gegenstand, daß sie bei der Reflektion eine intensive Farberscheinung geben könnten. Wollen wir also eine Tischdekoration arbeiten, die abends schön wirken soll, so werden wir Blau und Violett allenfalls als ergänzende Beifarben wählen oder von vornherein helle, lichte Tonwerte nehmen, die bei geringer Trübung nicht allzusehr an Schönheit verlieren.

Wenn man sich die Regenbogenfarben, die auch »Spektralfarben« des Sonnenlichtes genannt werden, genauer ansieht und den Erfahrungsschatz aus den Malstunden in der Schule hinzunimmt, so kann man folgendes feststellen: Es gibt drei Farben, die nicht aus anderen Farben mischbar sind, und zwar Gelb, Rot und Blau. Orange kann man mischen aus Gelb und Rot, Grün entsteht aus Gelb und Blau. Violett ergibt sich aus der Verbindung von Rot und Blau. Auch alle anderen vorkommenden Farben entstehen aus Mischungen dieser drei Farben. Unser Auge und Sehnervensystem, das die physikalischen Wellenerscheinungen umformt zu einer Farberscheinung, ist strenggenommen der Hersteller der Farben. Auf der Netzhaut des Auges sind drei verschiedene »Empfänger«. Sie reagieren auf die Grundreize Gelb, Rot und Blau. Werden alle drei Nervenarten gleich stark gereizt, so ent-

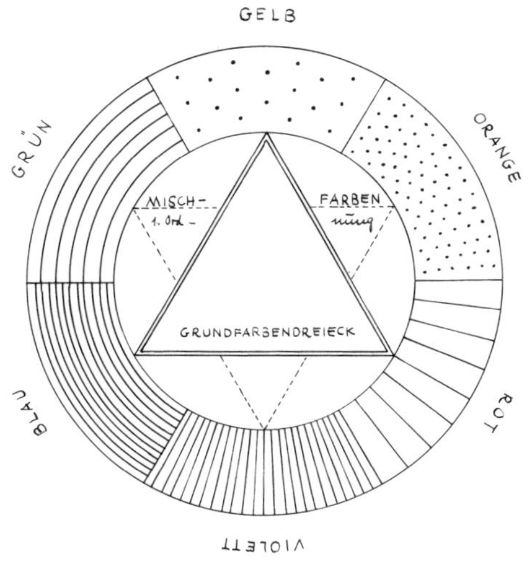

steht die Wahrnehmung Weiß oder Grau in seinen verschiedenen Helligkeitsstufen. Werden sie aber unterschiedlich gereizt, so entstehen Farbeindrücke; durch Mischungen ergibt sich die ganze Farbigkeit unserer Welt!

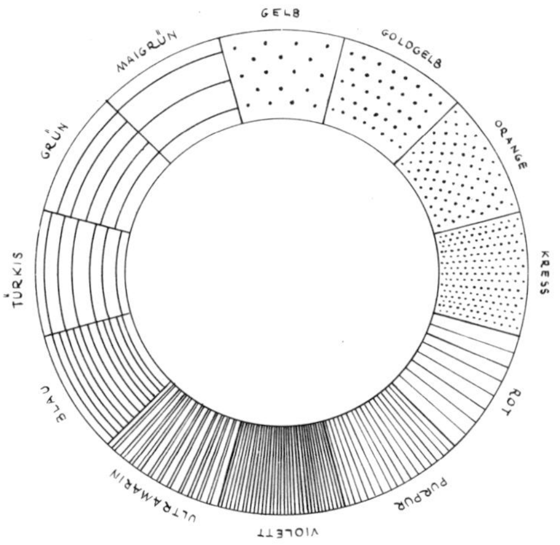

Der Farbkreis · Wir nennen die drei Farben Gelb, Rot und Blau die »Grundfarben«. Zeichnen wir sie an die Eckpunkte eines gleichseitigen Dreiecks, wobei Gelb oben, Rot rechts unten und Blau links unten liegt, so erhalten wir das Grundgerüst einer Farbordnung. Zeichnen wir nun zwischen die Grundfarben die Mischfarben aus annähernd gleichen Teilen von je zwei Grundfarben – auch sie sind leuchtend reine Farbtöne –, so bekommen wir einen sechsteiligen Farbkreis mit den Farben Gelb, Orange, Rot, Violett, Blau und Grün, der als der »natürliche Farbkreis« bezeichnet wird. Indem man die unterschiedlichsten Mischungsverhältnisse anwendet, kann man diesen Farbkreis noch um viele Farbtöne erweitern. Viel Gelb und wenig Rot gibt ein Goldgelb, viel Rot und wenig Gelb aber ein Kreßrot. Ein Rot mit wenig Blau wird zum Purpur und Blau mit geringem Rotanteil ein Ultramarinblau, Gelb mit wenig Blau bleibt ein grünliches Gelb, wir wollen es »Maigrün« nennen, und Blau mit einem geringeren Anteil Gelb ist Türkis. Wir werden auf diesen Farbkreis noch öfter zurückkommen, und er wird sich Ihnen einprägen. Mit ihm arbeiten Maler und Kunstmaler, Innenarchitekten, Dekorateure und Modisten, und er wird auch uns eine Hilfe sein, um harmonische Farbzusammenstellungen zu konstruieren.
Unser Farbkreis enthält aber längst nicht alle vorkommenden Farben. Zum Beispiel können an der Bildung einer Farbe alle drei Grundfarben beteiligt sein. Im Orange ist Rot und Gelb, kommt etwas Violett – und damit ein kleiner Anteil Blau – dazu, so entsteht ein schönes Braun. Je nach Mischungsverhältnis können diese Brauntöne ganz unterschiedlich sein. Vom Rotbraun und Kupferton über ein Gelb-Ocker bis zum grünlichen Graubraun. Aus Grün und Orange mischen sich lind- und olivgrüne Farben. Diese Mischfarben »zweiter Ordnung«, wie man sie auch nennt, werden wir in ihrer Verwandtschaft mit reinen Farben erkennen müssen. Erst dann können wir sie – in Anwendung der Harmonieregeln reiner Farben – harmonisch einordnen.
Unsere Umwelt kennt aber noch eine andere Art von Mischfarben: Es sind die sogenannten »Pastellfarben«. Darunter verstehen wir Rosa oder Hellblau, Lachs und Zartgrün, Beige und Hellila. Diese Farben sind genau genommen trüber als die reinen Farben des Farbkreises, wenn sie auch heller wirken. Sie entstehen durch die Mischung von Weiß mit einer reinen Farbe. Demgegenüber kann man die Farbe auch mit Dunkelgrau oder Schwarz abdunkeln und trüben.

Die Farbharmonie des »Gleichklangs« · Im Reich der Blüten sind verschiedene Tönungen und Schattierungen eines Farbtones aus dem Farbkreis häufig zu finden. Wir alle kennen Alpenveilchen, deren zartrosa Blüten am Grunde der Blütenblätter ein dunkles Rot aufweisen, so als konzentriere sich hier der Farbstoff. Der Fachmann nennt dieses Farbspiel bei den Cyclamen »mit Auge«, also etwa »Lachs mit Auge«. Oder sehen wir den Sommerphlox an, auch bei ihm bildet der Farbstoff in den Blüten eine intensiver gefärbte, dunklere Mitte. Die Magnolienblüte ist am Grund purpurrot, wird zartrosa und ist an den Blütenspitzen cremeweiß. Bei fast allen Blüten, in denen Weißbeimischungen mitwirken, finden wir dunklere und hellere Partien.

Mit dieser Beobachtung sind wir schon einer sehr schönen Farbharmonie auf der Spur. Sehen wir uns noch einmal die im Frühjahr blühende Magnolie – fälschlicherweise »Tulpenbaum« genannt – an. Purpurrot, Rosa und Weiß ist ihr Farbspiel. Den gleichen Farbklang können wir als Ausgangsgedanken für eine Blumenkomposition nehmen. Da bieten sich an: dunkelrote Rosen, rosa Wicken und weiße Maiglöckchen; oder purpurrote Pfingstrosen, rosa Pyrethrum (Chrysanthenum coccineum) und weißer Rittersporn; oder dunkelpurpurne Nelken, rosa Rosen und weißer Flieder. Wichtig ist bei dieser Farbharmonie, daß alle Helligkeitsstufen der Farbe auf einen Farbton des Farbkreises zurückzuführen sind. In unserem Beispiel haben wir Purpur als Ausgangsfarbe gewählt. Zu den Pfingstrosen würden keine lachsrosa Nelken passen, denn Lachs leitet sich von Kreßrot bis Orange ab, nicht von Purpurrot. Wohl aber würden diese Nelken gut mit der feuerroten Baccara-Rose harmonieren, deren Rot als ein »verdichtetes« dunkles Kreß zu bezeichnen wäre. Es ist also sehr auf Feinheiten zu achten. Dennoch ist diese Farbharmonie als die leichteste zu bezeichnen. Wir wollen ihr für unsere späteren Unterhaltungen einen Namen geben: Da hier die verschiedenen Helligkeitsstufen der Farbe auf den gleichen Farbton zurückzuführen sind, nennt man diese Farbharmonie den »Gleichklang«.

Derartige Farbzusammenstellungen sind von ausgesprochen feiner, zurückhaltender Wirkung – wenn nicht gerade das lebhafte Feuerrot als Ausgangsfarbe gewählt wird und obendrein noch mengenmäßig dominiert. Farbharmonien im Gleichklang wirken nicht bunt, da genaugenommen nur ein Farbton beteiligt ist; sie wirken aber auch nicht eintönig, da die helleren Farbwerte Licht und Leben, die dunkleren aber Tiefe und plastische Wirkung in die Komposition bringen. Überall dort, wo man Wert auf eine ruhige Farbwirkung und dezente Zurückhaltung legt, ist die Farbharmonie im Gleichklang zu bevorzugen. So denke ich mir Sträußchen aus kräftig ultramarinblauen Hornveilchen unter pastellblaue Wicken und weiße Rosen in eine weiße Porzellanschale gesteckt, sehr schön für einen Tischschmuck zum Kaffeekränzchen, rosenrote Rosen, rot-rosa Ixien und weiße Stephanotis oder Eucharis dagegen passend für einen festlichen Tafelschmuck.

Auch das Gefäß sollte in die Farbharmonie des Gleichklanges einbezogen werden. Es ist dabei vorteilhaft, wenn es eine dunklere und matt getrübte Variante des Farbtones vertritt, es kann aber auch rein weiß sein. Das Weiß wird dann – genau wie das Weiß der Blüte in dieser Harmonie – als extreme Aufhellung des Grundfarbtones verstanden. Gefäße dagegen mit leuchtend reinen Farben sind viel schwieriger in eine solche Farbharmonie einzuordnen.

Eine rote, glänzend glasierte Keramikvase mit rosa und weißen Blüten gefüllt, ergäbe in den seltensten Fällen eine angenehme Wirkung. Das Rot der Vase würde die Blütenfarben stark überstrahlen; das Gefäß aber hat beim Blumenstecken eine dienende Funktion. Zwar muß es auch gestalterischen Gesichtspunkten in Form, Farbe und Proportion entsprechen, darf aber nur ergänzend oder begleitend im Akkord der Farben mitklingen. Die »erste Geige« sollte es nicht spielen, das bleibt den Blumen überlassen. Wohl würden in der roten Vase gut weiße Lilien und grünweißer Schneeball stehen, weil jetzt der klare Kontrast Farbe und Nichtfarbe das reine schwebende Weiß der Lilien über dem hier schwer und hintergründig wirkenden Rot in seiner Schönheit steigert. Auch Blüten mit den klaren Grundfarben Gelb und Blau harmonieren mit der Farbe der roten Vase, denn das Rot würde die Blütenfarben zum vollen Dreiklang der Grundfarben ergänzen. Doch sind dies bereits andere Harmonien. Die Farbharmonie des Gleichklanges ist die Grundlage unseres Gestaltens mit Farbe überhaupt. Sie kann jeden weiteren Farbklang bereichern. Werden zum Beispiel orangefarbene Dahlien mit hell- und dunkelblauem Rittersporn kombiniert, so bleibt die Farbharmonie von zwei Farbtönen bestimmt, nämlich von Blau und Orange, obgleich drei Farben mitwirken.

Nachbarfarben · Nun wollen wir uns nach einer weiteren harmonischen Farbordnung umsehen. Da stehen in würdiger Pracht die Levkojen, es sind rosafarbige und purpurrote darunter, in harmonischer Abstufung des Gleichklanges. Es gibt aber auch violette und blauviolette Farbnuancierungen. Suchen wir diese Farben im Farbkreis auf, so finden wir sie nebeneinanderstehend in der unteren Hälfte desselben. Violett und Purpur sind sogenannte »Nachbarfarben«. Im Gelb-Rot-Bereich weisen die Zinnien in ihrem Sortiment Nachbarfarben auf. Gelbe, goldgelbe, orangerote und feuerrote Zinnien vereinen sich als Vertreter ihrer Art zu dem leuchtend heiteren Bild sommerlicher Julitage. Die Studentenblume (Tagetes) erstrahlt in Zitronengelb oder Goldgelb und sattem Orange; die Kokardenblume (Gaillardia) vereint sogar in einer Blüte – die genaugenommen ein Blütenstand, ein »Körbchen« ist – dieses Farbenspiel von Gelb bis Rot und führt noch weiter zu der Mischfarbe Braun in ihrer Blütenmitte. Die Natur zeigt aber nicht nur im Nebeneinander die Farbharmonie der Nachbarfarben, auch im Farbwandel während der Entwicklung ist diese Farbordnung zu beobachten: Der

27. Es gibt Kunststoffschalen, die Gitterkonstruktionen zum Aufstecken von Blumen enthalten (siehe S. 49). Die Ringformen oder Schalen können mit oder ohne Kerzen besteckt werden (oben). Einen Strauß dagegen (unten) kann man auch so binden, daß er wie ein Arrangement wirkt (siehe S. 64).

28. Werden eine runde Blüte – hier eine Chrysantheme – und ein skurril gewachsener Zweig – hier eine Schraubenhasel – zusammen arrangiert, erzielt man meist eine aparte Wirkung. Der spannungsreiche Gegensatz zwischen runder Form und bewegter Linie macht diese Komposition so interessant. Die abstrakte Kunst baut auf ähnlichen Prinzipien auf. Deshalb wirkt auch dieses von der Form der Pflanzenteile bestimmte Arrangement sehr modern (siehe S. 109).

29. In einer modernen, formalen Blumenkomposition werden Blüten, Blätter und Zweige lediglich als abstrakte Formelemente angesehen. Sie gilt es, im reizvollen Zusammenspiel zu vereinen. Sollten es Gliederung und Umrißgestaltung der Komposition verlangen, darf man sogar – wie es hier geschieht – die Zweige verkehrt herum in die Vase stecken oder außen am Glas vorbeiführen. Natürlich geht dies nicht mit frischen, belaubten Ästen! (Siehe S. 109 f.)

◄ *30. Der trockene Blütenstand einer Heracleum-Pflanze zeigt die vereinende Kraft der gemeinsamen Bewegungsmitte (rechts oben). Auch die zwei Rosen zwischen den Lilien und Farnwedeln betonen diese Mitte (links oben). Selbst im gebundenen Strauß (unten links) sollen nahe der Mitte runde Formen sein (siehe S. 92). Daneben eine einzelne Rose, edel und wertvoll in einer schlichten Glasvase (siehe S. 46).*

31. Die Glyzinienblüten hängen in violettblauen Trauben von den Zweigen. Die drei Ornithogalum-Blütenstände (Milchstern) bilden die ruhige Mitte in diesem Arrangement (oben links). Die Astern stellen weniger Ansprüche an den freien Raum um sich, weil sich ihre runden Blütenformen »verträglicher« einfügen (oben rechts). Auch die Rosen, Erica und Kirschlorbeerzweige (unten links) oder die Tränenden Herzen über den Primelblüten (unten rechts) sind so arrangiert, daß ihre natürliche Wuchsbewegung gut zur Geltung kommt (siehe S. 104/108).

weiße Keim zum Beispiel wird im Licht erst gelbgrün, dann sattgrün; im Herbst verfärben sich die Blätter je nach Art gelb bis rot und purpur und schließlich braun; ebenso reifen die Früchte von Weiß und Grün über Gelb bis Rot, Zwetschen und Heidelbeeren und andere sogar bis Purpur und Dunkelblau-Violett. Die Schneebeere allerdings bleibt beim Weiß, und viele Früchte reifen nur bis Grün.

Nach diesen Beobachtungen haben wir genügend Vorbilder für Farbzusammenstellungen der Nachbarfarben. Das Gelb der kleinblumigen Chrysanthemen kann »nachbarlich« ergänzt werden durch das Bronzegelb dekorativer Chrysanthemen und das Orange von Sanddornbeerenzweigen. Eine sandbraune Keramikschale und die rotbraune Herbstfärbung beigefügter Päonienblätter ordnen sich in die Harmonie der Nachbarfarben organisch ein, auch wenn sie nicht auf dem Farbkreis liegen. Die Verwandtschaft zu den Gelb-Orange-Rottönen wird keiner bestreiten. Der warme, herbstliche Farbklang eines solchen Chrysanthemenarrangements, aufleuchtend im reinen Gelb, warm im Bronze und Orange, dunkel-trüb im Braun der Blätter, ist harmonisch und recht stimmungsvoll. (Taf. 32, S. 128.)

Die Komplementärfarben · Wenn das Grün der Blätter bisher in der Farbbetrachtung außer acht gelassen wurde, so kann das folgendermaßen gerechtfertigt werden: Blattgrün empfinden wir als selbstverständlich zur Blume zugehörig, es darf nie fehlen. Zwar kann es in die Farbordnung einbezogen werden, doch wenn das nicht geschieht, so wirkt es nicht störend oder falsch, eben weil Grün eine organische Voraussetzung für pflanzliches Leben ist. Deshalb werden wir meistens von Harmonien der Blütenfarben sprechen, auch wenn Grün als materialgebende Tatsache vorhanden ist. Ein Beispiel, in dem das Blattgrün einer harmonischen Farbordnung zugehört, haben wir allerdings schon kennengelernt. Betrachten wir noch einmal die Schale mit Fackellilien, Beeren und Gräsern (siehe S. 100 ff. und Einband). Blüten und Beeren zeigen die eben charakterisierte Harmonie der Nachbarfarben von Gelb bis Korallenrot. Die Vogelbeeren sind von einem flammenden Kreßrot. Die Gräser dagegen zeigen ein bläuliches Grün, ähnlich wie das Türkis unseres Farbkreises. Betrachten wir Kreß und Türkis gesondert, so fällt uns auf, daß sie im Farbkreis genau gegenüberstehen; sie ergeben den harmonischen Zweiklang der »Gegenfarben«. Alle sich derart gegenüberstehenden Farbenpaare passen wunderbar zusammen, ja sie steigern sich in ihrer Farbwirkung zu höchster Leuchtkraft. Sie werden daher auch als »Komplementärfarben« bezeichnet, das heißt: »Ergänzungsfarben«. Diese Bezeichnung ist sehr treffend. Die zwei sich in unserem Farbkreis gegenüberliegenden Farben ergänzen sich tatsächlich – nämlich bei Mischung der Lichtstrahlen zur farblosen Lichterscheinung. (Taf. 36, S. 140.)

An anderer Stelle wurde bereits erläutert, daß je nach Reizung der Sehnerven

32. Aus diesem Arrangement leuchtet uns der warme Glanz letzter Sonnentage im Herbst entgegen. Es enthält nur gelbe, orangerote und braune Farbnuancen. Eine solche Farbzusammenstellung nennen wir die Harmonie der Nachbarfarben (siehe S. 122).

die Farberscheinung durch Auge und Gehirn erzeugt wird (siehe S. 119 f.). Dabei werden die Grundreize für Rot, Gelb und Blau empfangen, gemischt und zu einer einheitlichen Farberscheinung. In einem Komplementärfarbenpaar sind ebenfalls alle drei Grundfarben enthalten. Das Paar Grün und Rot zeigt Rot als Grundfarbe und Blau und Gelb zu Grün gemischt. Sehen wir nun intensiver auf ein reines Rot, so erzeugt das Auge – vielleicht als Ausgleich für die einseitige Belastung – selbsttätig etwas Grün. Man kann das ausprobieren, indem man einen kräftig roten Tintenflecken auf weißes Papier malt und diesen in hellem Licht eine Weile betrachtet. Es dauert nicht lange, so erscheint um den roten Flecken ein grünlicher Hof. Wenn nun tatsächlich neben Rot Grün gemalt wird, läßt das Ergänzungsbestreben im Auge, welches zu Rot selbsttätig Grün erzeugt, das nun wirklich vorhandene Grün kräftiger und leuchtender erscheinen. Aus diesem Grunde legen beispielsweise die Fleischer gern frische Petersilie zwischen das Fleisch, denn auch Grün erzeugt den Wunsch nach seiner Ergänzungsfarbe Rot und läßt damit das Rot leuchtend und blutfrisch erscheinen.

Jede mengenmäßig stark vertretene Farbe wirkt in dieser Weise auf das Auge. Die schon erwähnten »Expressionisten der Farbe« unter den Malern haben in ihren Bildern vielfach diese kraftsteigernde Wirkung des Komplementärkontrastes genutzt, um der Farbigkeit ihrer Malerei stärkeren Ausdruck zu verleihen. Ordnen wir Blumen mit komplementären Farben zueinander, so erhalten wir einen harmonischen, eindeutig klaren Zweiklang. Gelbe Primeln und violetter Krokus, Farbspiel des Frühlings, ergänzen sich in glücklichster Weise. Die goldgelbe Osterglocke steht lieber neben der ultramarinblauen Anemone oder kräftigblauen Iris. Orangeblühende Kalanchoe (Flammendes Kätchen) gibt es auch in langstieliger Züchtung als Schnittblume; für eine Tischdekoration mit kornblumenblauem Band arrangiert, wirken sie leuchtend und schön.

Der starke Kontrast der Komplementärfarben kommt in der Natur häufig vor. Die scharlachroten Vogelbeeren im grünen Laub sollen auffallen und gefressen werden, damit der Same verbreitet wird. Das Usambaraveilchen (Saintpaulia) zeigt in seiner ultramarinblauen Blüte eine goldgelbe Mitte, und die interessante Paradiesvogelblume (Strelitzia) ist neben grün vor allem orange und blau gefärbt. Die Steigerung der Leuchtkraft einer Farbe durch die Nachbarschaft der Komplementärfarbe macht sich auch die Werbung zunutze. Es ist interessant, daraufhin einmal Plakate oder gute Schaufenstergestaltungen zu betrachten. Zweiklänge der Komplementärfarben haben etwas Unkompliziertes, Klares und Selbstverständliches an sich. Wir nutzen sie gern beim Gestalten mit Blumen. Die Farben sind zwar sehr gegensätzlich, klingen aber in einem großangelegten Akkord gut zusammen. Die Spannung, die im Gegensatz der Farben liegt, steigert die lebensfrische Wirkung der Blumen. Auch wenn wir das Gefäß mit seiner Farbigkeit als einen Partner des komplementären Zweiklanges ansehen, wirkt die Farbharmonie lebendig und kraftvoll. Goldgelbe Spinnenchrysanthemen in der kobaltblauen Keramikvase oder hell- und dunkelblauer Rittersporn in einem dem Orange verwandten Kupfergefäß sind ein erfrischend-heiterer Anblick. Auf dem Frühstückstisch mit einer Leinendecke von heller, türkisgrüner Tönung wirken die zum Tischtuch komplementären korallenroten Polyantharosen der Sorte »Fireking«, ziegelrote Azaleenzweige oder die brandrote Türkenbundlilie besonders lebhaft und sind ein frisch-fröhlicher Auftakt des Tages.

Zwei Farben müssen jedoch nicht unbedingt Komplementärfarben sein, um zueinander zu passen und sich in Harmonie zu vereinen. Nach den bereits bekannten Harmonien der Nachbarfarben »klingen« auch Goldgelb und Orange oder Purpur und ein violettes Blau gut zusammen. Der »Stufenabstand« der Farben ist nur nicht so groß und damit die Kontrastwirkung nicht so stark. Oder wir ordnen nach der »Harmonie im Gleichklang« Hell- und Dunkeltöne einer Farbe zusammen. Im Extrem heißt das: Farbe plus Weiß oder Schwarz. Dieser Sonderfall des Gleichklangs (Farbe – Nichtfarbe) ergibt immer ein passendes Farbspiel, wenn auch die Wirkung nicht jeden und in jedem Falle voll befriedigen mag. So kann Rot-Weiß sehr hart wirken, Blau-Schwarz dagegen dumpf und trübe. Man wird wohl kaum in eine schwarze Vase dunkelblaue oder violette Blüten stellen. Gelb-Weiß dagegen erscheint sehr lichtvoll und schwebend, dominiert mengenmäßig Weiß sehr stark, mitunter aber auch fade. Purpur-Weiß wird je nach Quantitäten zum würdevollen Rot mit weißen Tupfen wie von Hermelin, bei allzu großer Dominanz von Weiß dagegen wirken kleine purpurfarbene Blüten wie dunkle, verlorene Punkte inmitten schneeweißer Helle. Hier wird deutlich, daß zum Kombinieren von Farben noch mehr gehört als nur die Kenntnis von Harmonieregeln. Dennoch wollen wir zunächst in deren Betrachtung fortfahren.

Farbdreiklänge · Den komplementären Zweiklang kann man leicht zu einem sehr schönen Farbdreiklang umformen. Betrachten wir Gelb-Violett, gelbe Tulpen und samtig-violette Stiefmütterchenblüten oder reingelbe Rosen über violetten Weintrauben in eine Porzellanschale gruppiert, so können wir das Violett durch die beiden dem Violett benachbarten Farben ersetzen. Der Farbkreis zeigt dafür das Purpur und Ultramarinblau an. Zu den gelben Tulpen nehmen wir nun blaue und blutrote Anemonen, zu den gelben Rosen (Sorte Geheimrat Duisburg) einige Hornveilchen (Viola cornuta) in den Wuchsmittelpunkt und sich spielerisch herausschwingende purpurrote Wicken. Wenn wir die drei Farben Gelb, Purpur und Ultramarinblau im Farbkreis mit geraden Strichen verbinden, so erhalten wir ein Dreieck mit zwei gleichen Schenkeln. Dies wäre eine Beziehungsfigur, die uns auch bei anderer Stellung innerhalb des Farbkreises zu harmonischen Dreiklängen verhelfen kann.

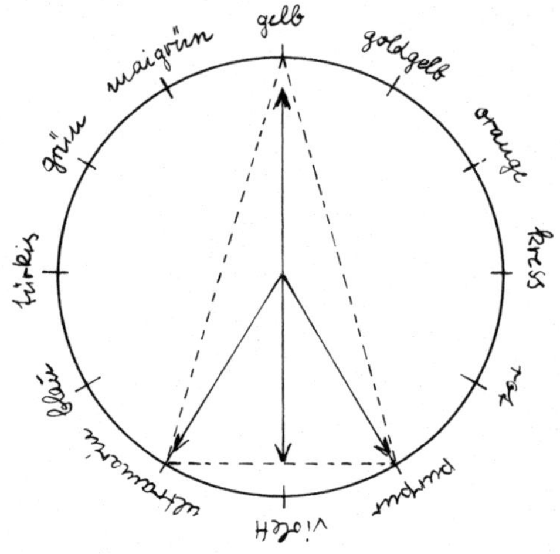

Die Komplementärfarben Kreß-Türkis verwandeln wir in den Dreiklang Kreß-Blau-Grün: Orangerote Paprikafrüchte mit grünem Laub auf eine blaue Keramikschale arrangiert oder Kornblumen, feurig-roter Mohn und grüne Gräser in einen blaugrauen Steinzeugkrug gestellt. Die Dreiklänge Maigrün-Rot und Violett oder Grün-Kreß und Purpur werden vielleicht manchem zuerst problematisch erscheinen, dennoch können sie gefallen. Probieren Sie es einmal mit violetten Liatris (Prachtscharte) über feuerroten Blüten der vielblütigen Elatiorbegonie mit ihrem hellgrünen Laub oder mit lilafarbigen Pompondahlien unter leuchtend roten Cyclamenblüten und maigrünen Adiatumwedeln (Frauenhaarfarn). Die Beziehung der beiden Farben Rot und Violett zu der zwischen ihnen liegenden Farbe Purpur und damit zur Komplementärfarbe von Maigrün ist so stark spürbar, daß Dreiklänge dieser Art harmonisch wirken, auch wenn es zunächst ungewohnte Farbkombinationen ergibt. Allerdings spielen Mengenverhältnisse und Reinheitsgrad der Farben eine Rolle, auch die persönliche Beziehung zu Farben entscheidet, ob uns eine Farbkombination begeistert oder nicht. Man sollte aber nicht von vornherein voller Skepsis und Ablehnung sein, besser sind Neugier und Mut; zum Blumenstecken gehört auf jeden Fall das bewußte Experimentieren mit Farben.

Neben den Farbdreiklängen mit der Beziehungsfigur des gleichschenkligen Dreiecks (den Farbkreis kennen wir inzwischen als Voraussetzung der Harmoniebildung auswendig), wissen wir schon von einer weiteren Möglichkeit der Dreiklangbildung. Die Grundfarben Gelb, Rot und Blau weisen auf eine andere Beziehungsfigur hin – auf das Dreieck mit drei gleichen Seiten. Drehen wir dieses Dreieck im Farbkreis ein wenig nach links, so daß die obere Spitze auf Maigrün zeigt, so wäre es schön, Kreßrot und Ultramarinblau hinzuzuordnen, zu Orange passen Violett und Grün; violette Clematis (Waldrebe), orangefarbene Physalis (Lampionblume) und grüne Blätter sind eine interessante Farbkombination. (Taf. 33, S. 137.)

Selbst »unvollständig« können die Farbdreiklänge schön wirken, wenn auch die zwei vorhandenen Farben keine vollständige Harmonie bilden; der Wunsch nach Ergänzung bleibt spürbar. Die Natur zeigt uns unvollständige Dreiklänge in aufblühenden Päonien oder Rosen purpurroter Tönung, wenn diese ihre goldgelben Mitten zeigen, oder im violetten Krokus, der allerdings seinen orange gefärbten Stempel nur bei Sonnenschein offenbart, sonst schließt er gern seinen Blütenkelch. Violett und Grün sind selbstverständlich bei allen violetten Blüten mit ihrem grünen Laub. In der Stoffmusterung hat eine Modesaison sehr betont das Farbspiel Grün-Violett bevorzugt, als Farben für Polstermöbel in Hotelhallen zum Beispiel – man hat gern Sessel mit Stoff von dunklem Laubgrün neben brombeerfarbene gestellt. Dies ist

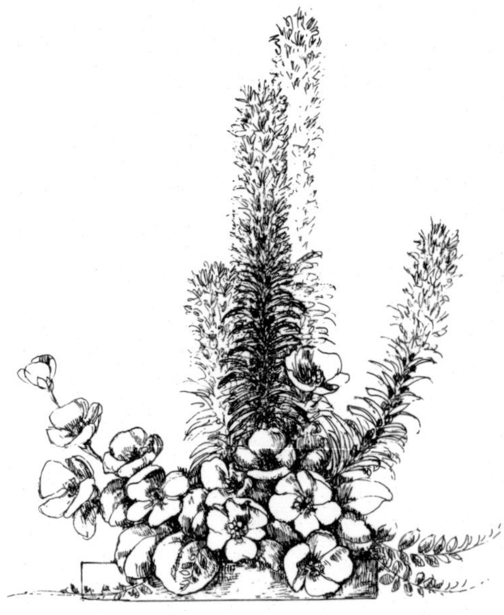

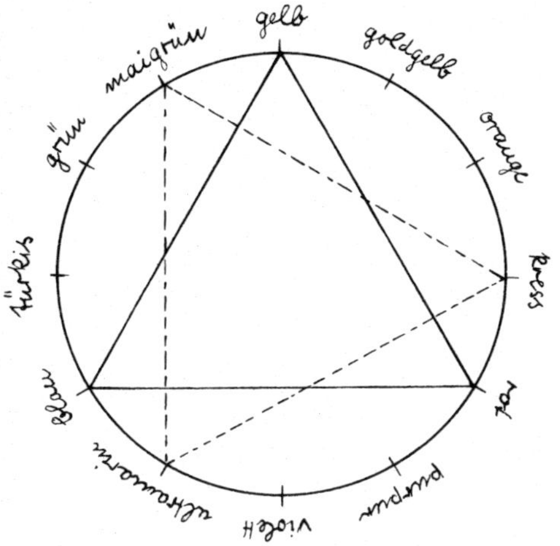

ein sehr seriöser und ruhiger Farbklang und deshalb durchaus für die Gestaltung derartiger Räume geeignet. Für ein Wohnzimmer wäre er vielleicht nicht so passend, es sei denn, es ist ein sehr sonniges Zimmer, und die dritte Farbe, Orange, erscheint, wenn auch nur in wenigen Beigaben; wunderbar würden dort zum Beispiel orangefarbene Dahlien, Gladiolen oder Chrysanthemen wirken.

Der unvollständige Dreiklang fordert mehr oder weniger stark die Ergänzung. Ein kleiner Spritzer der dritten Farbe rundet das Bild. Anderenfalls bleibt der Farbklang aus zwei Farben des Dreiklanges offen, irgendwie fragend. Rot und Blau machen dies am deutlichsten. Wohl harmonierend, dabei drängend, lebendig – nicht umsonst bevorzugte Farbkombination junger Menschen –, wirken sie jedoch erst ausgeglichen, wenn das lichte Gelb, oder stellvertretend dafür das dem Gelb verwandte Weiß erscheint: zum blau-rot karierten Rock und blauem Pulli das weizenblonde Haar! Dieser vollkommene »Urdreiklang« hat in seiner Farbigkeit etwas Urwüchsiges, Kraftvoll-Klares. Ein derartiges Blumenarrangement ist lebhaft, man kann fast sagen – je nach Mengenverteilung – etwas »laut«! Wo es heiter und ausgelassen zugehen soll, ist der Urdreiklang durchaus angemessen. Ein Kindergeburtstag, ein feucht-fröhlicher Sommerabend oder eine heitere Party sind passende Anlässe, um Dekorationen von dieser unkomplizierten Farbgebung zu arrangieren. Aber auch jeder trübe Tag kann erfreulich aufgeheitert werden, wenn ein solcher Blumenstrauß das Zimmer schmückt: rote Tulpen, blaue Iris und gelber Ginster; feuerrote Cyclamen, blauer Enzian und weiße Freesien; karminrote Rosen, blaue Glockenblumen (Campanula persicifolia) und gelbweiße Lilienblüten (Lilium longiflorum oder L. auratum); rote Gladiolen, blaue Sommerastern und gelbe Achillea (Schafgarbe). Im Winter arrangieren wir den roten Weihnachtsstern (Euphorbia pulcherrima, auch Poinsettie genannt) mit hellgelber Kerze auf eine blaue Keramikschale oder wir stellen die roten Sterne in eine weiße Vase, ordnen entblätterte Zweige dazu und hängen an diese mit Goldband kobaltblaue Glaskugeln.

Jeden Dreiklang kann man erweitern durch Weiß, welches Licht und Helligkeit hineinbringt, ohne eine neue Farbe mitwirken zu lassen, oder man wählt eine Farbe mit verschiedenen Hell-Dunkel-Abstufungen. Derartige Bereicherungen des Dreiklanges steigern wohl den Klangreichtum, machen aber nicht bunt. Die bewußt ausgebildete Farbharmonie mit ihrem Stimmungsgehalt sollte nicht verwischt werden. Gerade die Besonderheiten der Blumen- und Farbkompositionen machen das Blumenarrangieren so vielgestaltig und interessant. Immer bunt ist genauso langweilig wie immer unifarben!

Die Kombination von Farbharmonien · Apropos »bunt«! Das Wort bunt ist hier im Sinne von einer Farbzusammenstellung gebraucht, die mehr dem Zufall zu verdanken ist, nicht aber einem bewußten Auswählen. Einmal durch den Garten oder über die Wiese gegangen und alles geschnitten, was sich bietet – so wird der Strauß einfach bunt. Auch er hat seinen Reiz, gewiß, gibt er doch den Ausschnitt durch das Farbangebot einer Jahreszeit oder einer Pflanzengemeinschaft (Garten oder Wiese) wieder. Wir aber wollen meist durch ausgewählte Farbordnungen etwas Besonderes erreichen, auf eine Stimmung abzielen, farbliche Schönheiten betonen oder nur ganz allgemein zum Wohlbefinden beitragen. Da die Farbordnung mindestens ebenso stark den Ausdruck einer Farbzusammenstellung bestimmt wie die beteiligten Farben selbst, ist es sinnvoll, in der Gesetzmäßigkeit durchschaubare Farbharmonien zu wählen. Allenfalls kann man noch die Gesetzmäßigkeit von vier harmonisch geordneten Farben erkennen. Harmonische Fünfklänge oder Sechsklänge sind schon nicht mehr zu »durchschauen« und wirken deshalb nur »bunt«.

Vierklänge bildet man aus zwei Komplementärfarbenpaaren, also Gelb-Violett und Kreß-Türkis. Zu Gelb-Violett passen auch Goldgelb-Ultramarinblau bzw. Maigrün-Purpur oder Orange-Blau bzw. Grün-Rot. Der Kombinationsmöglichkeiten sind hier viele gegeben. Probieren Sie halt! Auch eine Kombination uns nun bekannter Harmoniebildungen mag erprobt werden. Die Harmonie der Nachbarfarben ist nämlich wunderbar zu ergänzen durch die Komplementärfarbe einer der gewählten Farben. Gelb-Goldgelb-Orange lebt förmlich auf durch Blau (Tagetes, Calendula und Ageratum oder blaue Glockenblumen; gelbe Rosen, orangebraune Freesien und blauer Enzian).

Die Helligkeit der Farbe · Ja, Probieren geht über Studieren, es gibt so viele schöne Farbharmonien. Es werden Ihnen sympathische darunter sein und solche, die Ihnen nicht viel sagen. Wir sehen die Farben ja nicht nur mit unseren Augen. Wir reagieren auf sie seelisch und sogar mit unbewußten körperlichen Reaktionen. Somit hat jeder Mensch eine ganz persönliche Beziehung zu Farben. Vielfältig sind der Farben Reize und Wirkungen. Es genügt nicht, allein die Kombination der Farbtöne, also unsere »Harmonielehre«, kennenzulernen. Um die passende Farbzusammenstellung für eine Umgebung, einen Anlaß und Zweck zu finden, ist ein weiteres Wissen über Farbeigenschaften notwendig. Eine Farbe ist noch nicht voll zu charakterisieren, wenn man lediglich ihren Farb-»Ton« sieht.

Die eindrucksstärkste Eigenschaft der Farbe ist ihre »Helligkeit«. Licht und Helligkeit stehen nicht nur physikalisch im Zusammenhang mit Farben, sondern auch in der psychischen Wirkung auf den Menschen. Licht belebt, Helligkeit öffnet uns die Welt; ein freundlich durchsonnter Tag mit seinen leuchtenden Farben steigert das Lebensgefühl. Ebenso wirken freundlich-lichte Farben der Blüten beschwingend, erfrischend und erheiternd. Dunklere,

trübe Farben dagegen können – genau wie das Grau-in-Grau langer Regentage – bedrückend sein und müde machen. Andererseits kann eine stumpfe, verhaltene Farbe beruhigen, mitunter auch besinnlich stimmen. Die Dämmerstunde am Feierabend mit ihrem matten Licht und den dunkel werdenden Farben atmet ebenfalls Ruhe und Beschaulichkeit. Die stillen Farbwerte im Advent mit den grünen Zweigen, bräunlichen Zapfen und honiggelben Kerzen passen deshalb so recht zu dieser Zeit der Besinnung.
Farbschattierungen beeinflussen nicht nur die Stimmungswerte, sie spielen auch in anderer Hinsicht eine wichtige Rolle in der Gestaltung mit Farben; sie beeinflussen optische Wirkungen. Helle Farben zum Beispiel scheinen die Körper größer zu machen als dunkle. Sie drängen sich auf Grund ihrer Leuchtkraft dem Auge mehr auf und überstrahlen die Grenzen der Form. Somit erscheint eine weiße Vase größer als eine gleich große schwarz gefärbte. Um Gefäß und Blumen im richtigen Größenverhältnis zu kombinieren, müssen wir deshalb in die weiße Vase mehr Blumen stellen als in die schwarze (siehe S. 114). Noch wichtiger für das Blumenarrangieren ist die Erscheinung, daß helle Farben leichter wirken als dunkle. Diese Gewichtsbeziehung der Farbe ist eine reine Empfindungssache und nur mit dem Auge »meßbar«. Wahrscheinlich hängt sie mit der Erfahrung aus unserer natürlichen Umwelt zusammen. Wir sind es gewöhnt, den lichten, hellen Himmel über uns zu sehen und die dunkle Erde unter uns. So erhalten auch die hellen Farben etwas Schwebendes, Leichtes, die dunklen dagegen etwas Massiv-Lagerndes, Schweres. Daß man mit dunkel getöntem Deckenanstrich eine Zimmerdecke scheinbar herunterrücken kann, ist wohl jedem bekannt.
Im Blumenarrangement werden wir der »Gewichtswirkung« der Farbhelligkeit entsprechen, indem wir dunklere Farben tiefer anordnen, in ihrer Mehrzahl also näher dem Wuchsmittelpunkt, und hellere darüber staffeln – vorausgesetzt, die Form der Blüten verlangt nicht eine Umkehrung. Die weiße Päonie wird, obgleich sie hell ist, auf Grund ihrer runden, sammelnden Form tiefer eingestellt als der dunkelblaue, aber lang aufstrebende Rittersporn. Hier entscheiden formale und nicht farbliche Gesichtspunkte. Zwingt jedoch die Form der Blüten nicht zur Verkehrung der Regel, wollen wir sie möglichst einhalten. Die rote Tulpe unter der weiß-gelben Narzisse, das dunkle Veilchensträußchen unter den gelben Blütensternen des Forsythienzweigleins, die gelbe Freesie über orangeroten Polyantharosen wirken immer richtig angeordnet, weil das mit der Farbhelligkeit verbundene Gewichtsempfinden berücksichtigt wird.
Allgemein gesehen, wirkt Helligkeit der Farbe im Arrangement, als würden Lichter aufgesetzt, Dunkelheit dagegen schafft Tiefe und plastische Wirkung. Es sollte also bei der Farbzusammenstellung am besten von einem Hell-Dunkel-Kontrast ausgegangen werden. Die Komplementärfarben Gelb-Violett bringen diesen Kontrast bereits mit, denn von den reinen Farben

ist Gelb die hellste und Violett die dunkelste Farbe. Rot und Grün haben etwa die gleiche Helligkeit, Blau ist etwas dunkler als Orange. Ein mit Weiß gemischtes Pastellblau allerdings kann wesentlich heller sein als die Komplementärfarbe Orange. Wünscht man zur blaßblauen Skabiose und orangefarbenen Rose (Sorte Orange Triumph) eine dunklere Beigabe, so paßt ein Kastanienbraun mit seiner Verwandtschaft zu Orange sehr schön. Vielleicht könnte man es tatsächlich mit Kastanien versuchen, auch sie lassen sich im Notfall mit Hilfe von Blumendraht recht interessant arrangieren. Andernfalls wähle man für die obengenannten Blumen ein dunkelbraunes Keramikgefäß. Blumenzusammenstellungen mit Farben gleicher Helligkeit wirken flach und nicht so ausdrucksvoll wie solche mit dem Hell-Dunkel-Kontrast.

Die Reinheit der Farbe · Neben der Helligkeit der Farbe fällt ihre Leuchtkraft auf. Am stärksten leuchtet eine Farbe, wenn sie rein und klar ist, also der Reinheit unserer Farben im Farbkreis entspricht. Jede Beimischung von Weiß, Grau oder Schwarz und der dritten Grundfarbe trübt den Farbton und mindert damit die »Qualität«. Es ist also nicht so, daß die hellste Farbnuance auch die leuchtendste ist, denn eine Mischung mit Weiß hellt wohl auf, trübt aber zugleich den reinen Farbwert. Ein Pastellrosa ist viel matter als das reine Rot. Die Kraft des Rot wird durch Weißbeimischung derart gebrochen, daß Rosa dem kindlich-mädchenhaften Wesen zugeordnet wird, während das reine Rot als Kreßrot die Farbe des Mars und als Purpur die des Jupiter, also Symbolfarbe für Kampf und Macht, ist.
Daß Beimischungen der dritten Grundfarbe zur reinen Farbe trübe Farberscheinungen hervorrufen, ist bekannt. Die Brauntöne, oliv- und lindgrünen Nuancen sowie die vergrauten Farben, stehen neben den reinen Farben (Grundfarben und Mischfarben 1. Ordnung) immer in einem Rein/Trübe- (= Qualitäts- oder Reinheits-)Kontrast. Die Sonnenblume zeigt in ihrer Blüte ein Beispiel dafür: Ihre strahlend sonnengelben Blütenblätter kontrastieren mit der grünlichbraunen, stumpf wirkenden Mitte der Blütenscheibe. Die trüben Töne werden immer hinter den leuchtenden zurückstehen, stärken diese aber in ihrer Leuchtkraft. Der Gegensatz macht die Eigenschaft der Farbqualität erst so richtig deutlich. Eine Blumenauswahl nach dem Qualitätskontrast ist sehr reizvoll und stimmungsreich. Stellen Sie einmal Sonnenblumen mit herbstlich gefärbten Eichenlaubzweigen und langen Gräsern in eine sandfarbene Vase vor eine graue Wand, so werden die gelben und kupferroten Farben der Sonnenblumen aufleuchten neben den rötlich-braunen Blättern und den graubraunen, trockenen Blütenständen. Auf den Qualitätskontrast ist bei der Wahl der Gefäßfarbe besonderer Wert zu legen. Dabei soll das Gefäß die trübere Farbe aufweisen, damit darüber die Blüten aufstrahlen können.
Im Ausdruck sind die reinen Farben lebhafter, frischer, kraftvoller und ent-

33. Die gelben und roten Gerberablüten bilden mit dem Blau der Tischdecke zusammen den vollkommenen Dreiklang der Grundfarben. Das Weiß der Spiraea-Blütenzweige und des Gefäßes wird nur als Helligkeit, nicht als bunte Farbe empfunden (siehe S. 132).

34. Die drei Eremurus (Steppenkerzen) sind im Stile der Moribana-Grundform angeordnet (siehe S. 27 und 103). Ein solches Ikebana wird nicht umsonst »Blumenbusch« genannt, da die Blumen wirken, als wären sie so gewachsen (oben). Ganz andere Absichten verfolgen aber die Japaner mit einem Ikebana im »freien Stil« (unten). Zu dieser Schöpfung sind japanische Edelkastanien, Zweige des Baumwürgers (Celastrus) und – Schaumstoff verwendet worden. Wir haben hier eine interessante Kombination kontrastierender Formen und Materialien, die sich überraschend weit vom Lebendigen und Gewachsenen entfernt. Man könnte eine expressionistische Darstellung des Winters darin sehen (siehe S. 30).

35. Auch wir lieben es, moderne Blumenkompositionen auf dem Formenkontrast der Pflanzenteile aufzubauen. So stehen hier die runden Allium-Blüten (Zwiebel) und die Sempervivum-Pflanze (Hauswurz) in einem wirkungsvollen Gegensatz zu den Linien der Gräser und Zweige (Bänderweide) sowie zu der Quaderform des Gefäßes (siehe S. 32). ►

36. Orange und Blau sind sogenannte Komplementär- oder Ergänzungsfarben. So wird auch das kräftige Orangerot der Quittenblüten durch das Blau der Vergißmeinnicht wunderbar ergänzt (siehe S. 129).

schiedener. Trübe Farben wirken zart, zurückhaltend, ruhiger und sanfter, beschaulich oder still. Diesen Aufzählungen von Ausdruckswerten ist noch mancherlei anzufügen. Immerhin wird bereits deutlich, daß man je nach »Qualität« der Farben – was kein Wertbegriff sein soll, sondern nur die Reinheit bezeichnet – ganz unterschiedliche Aussagen der Blumenanordnung erreichen kann. (Taf. 37, S. 149.)

Kalte und warme, aktive und passive Farben · Wir können Farben jetzt bereits nach drei Eigenschaften kennzeichnen, nach ihrem Farbton, ihrer Helligkeit und ihrer Reinheit. Aber es kommen noch weitere Charakteristika hinzu: So nennen wir Farben »kalt« oder »warm«. Rotorange ist die wärmste und Türkisblau die kälteste Farbe. Je näher ein Farbton einem dieser beiden extremen Pole liegt, um so stärker wirkt seine Temperaturbeziehung. So ist Goldgelb wärmer als Grün, Purpur wärmer als Violett, andererseits ist Goldgelb aber kälter als Orange und Purpur kälter als Rot. Die Empfindung einer Temperatur beim Betrachten einer Farbe wird teils durch Erfahrung erklärt, hängt aber auch mit sensitiven Körperreaktionen zusammen. Die Erfahrung lehrt uns: Feuer ist orangerot, und es wärmt uns; Wasser und Eis scheinen blaugrün und kühlen. Daneben reagiert unser Körper ohne Mitwirkung des Verstandes auf Farben. Rotlicht – medizinisch gesehen – beschleunigt den Puls und erhöht den Blutdruck und die Körpertemperatur. In einem ockerfarben gestrichenen Raum frieren wir bei einem bestimmten Stand des Thermometers noch nicht, während wir die gleiche Temperatur in einem blau gestrichenen Zimmer als kalt empfinden. Bei der Farbgebung von Räumen beachtet man diese Tatsache und vermag so Extremfälle etwas zu mildern. Sonnigwarme Südzimmer vertragen gut Blau- oder Grünfarben, während kühle Nordzimmer durch rotbraune Farbnuancen bewohnbar werden können. Und so bringen wir an einem regnerischen Herbsttag durch goldgelbe Dahlien und orangerote Gladiolen ein wenig Sonnenwärme ins Zimmer, mit den blauen Glockenblumen und weißen Margeriten aber an einem heißen Julitage belebende Frische.
Noch lebensvoller als der Kontrast kalter und warmer Farben wirken die Komplementärfarben Rot und Grün. Auch sie verkörpern einen sehr wirkungsvollen Gegensatz. Rot, die Farbe des drängenden, pulsierenden Blutes, und das Grün im Blatt, die in der Stille wirkende Quelle allen Lebens, sind die beiden Pole der »Aktiv-Passiv«-Wirkung der Farben. Rot ist die auffallendste und damit aktivste Farbe. Rot wird auch als kleinster Tupfen vom Auge wahrgenommen; die rote Mohnblume im grünen oder bereits goldreifen Kornfeld leuchtet schon von weitem. Das Grün der Blätter aber ist unauffällig und reizt das Auge nicht so stark. Man sagt nicht umsonst, daß es erholsam ist, »ins Grüne« zu blicken. Die Rolle der Farbe Rot für Signal und Warnung ist jedem bekannt. Jede Rotbeimischung in einem

Blumenarrangement verstärkt Lebendigkeit und Kraft desselben. Das Rot der Nelke wirkt blutvoll und feurig, die rote Rose leidenschaftlich und stolz und der rote Mohn triebhaft und laut; warum nennt man ihn wohl »Klatschmohn«? Die rote Kerze auf dem Grün des Adventskranzes ist nicht nur ein klarer, lebendiger Farbkontrast, sie ist auch Symbol für Lebenskraft und Lebenswillen. In der stillen, scheinbar toten Winterzeit sagt die Kerze genauso wie das Immergrün der Koniferen, daß nach dem Winter ein Frühling kommt und nach der Finsternis das Licht.
Die straffe und kraftvoll aufstrebende Form der Gladiole wird in ihrem Wesen unterstützt, wenn die Farbe der Blüten von einem kräftigen Rot ist. Die zarte cremegelbe Gladiolenblüte dagegen läßt die starke Wuchsform des Blütenstandes als Erscheinungsfaktor in den Hintergrund treten, und es fällt mehr der Schmelz der großen Blütentrichter auf. Die seidig-flattrige Wickenblüte dagegen wird durch reines Feuerrot in ihrem ureigensten, von der Form bestimmten Wesen verändert; eine pastellfarbene, rosa oder zartlila farbige Wickenblüte wirkt viel tänzerischer und lichter. Diese kleine Betrachtung des Zusammenklanges von Farbe und Form zeigt uns, daß man Formen und Farben als Ausdrucksmittel betrachten kann und in der unterschiedlichsten Weise zu kombinieren vermag. Man muß sich nur hineindenken oder – besser gesagt – hineinfühlen in das Wesen der Farben und Formen; man kann sie als Urlaute betrachten, die man im Blumenarrangement zu neuen Worten und Aussagen zusammenfügt. So sagt das Gesteck aus Zweigen mit rosafarbenen Azaleenblüten und blauen Anemonen nebst passendem Grün, welches man dem Kranken auf das Nachttischchen stellt: Verzage nicht und sei heiteren Mutes, wir denken dein und wünschen gute Besserung! Die Bodenvase mit der Chrysanthemenfüllung in den warmen, leuchtenden Farben des Herbstes aber sagt: Erfreue dich noch einmal an diesem Glanz aufleuchtender Farben, genieße die kurzen Stunden der noch wärmenden Sonne; es ist wie ein Rausch, ein Aufleben vor der Ruhe des Winters.

FARBKOMBINATIONEN · Zum Abschluß der Betrachtungen über Farben im Blumenarrangement soll eine kleine Zusammenstellung von Kombinationen jeweils zweier Farben und deren mögliche Aussage gegeben werden. Mit welchen Blumen und zu welchem Anlaß ein derartiges Arrangement gearbeitet werden kann, mag jeder selbst überlegen:

Gelb/Orange	= licht, heiter, sonnig, wärmend, lebendig, freudig
Gelb/Rot	= drängend, spannungsvoll, dynamisch, Ergänzung durch Blau wünschend
Gelb/Violett	= starke Kontraste, strahlend hell und leicht, zugleich gedämpft, magisch und schwer

Goldgelb/Ultramarin-blau	= weniger Vitalität, zurückhaltend, fein
Gelb/Grün	= durchsonnte Natur, erwachend, ruhig
Gelb/Weiß	= leicht, schwebend, sehr licht, evtl. blaß
Gelb/Schwarz	= starker Kontrast, alarmierend (Wespe), klar, bewußt
Gold/Weiß	= heitere Eleganz, prächtig, festlich
Orange/Rot	= freudig bewegt, sehr vital, kraftvoll, explosiv, mitunter laut (Quantitäten wichtig)
Orange/Violett	= warme Verbindlichkeit mit extravaganter Zurückhaltung – dies scheint eine paradoxe Kombination, ist aber dennoch reizvoll und interessant
Orange/Blau	= Sonnenwärme und schattige Kühle zugleich, lebendig, anregende Farbharmonie
Orange/Grün	= sommerlich, naturhaft, erwärmend, auflockernd, belebend
Kreß/Türkis	= Spannung zwischen »emotional« und »ideal«, deshalb aktivierend, auffordernd, kraftvoll
Rot/Gold	= prächtig, feierlich, prunkvoll, repräsentativ
Rot/Violett	= problematisch im Nebeneinander; untereinander möglich, Rot wird beruhigt, mit Maigrün harmonisch
Rot/Schwarz	= drängendes Leben kombiniert mit »befrackter« Würde. Interessante Ergänzung, mitunter dämonische Wirkung.
Rot/Weiß	= sehr klarer, auch harter Kontrast, eindeutig und auffallend
Rot/Blau	= lebhaft, kraftgeladen, spannungsreich, Ergänzung durch Gelb oder Weiß
Rot/Grün	= Aktiv-Passiv-Kontrast, lebensvoll, vital, naiv
Purpur/Maigrün	= glutvoll, aber nicht lodernd, auch würdevoll, durch das Grün erfrischend, belebt
Purpur/Goldgelb	= prächtig aufleuchtend, Ergänzung durch Blau/Türkisblau möglich, Mengen beachten
Purpur/Gold	= Reichtum, Prunk und Macht zum Ausdruck bringend
Violett/Grün	= Zurückhaltung und Stille verkörpernd, wenig Impulse
Violett/Weiß	= Hell-Dunkel-Abstand fast zu groß, Violett kommt schlecht zur Wirkung. Dominiert Violett mengenmäßig, dann extravagant und exklusiv.

Blau/Gold	= festlich, vornehm, kühl, der Glanz wärmt nicht
Blau/Grün	= passiv, herb, frisch-erfrischend, ruhig
Blau/Weiß	= frisch und sauber, passiv, kühl, zurückhaltend
Blau/Schwarz	= sehr dämmrig, dunkel, von dämpfendem, bedrückendem Eindruck
Blau/Rosa	= zarte Frische, passiv, mitunter Schwäche
Braun/Grün	= erdhaft, naturnahe, ruhig und problemlos
Braun/Blau	= kühler, klarer Hauch über ruhiger Nüchternheit, sachlich, schlicht, still

Alle Pastellfarben und ihre Kombinationen wirken zarter, schwächer, auch lebloser. Sie lieben die Ergänzung durch reinere oder dunklere Töne.

Nach all diesen Charakterisierungen und Aufzählungen muß gesagt werden, daß unser Farberleben ganz individuell und von Persönlichkeit und eigenem Erleben beeinflußt ist. Zu den hier genannten Gefühlsgehalten von Farbkombinationen wird mancher noch weitere Definitionen finden. Selbst ganz entgegengesetzte Meinungen müssen respektiert werden! Oder wie wollte man dem begegnen, der sagt: »Blau ist für mich eine warme Farbe«? Er hat sogar eine Begründung dafür, nämlich: »Wenn der Himmel blau ist, scheint die Sonne und es ist wärmer als an bedeckten Tagen; also empfinde ich auch die Farbe Blau als warm!« Wahrscheinlich spielt bei diesem Urteil eine persönliche Vorliebe für die Farbe Blau mit eine Rolle, und so wird das wohlig empfundene Erlebnis der Wärme eher mit der gleichzeitig vorhandenen Sympathiefarbe Blau verbunden als mit der Farbe der tatsächlichen Ursache der Wärme, dem Feuerglanz der Sonne.

Die starke Gefühlsbindung an Farben hat zu Testmethoden geführt, wobei je nach Reihenfolge der Nennung von »Lieblingsfarben« eine Charakterdiagnose gegeben werden kann. Auch die farbliche Gestaltung der Umwelt eines Menschen, dort wo sie nicht dem Zufall überlassen bleibt, hat eine direkte Beziehung zu seinem Charakter. Und wie beim Blumenkombinieren geht auch hier die Grundentscheidung voraus: Kontrast oder Gleichklang – bzw. Ergänzung oder Gleichstimmung. Ein lebhafter, gefühlsstarker Mensch, dem wir die Farben Orange bis Rot wesensmäßig gleichsetzen können, mag in einer Einrichtung mit betont kühlen, ruhigen Farben, also bei Blau-Grün, seine Ergänzung, den harmonisierenden Ausgleich finden. Es kann aber auch sein, daß er viel lieber das gleiche Temperament als Partner schätzt, sich also zwischen den Farben Orangerot, Braun mit einem Spritzer Türkisgrün wohler fühlt! Ja, das Leben mit Farben ist eine persönliche Sache. Deshalb gibt es nichts absolut Eindeutiges in der Harmonielehre. Wird nur eine kleine Nuance im Mengenverhältnis, im Reinheitsgrad der Farbe und anderem verändert, schon gibt es eine andere Wirkung.

Aber gerade das ist es, was das Kombinieren mit Farben so interessant und erlebnisreich macht; man muß nur erlebnisbereit sein!

Blumen-arrangements für jede Gelegenheit

Leben drückt sich in lebendigen, bewegten Formen aus. Schon seit Jahrtausenden erkennt der Mensch in den Blumen und Pflanzenformen einen Ausdruck seines eigenen Lebensgefühles. Dabei sind geistige Zusammenhänge genauso bestimmend wie vitale Lebenslust und -freude. Magie und Mystik sahen in den Blumen Boten der Götter- und Geisterwelt: Sie wurden Symbol und Zaubermittel – von der Nutzung ihrer Heilkräfte ganz zu schweigen. Im Brauchtum spielte die Blume eine wichtige Rolle, und als Begleiterin der Feste war sie unentbehrlich, im alten Rom ebenso wie in der Barockzeit. Alles zusammen – oder von jedem ein bißchen – ist die Blume auch heute noch. Wohl kennt man kaum noch die Blumen-Symbolik, welche in der Zeit der Romantik und im biedermeierlichen Leben – ja bis zur Jahrhundertwende – in Form der »Blumensprache« eine sehr große Rolle gespielt hat, wohl glaubt man nicht mehr an Zauberkräfte der Blumen, wenn auch noch zum Beispiel der Kuß unter dem Mistelzweig – vor allem in den angelsächsischen Ländern – eine besondere Bedeutung bekommt, und die schönen Bräuche um Maienbaum, Erntekranz und Lebensbaum werden immer seltener. Dennoch lieben wir die Blumen als Begleiter unseres Lebens, weil wir immer noch den ursprünglichen Zusammenhang zwischen Mensch und Pflanzenwelt empfinden. Durch die Pflanze erhalten wir uns etwas von diesem Ursprung und damit von unserer Natur und unserem eigenen Ich, was uns sonst in dieser mechanisierten Roboterzeit verlorenginge. Die zwar vergängliche, aber gerade deshalb lebensvolle Schönheit der Blumen belebt auch uns, unser Heim, unseren Alltag. Blumen sind mehr als nur ein Schmuck des Zimmers! Doch schmücken sollen sie unser Heim selbstverständlich auch.

WO STELLEN WIR DIE BLUMEN HIN? · Da nur schmücken kann, was sich harmonisch einfügt, sind einige Überlegungen anzustellen bezüglich der Gefäßwahl, der Art des Arrangierens und hinsichtlich des Platzes, wo das Gesteck aufgestellt werden soll. Die Blumen selbst bilden meist kein Problem. So paßt sogar die große Sonnenblume in ein kleines Dachkämmerlein, vorausgesetzt, sie wird ganz kurz geschnitten arrangiert in einem Gesteck des »formalen« Stils (siehe S. 31 f., 109 ff.). Nur wenn man die Sonnenblume ihrer

Natur gemäß langstielig ließe und sie demnach in eine große Bodenvase stellte, wäre der kleine Raum bedrückend angefüllt; denn Bodenvasen brauchen Platz, um schön zu wirken!
Doch nicht nur die Größe des Arrangements muß in harmonischer Beziehung zum Raum stehen, auch die Farbe sollte bedacht sein. Im allgemeinen ist dies selten eine Schwierigkeit, doch wenn das Blumenstück vor einer extrem farbigen Wand oder einem Vorhang aufgestellt wird, kann die Beachtung der Harmonieregeln entscheiden über den Eindruck: »interessant und wirkungsvoll« oder »nichtssagend und zufällig«! Darüber hinaus kann man mit den Blumen zur Farbigkeit eines Bildes oder zu den Sesselbezügen und anderem Beziehung aufnehmen. So überraschen neben den graublauen Polstern goldgelbe und orangefarbene Blumen durch besondere Leuchtkraft, vor dem zitronengelben Vorhang aber rote und blaue Blüten durch die harmonische Vervollkommnung des Farbklanges (siehe S. 99 ff.).
Aber nicht nur die Größe und Farbigkeit, auch die Wuchsbewegungen der Pflanzenteile müssen beachtet werden, wenn sich das Arrangement harmonisch in den Raum einordnen soll. So wird man beispielsweise auf ein hohes Wandbrett hauptsächlich solche Blumen stellen, die seitlich ausschwingende oder abfließende Bewegungen ausführen (siehe S. 107). Dann neigen sie sich nämlich dem Beschauer entgegen und zeigen ihr »Gesicht«. Aufragende Formen kann man dazu kombinieren, vorausgesetzt, sie haben noch genügend Raum über sich. In Bodenvasen dagegen oder in Gefäßen, die auf niedrigen Couchtischen aufgestellt werden, sollen aufstrebende Blumenformen dominieren (siehe S. 104 f. u. Taf. 17, S. 65). Auch die Frage, ob die von der Senkrechten abweichende Linienführung der höchsten Staffelung bei einem »wuchshaften« Arrangement nach rechts oder links gerichtet sein soll (siehe S. 98), entscheidet sich je nach dem Standort. Soll das Steckarrangement zum Beispiel auf der rechten Seite eines niedrigen Schrankes stehen, so muß auch die Bewegung der Hauptlinie nach rechts ausweichen; andernfalls hätte man den Eindruck, als wolle das Arrangement nicht dort stehen. Auch zu Bildern oder anderen Objekten kann eine Blumenkomposition durch die Bewegungsführung optisch Kontakt aufnehmen, und das vor allem dann, wenn asymmetrisch arrangiert wird, wie wir es ja meist bei »wuchshaften« oder »formalen« Gestecken tun. Man empfindet bei diesen Gestaltungen eine

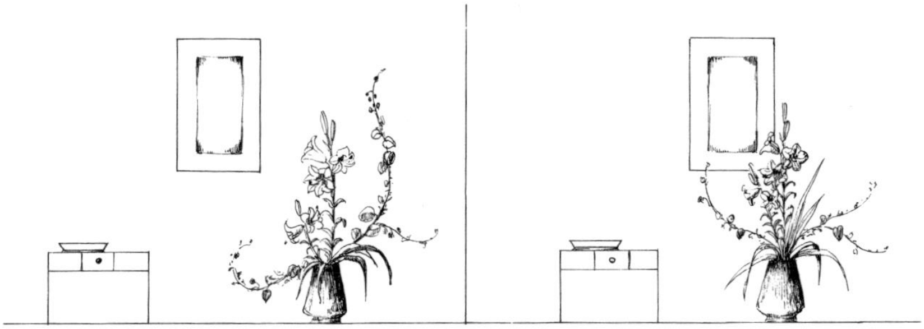

Hinwendung bzw. Abwendung. Die Aufstellung des Blumenarrangements erfordert deshalb, daß viele andere Faktoren, die im Raum eine Rolle spielen, beachtet werden. Zudem sind unschöne Überschneidungen zu vermeiden. Stellen wir zum Beispiel ein betont lineares Blumenstück vor eine tapezierte Wand, die stark gemustert und durch lineare Zeichnungen auffällig gestaltet ist, ergeben sich hier unorganische Überschneidungen, so daß der Gesamteindruck unruhig ist. Das Blumengesteck würde nicht schön, sondern störend wirken. Vor einer Tapete mit ausgeprägt bewegten Mustern passen Blumen

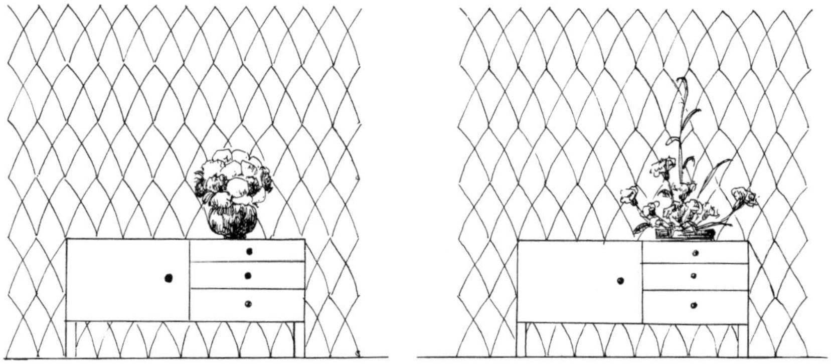

nur dann, wenn sie in einem geschlossenen Tuff geordnet werden; die Arrangementform mit ruhiger Umrißlinie bildet dann den ausgleichenden Gegensatz zum linear bewegten Dekor der Tapete.

Natürlich muß auch ganz allgemein der Stil der Einrichtung berücksichtigt werden, wenn wir unsere Blumen arrangieren. Einiges wurde darüber schon bei der Betrachtung der Gefäße gesagt (siehe S. 43 ff.).

Schön ist es, wenn diesbezüglich gleichgestimmte Komponenten zusammentreffen; der Kontrast ist nicht immer reizvoll! Merkwürdigerweise vertragen moderne Einrichtungen den Stilgegensatz eines alten Stückes wie einer Standuhr, eines Barockspiegels oder einer ehrwürdigen Zinnkanne sehr gut; ein Stilzimmer à la Chippendale oder nach Empire-Manier erlaubt die moderne Zutat jedoch weniger. Der Ledersessel nach dem Bauhaus-Ideal oder der moderne Knüpfteppich würden die Atmosphäre des Zimmers genauso stören wie eine schlichte Vase in kubischer Form. Unser Einfühlungsvermögen hilft hier bei der richtigen Wahl der Einstellgefäße und der Anordnungsweisen der Blumen, so daß nicht nur Gefäß und Blumen harmonieren, sondern auch das Arrangement und die Gesamtheit des Raumes.

Der noch heute beliebte »Biedermeierstrauß« paßt gut zu der Art der damaligen Möbel. Diese zeigen geschweifte Kantenführungen, gedrechselte und geschnitzte Formen und sind wesentlich bewegter als die heutigen gradlinigen, sachlich-schlichten Möbel. Mit den Möbeln der Biedermeierzeit harmoniert das damals übliche Blumenarrangement in Vase oder Schale genauso gut wie die lockere, bewegte, mehr auf den Reiz der Linie bedachte Art moderner Blumenarrangements mit der architektonisch zu nennenden, flächigen Form heutiger Möbel. Das nimmt uns nicht die Möglichkeit, auch heute im Stile der Biedermeierzeit zu arrangieren. Am besten eignen sich dazu kurzstielige Blumen, die im Garten in beetartiger Gemeinschaft blühen. Primeln, Tausendschön, Astern oder Tagetes usw. vertragen sich gut im dichten Nebeneinander. Solche Arbeiten verbreiten eine gemütliche Atmosphäre um sich, schmücken aber modern eingerichtete Wohnräume nicht so schön, wie es locker aufgebaute Arrangements vermögen. Die natürliche, lebendige Bewegungsform einer Pflanze, Ranke, eines Zweiges oder Grases fehlt in keinem Wohnraum unserer Zeit. Und das mit Recht! Das Spiel der Linien bringt Leben, Stimmung und Wohnlichkeit in den sonst nüchternen, durch die strengen Senkrechten und Waagerechten der Möbel oft wie erstarrt wirkenden Raum. Deshalb stellen wir auch von besonders schönen »Blumenpersönlichkeiten« wie Lilien, Rosen, Anthurien und anderen, oder von Blütenzweigen und Gräsern nur ein einziges Exemplar in eine passende Vase mit enger Öffnung. Durch die Vereinzelung kommt seine Gestalt voll zur Geltung und das um so mehr, wenn eine ruhige, farbenneutrale Wandfläche den Hintergrund bildet. (Taf. 30 unten rechts, S. 126.)

BODENVASEN – KEIN PROBLEM! · Seit im Wohnraum der Tisch nicht mehr in der Mitte des Zimmers steht – und dies ist erst seit etwa 1945–1950 allgemein üblich – ist die Bodenvase Attribut moderner Innenarchitektur geworden. Durch die neue Anordnung der Möbel entstanden freie Flächen, wo die große Vase wirkungsvoll Platz finden kann. Zudem wurden die Muster der Tapeten schlichter, die Möbel gradliniger und sachlicher, so daß der Blumenschmuck willkommenes Mittel ist, den Wohnraum neu zu beleben. So konnte es aber auch geschehen, daß in vielen Haushalten große Vasen Einzug hielten, selbst dort, wo eigentlich gar nicht der rechte Platz war, sie attraktiv und sinnvoll aufzustellen. Nun vertrauern sie ihr Dasein, eingepfercht zwischen Schrank und Sessel oder in einer dunklen Flurecke. Und das ist schade! Vielleicht könnte man einmal Familienrat abhalten und überlegen, ob eine veränderte Aufstellung der Möbel mehr Raum schafft?

37. Rosen, Taglilien und Funkien mit ihren reinen Farben vereinen sich hier zu einem farbenprächtigen Bild. Das Grün der Blätter wird bei einem Blumengesteck als so selbstverständlich dazugehörig angesehen, daß man hinsichtlich der Farbenkompositionen meist nur von den Blütenfarben ausgeht (siehe S. 141).

38. Zweige jeder Art eignen sich gut für die großen Bodenvasen; hier sind es Bluthasel und blühender Kirschlorbeer. Die zu dichte Belaubung ist herausgeschnitten worden, damit die Linienführung des Astwerkes gut zur Geltung kommt (siehe S. 151).

Wird neben der Sesselgruppe, vor der Wand zwischen den Fenstern oder als Nachbar der Fernsehtruhe eine schöne Bodenvase mit einem ansprechenden Blumenarrangement aufgestellt, so erfüllt sie den ganzen Raum mit kultivierter Wohnlichkeit. Vielfach werden auch zwei Zimmer durch die Entfernung der Trennwand zu einem großen Raum verschmolzen, wobei nur ein schmaler Mauerstreifen stehen bleibt. Vor dieses Mauerstück – gleichsam als Bindeglied der beiden Raumteile – kann eine Bodenvase sehr vorteilhaft gestellt werden. In einer großen Diele ist sie neben der geschnitzten Truhe ein ebenso belebendes Element wie im endlos langen Flur der Altbauwohnung, wo sie eine wohltuende Unterbrechung der unproportionierten Raumlänge bedeutet. Ein schönes Gefäß allein kann schon beachtlichen Schmuckwert haben, ihren Sinn erfüllt die Vase jedoch erst, wenn sie Leben enthält. Einmal können es einige Zweige in sparsamster Zuordnung sein, ein anderes Mal wird die ganze sommerliche Pracht in üppigster Fülle eingefangen. Das Steckhilfsmittel Maschendraht ermöglicht es uns in jedem Fall, eine entsprechende Ordnung zu erhalten (siehe S. 60 f.). Jede Jahreszeit hat ihr Angebot für Blumenschmuck in Bodenvasen, aus dem es nur zu wählen gilt. (Taf. 1, S. 9, Taf. 21, S. 93, Taf. 32, S. 128, Taf. 38, S. 150.)

Januar: Verstaubte Trockengräser des Herbstes oder die nadelnde Tanne der Weihnachtszeit erfreuen nicht mehr. Jetzt wünscht man sich sehnlicher denn je Blüten und junges Grün. Deshalb stellen wir Zweige von Laubgehölzen in die Vase, um uns an dem Anblick der schwellenden Knospen zu laben. Ob wir Blüten oder nur Blätter erwarten können, frühlingshaft belebend ist das eine wie das andere. Hier einige Beispiele:

1. Lange Forsythien mit einem knorrig gewachsenen Kiefernzweig. Brechen die Blütensterne hervor, so stehen sie besonders kontrastreich und daher reizvoll über den dunklen Büscheln der Kiefernnadeln.
2. Erlenzweige mit Kätzchen und Zäpfchen, die hoch über ein paar Tulpen aufragen.
3. Zwei oder drei schön verzweigte, aber verschieden lange Äste der Kätzchenweide; ein Efeutopf oder jeder andere Ranker bekommt vorübergehend seinen Platz zwischen den Zweigen, dort, wo sie in die Vase tauchen. Die grünen Ranken umspielen Äste und Vase zugleich und sind damit ein idealer Vermittler zwischen Gefäß und Gehölz.

Februar: Die Januar-Beispiele können auch jetzt realisiert werden; weitere Möglichkeiten sind:

1. Zweige von Obstgehölzen – Kirsche, Birne usw. – und nahe der Basis wintergrüne Laubzweige, Rhododendron, Kirschlorbeer oder Buchsbaum. Im eigenen Garten oder bei Obstbaumpflanzungen an Chausseen fällt häufig genug geschnittenes Holz an, und für die Bodenvase ist es einfach ideal.
2. Ein langer Trauerweidenzweig, darunter einige Calla und große Callablätter.

3. Kornelkirsche, die reizende gelbe Blütchen treibt, kann mit Ilexzweigen kombiniert werden. Man könnte auch hier eine passende Grünpflanze (Chlorophytum = Grünlilie oder ein Farn wie Nephrolepis) so in die Vasenöffnung hängen, daß der Topf nicht in das Wasser reicht. Die wenigen Zweige lassen genügend Raum und klemmen den Topf gut fest – vorausgesetzt, die Vasenöffnung ist groß genug. Durch das Grün der Topfpflanze wirken die linearen Zweige reizvoll betont und das Gesamtbild vollkommener.

März: In der Natur blüht schon manches. Für die große Vase gibt es Gehölzzweige mancherlei Art, dazu bietet das Blumengeschäft etliche langstielige Schnittblumen an:

1. Lilien, weiß und langtrichtrig (Lilium longiflorum) mit Magnolienzweigen arrangiert.
2. Narzissen unter vorgetriebener Kastanie.
3. Drei Strelitzien und arteigene Blätter, dazu blühende Quittenzweige und ein paar Ranken.

April: Das Angebot der Natur wird immer reichhaltiger:

1. Buchenzweige mit jungem Austrieb, dazu blühender Ginster und ein Strauß Osterglocken.
2. Rote Flamingoblumen (Anthurium andreanum) und blühende Schlehenzweige (Prunus spinosa) oder Ahorn mit den hübschen, gelbgrünen Blütenbüscheln.
3. Zartrosa Gladiolen und kräftigrosa gefärbe Nelken, dazu Erlenzweige, die jetzt bereits Blättchen treiben.
4. Österlicher Raumschmuck: Ausgeblasene Hühnereier, schön gefärbt durch leuchtendes Rot, Blau oder Gelb, werden mit Zwirn oder Perlonfäden an Zweige gehängt. Dies können Birkenzweige sein, aber auch Äste von anderen Laub- oder Obstgehölzen, die in die Vase gestellt sind. Ein Busch Narzissen und gelbe, flauschige Osterküken, die auf den Zweigen befestigt werden, können das Bild vervollständigen.

Mai: In diesem Monat ändert sich das Bild der Pflanzenwelt laufend und schnell. Anfangs blühen noch die Obstgehölze, dann sind es Flieder und Schneeball und zum Schluß schon die Pfingstrosen und bunten Margeriten. Einige Beispiele:

1. Japanische Zierkirsche und langstielige Tulpen.
2. Weißer Flieder und blaue Schwertlilien.
3. Goldregen und zur Betonung der Wuchsmitte großflächige Blätter oder ein dichtes Blätterbüschel.

Juni: Frühsommerliche Pracht und üppiges Blühen erlauben auch für die Bodenvase reichhaltigere Kompositionen:

1. Purpurrote Pfingstrosen, weiße Margeriten und hellblauer Rittersporn.
2. Enzianblauer Rittersporn mit orangefarbenen Feuerlilien.
3. Eremurus (Steppenkerze) und Goldbandlilie mit Alchemilla (Frauen-

mantel), deren grüngelbe, langgestielte Blütendolden ein ideales Schnittgrün für frühsommerliche Sträuße sind.

Juli: Immer noch gibt es blühende Gehölze, aber auch schön belaubte Zweige sind bestens geeignet, in Bodenvasen Aufstellung zu finden. Man bedenke dann jedoch, daß das Laub Verdunstungsfläche ist, allzuviel davon stört das Gleichgewicht zwischen Wasseraufnahme und Verdunstung und fördert schnelles Welken. Außerdem sieht es viel schöner aus, wenn die Blätterbüschel die Linienführung der Äste nicht allzu üppig verdecken:

1. Zweige von Blutpflaume oder Blutbuche, weiße Margeriten und lange Gräser.
2. Violetter Schmetterlingsstrauch (Buddleja) und weiße oder hellgelbe Gladiolen.
3. Blaue Agapanthus, gelbe Helenium (Sonnenbraut) für den Gartenbesitzer, sonst gelbe Nelken und hohe Gräser.
4. Gelbe Coreopsis (Mädchenauge) und nachtblauer Rittersporn.

August: Die Erntezeit des Hochsommers ist herangerückt. Das drückt sich auch bei den Arrangements in Bodenvasen aus:

1. Große gelbe Sonnenblumen, Zweige mit Vogelbeeren und Zierkürbisse oder Auberginen, die man in die Wuchsmitte oder zu einer Früchtetraube ordnen kann.
2. Blaue Kugeldisteln, gelbe Achillea, kleinblumige, kupferrote Helianthus (Sonnenblume) und Gräser.
3. Kornähren, rote Gladiolen und blaue Sommerastern.
4. Maispflanzen und Maiskolben, Sonnenblumen und Früchte.

September: Der Spätsommer entfaltet seine ganze Pracht, die es festzuhalten gilt:

1. Hell- und dunkelblauer Rittersporn, orangerote Dahlien und weiße, langtrichtrige Lilien.
2. Goldgelbe Heliopsis (Sonnenauge), die über einen Tuff tiefblauer Astern aufragen, Gräser ergänzen wirkungsvoll.
3. Gelbe Spinnenchrysanthemen, violette Dahlien und Zweige mit orangefarbenen Sanddornbeeren.
4. Maispflanzen und Maiskolben, Sonnenblumen und Früchte.

Oktober: Der Herbst läßt die Welt Floras noch einmal aufglühen in leuchtender Farbenpracht der Dahlien und Chrysanthemen. Daneben beginnt der wehmutsvolle Klang des Abschiednehmens mit trockenen Gräsern, trüben Violettfarben der Staudenastern und gelb werdenden Blättern:

1. Großblumige Freilandchrysanthemen in Gelb und Bronze, buschige Graswedel, Maiskolben und Herbstlaub.
2. Rohrkolben, fruchttragende Rotdornzweige und Sonnenblumen, meist schon abgeblüht.
3. Vogelbeerzweige (Sorbus aucuparia) oder Oxelbeere (Sorbus inter-

media), violettblaue, kleinblütige Staudenastern und Ranken des wilden Hopfens (Humulus) oder der Waldrebe (Clematis).

November: Nebel und Kälte löschen die Farbenpracht und das Blühen. Trockenformen und Fruchtzweige charakterisieren diesen Monat:

1. Schneebeeren an den entblätterten, zierlichen Zweigen, lange trockene Gräser und trockene Kardendisteln, dazu Wacholdergrün oder Kiefer.
2. Lange Samenstände der Königskerze, trockene und gebleichte Hirsekolben und orangeroter Zierpaprika. Dazu Taxus oder Tannengrün.
3. Lärchenzweige mit Zapfen stehen in gutem Gegensatz zu den silbrigglänzenden Pampasgraswedeln; Grün liefern Koniferen oder immergrüne Laubgehölze, eventuell auch einmal der Blumentopf.

Dezember: Dieser Monat steht unter dem Zeichen von Advent und Weihnachten:

1. Tannengrün, gelber, rundfruchtiger Zierpaprika und Strohsterne, die an die Tannenzweige gehängt werden.
2. Seidenkiefer, Blütensterne der roten Euphorbia pulcherrima, Flechtenzweige mit angehängten blauen und silbrigen Glaskugeln.
3. Blattlose, skurril gewachsene Äste, an die mit Perlonfäden Äpfel und Nußketten gehängt werden. Einige Mistelzweige und Douglastanne vervollkommnen diese Komposition.

Alle genannten Beispiele können lediglich Anregungen sein. Mögen sie Ihnen bei der Zusammenstellung schöner Arrangements in Bodenvasen helfen, oder mögen Sie durch das Lesen Lust bekommen, mit allen für Sie erreichbaren Materialien selbst zu kombinieren und wirkungsvollen Raumschmuck zu gestalten. Die umständliche Handhabung einer großen Bodenvase wird wesentlich erleichtert, wenn man nicht die ganze Vase voll Wasser füllt, sondern ein einhängbares, kleineres Gefäß benutzt. Vielfach werden keramische Bodenvasen mit einem passenden Einsatz geliefert. Ist das nicht der Fall, so gibt es Grabvasen aus Kunststoff verschiedener Größen, von denen eine auch in ihre Vase passen mag, so daß der Rand der Kunststoffvase auf dem Rand der Bodenvase aufliegt. Auch Einsatzvasen aus Ton oder Kunststoff sind im Handel, die mit festen Metallhaken und Kettenverbindungen in die große schwere Vase gehängt werden können. Irgend etwas Passendes findet sich für jede Vase. Damit ist die Bodenvase auch hinsichtlich des Wasserwechsels kein Problem mehr!

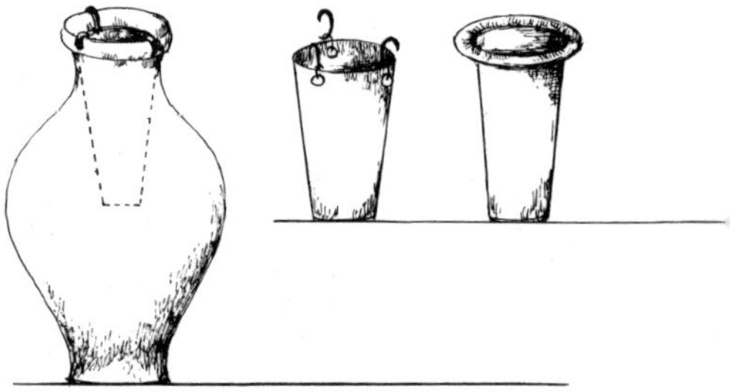

Wandschmuck und Ampeln · Nicht allgemein üblich, aber besonders reizvoll sind Schnittblumenarrangements in Wandvasen. Vasen und aufhängbare Kübel aus Keramik und Metall, wasserdicht und dauerhaft ausgegossene Bambusabschnitte oder Körbe mit Einsatz erlauben an freien Wandflächen die Anbringung von Blumenschmuck. Vor jeder einfarbigen Wandfläche kommen lineare Formen besonders reizvoll zur Geltung. Aus diesem Grunde

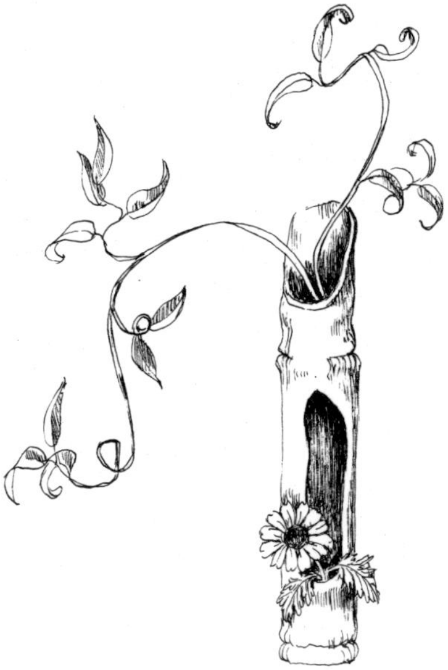

werden vorzugsweise Ranken, Zweige oder elegant ausschwingende Blumenformen zum Anordnen in der Wandvase verwendet. In lockerer, formaler oder wuchshafter Weise, auch im Stile eines hängenden Nageire (siehe S. 28) arrangierte Blumenstücke sind wirkungsvoller als solche von dekorativer Fülle. Ampeln dagegen, die frei im Raum aufgehängt werden, fordern meist schon auf Grund der breiteren Gefäßform zu üppigen Kompositionen heraus. Außerdem sollen sie von allen Seiten gut anzusehen sein, während das Arrangement in der Wandvase nur nach einer Seite orientiert ist.
Kletterpflanzen für Wandvasen kann uns in erster Linie der eigene Garten liefern: Clematisarten (Waldrebe), die auch mit ihren fedrigen Samenständen sehr hübsch aussehen, Glyzinien (Wistaria) und Kletterrosen, Geißblatt (Lonicera) und kletternde Hortensienarten (Hydrangea), Weinarten und Efeu, dazu die einjährigen Ranker wie Wicken (Lathyrus), Glockenrebe (Cobaea), Prunkwinden (Impomoea), Feuerbohne (Phaseolus), Kapuzinerkresse (Tropaeolum) und Hopfen (Humulus).
Außerdem sind Zweige von fast allen Bäumen und Sträuchern mit und ohne Laub, blühend oder fruchttragend, zum Arrangieren in Wandvasen geeignet. Da es hier besonders auf schöne Linienführungen ankommt, genügt es nicht immer, die zu reiche Beblätterung oder störende Nebenzweige abzuschneiden. Mitunter fehlt dann immer noch die gewünschte Eleganz der Bewegung. Bei den meisten Gehölzen kann man durch vorsichtiges Biegen Abhilfe schaffen. Jeden Zweig – und auch Blumenstiele – kann man Stück für Stück biegen, so daß er diese Haltung in geringem Maße beibehält. Dazu ist Gefühl für die Spannungen und Elastizität notwendig, denn wenn der Druck zu stark ist, bricht das Holz. Das Biegen ist eigentlich mehr ein Kneten und Dehnen, indem man vorsichtig mit einer oder beiden Händen das Zweigstück über die Daumen spannt. Hält man den Zweig mit dem entsprechenden Teil unter den Wasserhahn und läßt abwechselnd heißes und kaltes Wasser darüber laufen, so werden Rinde und Holz elastischer, und das Biegen geht leichter und erfolgreicher. Japaner geben sogar dicken, festen Ästen neue Bewegungen, indem sie sie in kurzen Abständen etwa bis zur Hälfte durchsägen und in die Spalten dünne Zweigstücke einklemmen. So wird ein ganz gerader, starrer Ast gefällig verbogen, und dennoch bleiben die Blätter an ihm frisch, weil das Wasser durch die unverletzten Gefäße aufsteigen kann und sich schließlich wieder auf die ganze Breite des Astes verteilt.

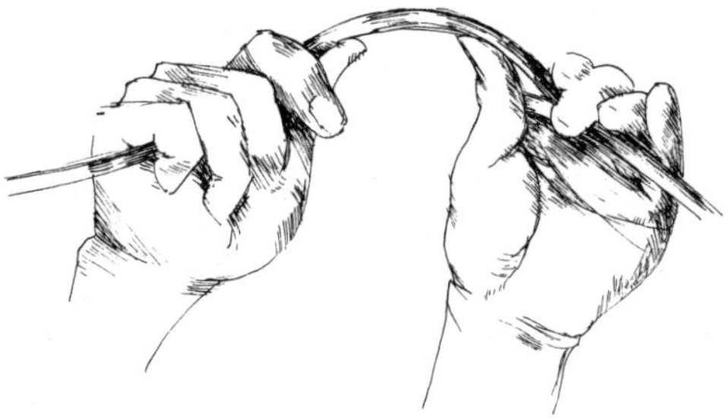

Doch wieder zurück zum »blumigen« Wandschmuck. Man kann sich mit einem knorrigen Ast- oder Wurzelstück und einem Brett eine Basis für einen interessanten Raumschmuck zum Aufhängen schaffen. Das rechteckige Brett, in der Größe passend zum Holzknorren und dem Platz, wo es hängen soll, wird mit Sandpapier schön glatt geschmirgelt, gebeizt oder gestrichen – je nach Umgebung – oder auch nur mit einer Mattierung behandelt. Auf dieses

Brett wird der Knorren genagelt, so daß er sich von seiner besten Seite zeigt. Schließlich wird noch ein Loch zum Aufhängen in das Brett gebohrt. An der gestalterisch richtigen Stelle befestigt man dann ein Plastikgefäß. Im Haushalt fallen genug leere Plastikflaschen an, von denen man einfach eine halb durchschneidet, so daß ein Töpfchen von etwa 8–10 cm Tiefe entsteht. Ist das Material fest genug, halten 2–3 Nägel das Gefäß am Brett fest, auch wenn es voll Wasser und Blumen ist. Damit man nicht das materialmäßig unschöne Gefäß sieht, wird es mit irgendwelchem Moos – am besten aber mit Sphagnum – umwickelt, das ruhig trocken werden kann, es paßt dann charakterlich immer noch gut zu dem Holzknorren. Wenn es sich so ergibt, kann man auch ein Stück Borke vor dem Plastikgefäß befestigen. Nun können in das Gefäß Zweige, Ranken und Blumen gesteckt werden (Taf. 43, S. 179). Man muß allerdings die Linienführung des Wurzel- oder Astknorrens beachten, denn von diesem geht die Gestaltung aus. Mit wenigen, aber immer anderen Materialien wird ein derartiges »Blumenbild« nie langweilig. Trockenformen des Herbstes können auch einmal länger darin stehen; Silberdistel, Mohnköpfe, Gräser und grüner, präparierter Ruscus – alles kann man im Blumengeschäft erstehen – halten »ewig«, wenn man will. Zu Weihnachten kann sogar ein Wandleuchter aus dem Aststück werden. Auf dem Knorren befestigt man die Kerze; die Tanne und Zapfen steckt man in einen »Moosball«, der vor oder auf die Plastikflasche gebunden wird. Dann kann man die Tannenzweige so anordnen, wie sie wachsen, nämlich waagerecht zur Seite, mitunter sogar leicht nach unten schwingend.

BLUMEN SCHMÜCKEN DEN TISCH

Der gedeckte Tisch ist in seiner Gesamtheit allein das Werk der Hausfrau. Ihn kann man nicht fertig kaufen! Es liegt in ihrer Hand, wie Tischtuch und Servietten, Geschirr, Bestecke und Gläser sowie schließlich der Blumenschmuck vereint werden. Ihr Auswahlvermögen – mit anderen Worten: ihr Geschmack – entscheidet, ob die gedeckte Tafel einen freundlichen, harmonischen und stimmungsvollen Anblick bietet. Dabei ist die Reaktion der Tafelrunde – ausgedrückt durch Worte der Freude und Anerkennung oder durch die positive Wirkung auf Stimmung und Appetit, ein Lohn für die kleine Mühe, nicht nur für das leibliche Wohl, sondern auch für das ästhetische Bedürfnis gesorgt zu haben. Und zweitens macht es Spaß, neben den täglich notwendigen »Übeln«, wie Staubwischen und Abwaschen, etwas zu tun, was beinahe künstlerisch genannt werden kann. Jeder Künstler hat in seinem Werk ein Stück seiner selbst vergegenständlicht; er hat einer Idee oder einem aus einem Erlebnis heraus entstehenden Gefühl Form gegeben. Nun kann er zurücktreten und sein Werk anschauen. Damit steht er seiner eigenen Empfindung gegenüber, und er kann von dem innewohnenden Geist des Werkes erneut ergriffen werden, das nun auch anderen Beschauern ein Erlebnis zu werden vermag. Ebenso kann die Hausfrau den Tischschmuck nach einer gestalterischen Absicht zusammenstellen und ordnen. Wird diese im fertigen Arrangement deutlich, ist ihr das Werk gelungen. Und je harmonischer, phantasievoller oder origineller der Tafelschmuck ist, um so unvergeßlicher und wirkungsvoller wird er sein. (Taf. 40, S. 168.)

Vier Forderungen an den Tischschmuck · Harmonischer Zusammenklang kann nur erreicht werden, wenn alle Einzelteile charakterlich zusammenpassen. Für den Blumenschmuck auf dem Tisch sind Tafelgerät, Tafelgröße, ja sogar Stil und Farbigkeit der Raumeinrichtung richtungweisend und verlangen Einfühlungsvermögen. Der unglasierte Tonkrug mit bunten Feldblumen auf dem weißen Damasttuch neben edlem Porzellan und Silberbesteck in einem Raum mit alten Mahagonimöbeln wäre fehl am Platze. Er gehört auf einen Holztisch neben grob gewebte Leinensets und kräftiges Steingutgeschirr. Doch es genügt nicht allein, daß alle Einzelteile wesensmäßig übereinstimmen. Alles, was wir für den Tischschmuck auswählen, soll auch zum Anlaß passen, auf Grund dessen sich die Tafelrunde zusammenfindet. Ein Kindergeburtstag erfordert lustig bunte, leuchtendfarbige, kleinblumige Blütenformen in kindgemäßer Ordnung, während zum Nachmittagstee einer Damengesellschaft Blüten stiller und lichter Farbwirkung passen. Wie wir uns mit der Kleidung auf die Gegebenheit der Stunde einstellen, so sollen auch der gedeckte Tisch und vor allem natürlich der gewählte Blumenschmuck und die anderen Zutaten dem Charakter des Festes sowie dem Personenkreis entsprechen. Damit muß nicht notwendigerweise ein großer Aufwand verbunden sein; ein bißchen Überlegung und Freude an der Sache führen schon zum Ziel. So entbietet zum Beispiel das Veilchensträußchen im Eierbecher des Frühstücksgeschirrs einen freundlichen Morgengruß und gibt damit den rechten Auftakt für einen neuen Tag. Mittags decken wir den Tisch etwas festlicher. Die ganze Familie ist nicht oft zu gemeinsamem Tun versammelt! Dasselbe Veilchensträußchen wird nun auf einen Blumenigel in eine weite Glas- oder Porzellanschale gesteckt, die gut auf den jetzt weiß gedeckten Tisch paßt. Damit es aber nicht verloren und unproportioniert aussieht, werden dazu ein paar aufragende Forsythienzweiglein und eine Efeuranke gesteckt. Die gelben Sterne der Forsythie passen farblich gut zum Veilchenblau und könnten von den großen Zweigen aus der Bodenvase leicht »stibitzt« werden. Abends werden dann die gleichen Blumen in einem hübschen kleinen Tonkrug oder auf einem Zinnteller in Steckmasse dekoriert, denn beides paßt wiederum zu den Abendbrotbrettchen und zur gemütlichen Stimmung des Feierabends.

Damit hätten wir bereits zwei wesentliche Voraussetzungen besprochen:

Blumen sollen erstens »schmücken« und zweitens »Atmosphäre schaffen«. Nun gibt es aber noch weitere Anliegen, denen der gelungene Tischschmuck entsprechen muß. Da wäre drittens die Anforderung, daß die Blumen auf dem Tisch niemanden behindern sollen, und viertens, daß die Dekoration für die Dauer des Zweckes halten muß und nichts beschädigen darf. Hier also einiges zum Problem der »Behinderung«: Dies ist in erster Linie eine Platzfrage. Darum sei zunächst einmal geklärt, wie groß der freie Raum für das Gedeck sein muß: Für den Eßplatz rechnet man eine Fläche von 60–90 cm Breite und 35–40 cm Tiefe; das heißt, die Personen sitzen im Abstand von 60–90 cm. Sie viel weiter auseinander zu setzen, wäre ungünstig; es kann durch den zu großen Abstand das Gefühl der Vereinzelung entstehen, was sich negativ auf die Stimmung und das Zusammengehörigkeitsgefühl auswirken wird. Vom Tischrand zur Mitte müssen 35–40 cm für das Gedeck frei bleiben. Ist der Tisch nun nur 70–80 cm breit und wird er von beiden Seiten besetzt, bleibt kein Raum mehr für den Blumenschmuck, es sei denn, ein Stirnplatz bleibt frei, so daß dort Blumen aufgestellt werden können. Für eine kleinere Tafelrunde von 3 bis 5 Personen wäre dies vollauf ausreichend und wirksam. Für eine größere Gesellschaft muß man wohl oder übel die Entscheidung treffen, den Blumenschmuck während des Essens von der Tafel auf andere, vorbestimmte Plätze zu stellen. Doch da gibt es noch einen Ausweg! Wie wäre es, wenn die Gäste wohl durch eine blumengeschmückte Tafel empfangen werden, sich dieser Schmuck aber als eine Zusammenstellung von Ansteckblumen herausstellt? Für die Herren gibt es je eine weiße Nelke oder farbige Kamelie, für die Damen unterschiedliche Anstecker. Am besten sind auch unter diesen einige weiße Blüten vorhanden, denn man weiß nie, welche Farbe die Kleider haben werden, und Weiß paßt immer. Aber auch Gelb und Violett sind recht neutrale Farben. Sollte Schnitt oder Musterung des Kleides gar nicht geeignet sein, eine »Korsage« (wie der Fachmann zu derartigen Ansteckgebinden sagt) anzustecken, so kommt sie ins Haar. Diese Korsagen können auf der Serviette liegen oder auf einigen Glasplatten zu einem netten Rankenornament zusammengefügt sein. Setzt man sich zu Tisch, steckt jeder seine Blumen an. Nun stören sie nicht mehr auf der Tafel, sind aber dennoch im Kreis der Tafelrunde stimmungsvolle Begleiter eines Festes. Allerdings muß hier der Fachmann eingeschaltet werden, denn diese Blumen werden sorgfältig an feuchte Watte gedrahtet, damit sie nicht welken. Dies erfordert viel handwerkliches Geschick, schließlich soll das Ansteckssträußchen schön aussehen, leicht anzustecken sein und das Kleid trotz mitgegebener Feuchtigkeit nicht beschmutzen. Dennoch sei hier diese Anregung gegeben, bietet sie doch eine neue und praktische Lösung für einen Blumenschmuck bei Tisch.

Haben wir jedoch auf der Tischfläche Platz genug für die Blumen, so müssen wir uns auf jeden Fall in der dritten Dimension zügeln. Die gegenüber

sitzenden Tafelgäste wollen sich sehen und miteinander reden. Die Augenhöhe des sitzenden Menschen liegt bei normalen Stuhl- und Tischmaßen zwischen 25 und 45 cm über der Tischplatte. In diesem Raum sollen möglichst keine Blumen sein, zumindest keine Fülle von allzu plastischen Formen. Ein paar zierliche Blüten, lineare Formen, wie Gräser, Zweige, schlanke Kerzen usw., stören auch hier nicht. Man sieht, ohne den Kopf zu neigen, an ihnen vorbei, und da wir mit zwei Augen sehen, verdecken sie nicht einmal etwas vom Gegenüber. Die Masse der Blüten und Blätter soll also unter 25 cm oder über 45 cm Höhenausdehnung liegen. Wir bevorzugen deshalb für Tischdekorationen flache Schalen und Platten oder hohe Standgläser und andere Hilfsmittel, die die Blütenfülle hoch über die Tischplatte erheben. Man könnte zum Beispiel aus drei Schweißdrähten oder dünnen Bambusstäbchen ein Dreibein zusammenbinden, dessen Kreuzungspunkt etwa 60 cm hoch liegt. Auch ein ebenso langer Stab – eingegipst in einen Blumentopf, der mit einer farbigen Serviette und passendem Band umkleidet wird – ergibt einen Ständer. Wird oben mit Hilfe eines Kunststoffnetzes (Verpakkungsbeutel von Früchten) ein Stück der wasserhaltenden Kunststoffmasse angebunden, können nun nach allen Seiten, auch leicht nach unten hängend, Blumen und Ranken hineingesteckt werden. Im Wechsel mit flachen Gestecken ergibt dies auf einer langen Tafel eine rhythmische und recht attraktive Dekoration.

Garantiert bleiben wir mit den massigen Formen unter der Augenhöhe, wenn ein ganz flaches Gefäß als Basis benutzt wird. Dank der wasserhaltenden Steckhilfsmittel ist uns sogar die Verwendung von Platten möglich (siehe S. 52 f.). Die runde Glasplatte für den runden Tisch, die eckige, längliche (20 × 45 bis 60 cm) für den rechteckigen Tisch sind sehr ansprechende Unterlagen für ein Blumengesteck. Glasklar oder farbig unterlegt wirken sie immer harmonisch, weil sie formal ganz der Tischfläche entsprechen, optisch aber die Blumen gut von dieser abheben. Das gleiche gestalterische Ergebnis ist auch mit einem Holzbrettchen oder einem flachen Korbdeckel zu erreichen. Ein Brotbrettchen zum Beispiel kann ganz reizend aussehen, werden gelbe Gartenblumen – Tagetes (Studentenblume), Helenium (Sonnenbraut) oder Achillea (Schafgarbe) und Physalis (Lampionblume) – oder rustikale Blumen der Wildflora – Heidekraut und Kronsbeerlaub mit Gräsern – darauf gearbeitet. Die Kunststoffsteckmasse wird vor dem Bestecken mit einem Stückchen Kunststoffolie unterlegt, welches so gefaltet wird, daß es etwa 2 cm hoch den Steckblock umgibt. Mit ein paar Haken, die man sich leicht aus etwa 4–5 cm langen Drahtstücken biegen kann, oder auch mit Stecknadeln werden die Seiten festgesteckt. Nun hält die Folie die Feuchtigkeit von dem Holzbrettchen ab, so daß es sich nicht verzieht. Ein Korbdekkel wird genauso geschützt. Weiterhin sind Kacheln, flache Teller oder schlichte Glasschalen für einen Tischschmuck brauchbar. Werden mehrere

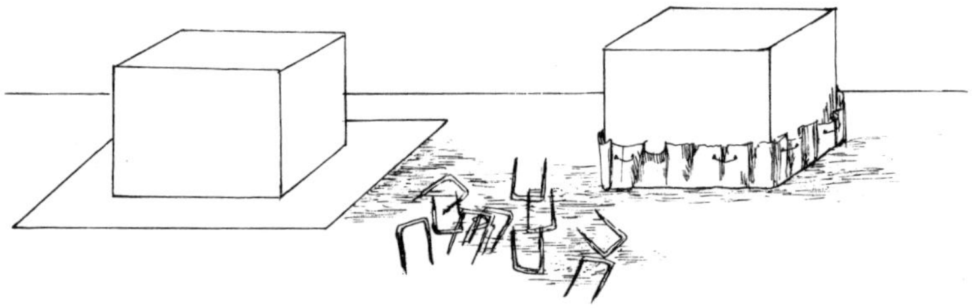

Arrangements aufgestellt, so muß zwischen ihnen genügend Abstand bleiben, mindestens das Doppelte, höchstens das Sechsfache von der seitlichen Ausdehnung des Blumenstückes. Zu viel Blumen auf dem Tisch stören mitunter dadurch, daß sie aufdringlich wirken. Schließlich sollen sie nur eine schmückende Ergänzung sein, und dies erfordert eine mengenmäßige Begrenzung.

Daß Blumen auch durch zu starken Duft stören, ist sehr selten, kommt aber vor und kann gerade beim Essen empfindliche Nasen quälen. Bei der Studentenblume (Tagetes) aus dem Garten haben beispielsweise die Blätter einen sehr strengen Geruch, dennoch kann man sie verwenden, man muß nur recht viele Blätter abmachen. Die Blüten von Hyazinthen, Madonnenlilien (Lilium candidum) und Goldbandlilien (Lilium auratum) duften stark, trotzdem kann man sie in Maßen auch in der Tischdekoration verwenden. Am besten ist es, Sie prüfen diesbezüglich kritisch und entscheiden von Fall zu Fall, schließlich ist der Duft vom Blütenstadium abhängig.

Bezüglich »Haltbarkeit« ist noch zu sagen, daß alle arrangierten Blumen in Gefäßen oder Steckmasse auch die »anstrengendste« Feier durchstehen, vorausgesetzt, sie sind tief genug gesteckt. »Streublümchen« sind nicht zu emp-

fehlen, eben weil sie ohne Wasser sind und deshalb langsam, aber sicher welken müssen. Dies wäre nicht gerade ein herzerfrischender Anblick! Auch gestalterisch gesehen ist es keine ideale Lösung, Blüten und Blätter auf das Tafeltuch zu legen: Erstens wirken sie nur selten geordnet, und zweitens stören sie häufig. Selbst wenn sie zu einer Ranke zusammengelegt sind, passiert es zu leicht, daß einige der Blüten verschoben werden, und schon ist der ganze Eindruck gemindert. Auch die einzelnen Blüten auf der Serviette oder dem Gedeck sind – so liebevoll sie geordnet sein mögen – störend, denn wo sollen sie hin, wenn gespeist wird? Will man jeden einzelnen mit einigen Blümchen bedenken, so können vor jedes Gedeck in ein Glaskompottschälchen, einen Eierbecher oder Weinkelch in sparsamster Weise einige Blüten arrangiert werden. Hier gilt es aber, achtzugeben, daß man sich nicht in zu viele Einzelarrangements verliert. Der Gesamteindruck wirkt leicht unruhig; die Geschlossenheit, die um ein großes Blumenstück in der Mitte des Tisches entsteht, geht verloren, wenn nicht eine andere Betonung der Mitte gefunden wird – vielleicht durch einen Kerzenleuchter, die Kuchenplatte oder das Bowlengefäß!
Doch zurück zu den gelegten Blüten: Auf die Ranke um den Ehrenplatz des Jubilars oder Geburtstagskindes wollen wir dennoch nicht verzichten. Und nehmen wir haltbares Grün (Zierspargel, Buchsbaumspitze oder Immergrünranken) und widerstandsfähige Blüten (kleine Astern, Zinnien oder Tausendschön), so betrübt auch nicht der Anblick welkender Blumen. Will man ganz sorgfältig verfahren, kann man jedes Blütenstielchen mit einem feuchten Wattebäuschchen abschließen, welches obendrein von Kautschukband dicht umwickelt wird. Dadurch bleibt die Feuchtigkeit am Blumenstiel, und das Tischtuch ist geschützt.

Bänder, Kerzen oder Früchte im Tafelschmuck · Eine veränderte Nuance kann sehr entscheidend sein für den Aussagewert eines Blumenschmuckes auf dem Tisch. Der eigenen Phantasie sind kaum Grenzen

gesetzt. Stellt man seine Überlegungen immer unter dem Aspekt an, ob das Arrangement zum Anlaß und damit natürlich auch zum Personenkreis paßt, für den der Tisch gedeckt werden soll, so wird man erstaunt sein, wie mannigfaltig die Möglichkeiten sind, den Tisch immer wieder anders zu schmücken. Zutaten wie Bänder oder Früchte und Kerzen erweitern noch die Kombinationsmöglichkeiten. Deshalb wollen wir uns mit diesen Dingen doch etwas eingehender beschäftigen.

Mit farbigem Seidenband haben Sie ein Mittel, den Ausdruck Ihres Blumenschmuckes noch zu verstärken. Fällt es in weichen, fließenden Schlaufen auf die Tischdecke, oder gliedert es die Tafel durch strenge, gerade Linienführung, ist es von zarter Pastelltönung und duftiger Florstruktur oder leuchtet es lebhaft und klar von festen Stoffstreifen, immer wird es mit seinem Charakter den Tafelschmuck betonen und die beabsichtigte Stimmung heben. Bänder können beispielsweise lang über den Tisch gelegt werden; man kann auch – was vor allem bei einer langen Tafel gut wirkt – dieses Längsband von querlaufenden Streifen kreuzen lassen. Man läßt die Bänder mit über die Tischkante fallen und schneidet sie am Tischtuchrand ab. Auf die Kreuzungspunkte werden die Blumenschalen gestellt. Da man bei einer größeren Gesellschaft ja mehrere Arrangements auf die Tafel stellt, werden die einzelnen Teile durch das darunter hinweg laufende Band optisch gut verbunden. Und nicht nur die Zusammengehörigkeit der Blumenarrangements wird betont, auch die Menschen fühlen sich näher und finden leichter Kontakt!

Doch zurück zum Band: Es erfüllt gestalterisch noch eine weitere, verbindende Aufgabe. Wenn man nämlich das Band in einer der Blütenfarben wählt, wird gleichsam die Farbe des blumigen Tischschmucks auf das textile Material übertragen. Die Blumen wirken nun nicht mehr einfach auf den Tisch gestellt, sondern es wird eine engere Zusammengehörigkeit zwischen Blumenschmuck und Tafeltuch deutlich.

Ein Band kann auch in Schlaufen und Enden aus dem Blumengesteck herausragen. Man legt die Schlaufen recht lang und großzügig und bindet sie

mit einem dünnen Blumendraht so zusammen, daß zwei Drahtenden stehen bleiben, welche nun in die Steckmasse gesteckt werden und damit das Band fest verankern. Wie alle Blüten und Blätter soll sich auch das Band aus der gemeinsamen Bewegungsmitte heraus entwickeln, dann aber in weichen Schwüngen auf der Tischfläche liegen. Die Enden werden verschieden lang geschnitten. Ist mehr als eine Schlaufe gelegt, so sollen auch diese ungleich groß sein. Meist ist jedoch eine Schleife ausreichend. Band und Blumen sollen ja in einem guten Mengenverhältnis stehen. Da das Band aber eine nur ergänzende Rolle spielt, heißt es, sich damit zu beschränken. Dies gibt besonders, wenn man mehrere derartige Drapierungen einfügt.
Bei einem länglichen Tisch – rechteckig oder oval – werden am besten zwei gegenüberliegende Bandanordnungen gewählt, die der Längsachse des Tisches folgen und so seine Proportionen betonen. Auf einem runden Tisch sind die Bänder eventuell sogar in drei Richtungen zu legen, weil das Dreieck formal eine engere Beziehung zum Rund des Tisches hat. Die Breite der Bänder kann sich zwischen 2 bis 12 cm bewegen. Zum Unterlegen kann solch breites Band auf einer großen Tafel sehr gut wirken, fast wie ein langer, farbiger Tischläufer. Wird das Band in das Arrangement eingeordnet, sind Breiten von 2 bis 5 cm brauchbar. Schmaleres Band wirkt eventuell fädig, breiteres zu steif und schwer.
Weil Seidenband durch Wassertropfen leicht Flecken bekommt, seine Glätte und Festigkeit verliert, mitunter auch abfärben und das Tischtuch verderben kann, ist zu empfehlen, es erst ganz zum Schluß einzufügen, wenn die Tafel gedeckt ist, denn nun werden die Blumen ja auch nicht mehr übersprüht. Übrigens gibt es sogar spezielle Dekorationsbänder für Blumenarrangements. Diese sind derartig imprägniert, daß sie Wasser abstoßen und deshalb nicht so leicht verdorben werden können. Sie werden als Florbänder oder festes Kunstseidenband in unzähligen Farben hergestellt, weil farbiges Band eine immer beliebtere Zutat im modernen Brautstrauß wird. Sollten Sie also einmal Band in einer besonderen Tischdekoration verwenden wollen, so wird Ihr Blumengeschäft Ihnen sicher helfen können. Übertragen Sie aber die Dekoration für größere Feste dem Fachmann und haben Sie bezüglich der Verwendung von Band bestimmte Wünsche, so wird er diesen gern entsprechen, denn seine Möglichkeiten sind sehr groß.
Die Ausdrucksskala von Kerzen in der Tischdekoration ist nicht so umfassend. Sie sind entweder festlich, mitunter sogar feierlich, oder haben eine mehr intime, das Gemüt erwärmende Wirkung. Auf jeden Fall wirken sie stark; verbindet sich der Glanz der Kerzenflammen mit der Besonderheit eines schönen Blumenarrangements auf einem sorgfältig gedeckten Tisch, kehrt in der Tischrunde von ganz allein eine gehobene, festliche Stimmung ein. Nun ist es unter anderem von der Form und Farbe der Kerzen abhängig, ob sie das Festliche oder Träumerische verkörpern. Eine lange, schlanke

Kerze betont das Festliche, die weiße wirkt je nach den Begleitumständen sogar feierlich; der kurze, dicke Stumpen scheint behäbiger und verbreitet Ruhe und Besinnlichkeit, dies um so mehr, wenn er die honiggelbe Naturwachsfarbe hat. Die meist pastellfarbenen »Fernsehkerzen« haben farblich nicht diesen Stimmungswert. Das entspräche ja auch nicht ihrem Wesen. Sie sollen mattes Licht verbreiten; mitunter leuchtet sogar ihr ganzer Wachskörper, in den sich die Flamme hineinschmilzt. Also müssen sie im ganzen eine helle Lichtfarbe haben. Flackernder, intimer Kerzenschein ist gar nicht erwünscht! So sind derartige »Leucht-Kerzen« vor allem für Tischdekorationen in der Adventszeit unpassend.

Ob man die häufig rosa-, lichtgrün- oder zartlilafarbenen langen und dünnen Steckkerzen wählt, hängt von dem beabsichtigten Ausdruck und den gewählten Blumen ab. Doch wenn Steckkerzen für die Tischdekoration genommen werden, dann beschränke man sich jeweils auf nur eine Farbe und bevorzuge am besten Weiß oder Rot, Honiggelb, Hellgelb oder Violett. In sich bunte Kerzen oder die sogenannten Renaissancekerzen mit einem plastischen Ornamentdekor harmonieren mit Blumen nicht so gut wie einfarbige und glatte. Es entsteht nicht der schöne Kontrast, der durch die Ruhe und Statik einer Kerze gegenüber der Dynamik und Buntheit des Blumenarrangements gekennzeichnet ist. (Taf. 18, S. 66, Taf. 40, S. 168.)

Werden Kerzen in eine Tischdekoration eingefügt, können wir drei Wege beschreiten. Erstens ist es möglich, Kerzenleuchter neben die Blumenschale zu stellen. Der Silberleuchter betont das Festlich-Esklusive; der Porzellanleuchter harmoniert immer mit edlem Geschirr; der schlanke, hochgeständerte Glasleuchter wirkt zart und elegant, die dicke Honigwachskerze auf dem Keramik-, Holz- oder schmiedeeisernen Leuchter aber traulich und

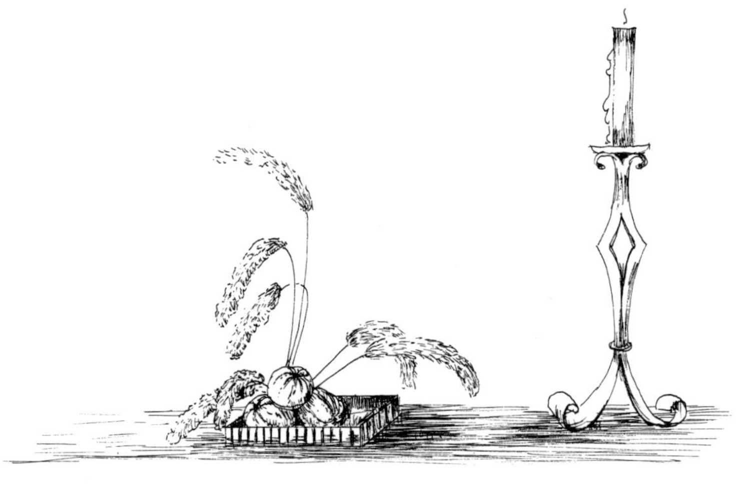

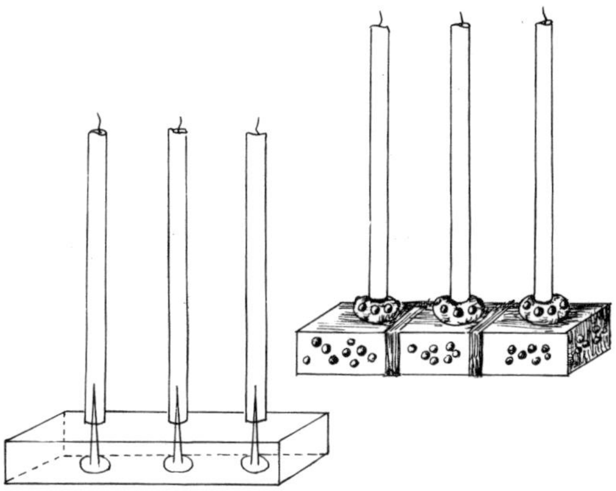

wohnlich. Wer nichts dergleichen hat, kann sich sehr einfach aus breiten Leistenstücken, die als Abfall in Tischlereien häufig anfallen, Kerzenhalter anfertigen, die zu jeder Tischdekoration passen. Das etwa 6–8 cm breite, 20–25 cm lange und 2–3 cm dicke Holzstück wird entweder gebeizt oder angestrichen. Auch durch Umwickeln mit Band oder Einschlagen in Goldfolie kann man es farblich oder stofflich variieren und damit jeweils den gewünschten Charakter bestimmen. Nun werden von unten lange Nägel durch das Brettchen geschlagen und die tief eingedrückten Nagelköpfe mit Klebefolie überklebt, damit nicht etwa ein Schmutz- oder Rostfleck auf die Tischdecke kommt. Auf die nach oben ragenden Nagelspitzen werden die Kerzen aufgesteckt. Sind sie dünn und schlank, ist es zweckmäßig, mit einem Nagel ein Loch vorzuschmelzen, indem man ihn mit einer Flachzange aufnimmt, über einer Kerzen- oder Gasflamme erwärmt und in die Kerze eindrückt. Diese muß dabei umgekehrt und gerade gehalten werden, damit nicht zuviel flüssig gewordenes Wachs wegfließt. Da der Nagel ja noch ein ganzes Stück aus der Kerze herausragt, kann man ihn nach dem Erkalten und Festwerden des Wachses vorsichtig herausdrehen. Zurück bleibt ein Loch, welches genau auf den Nagel im Brettchen paßt. Nun kann es nicht geschehen, daß die Kerze beim Aufpieken auf den Nagel auseinanderplatzt. Wer die Prozedur mit den Nägeln umgehen will, kann die Kerze auch mit einem Kügelchen Plastilin auf die Unterlage kleben, so daß sie in einen haltenden Wulst eingebettet ist. Um das Plastilin nun auch gestalterisch harmonisch einzufügen, kann es – ohne daß seine funktionale Wirkung verdeckt wird – mit Glasperlen oder Kieselsteinchen geschmückt werden, die man nur leicht hineinzudrücken braucht. Ist das Brettchen gestrichen, kann mit der gleichen Farbe auch das Plastilin getönt werden. Mit drei langen, schlanken Kerzen in etwa 6–7 cm Abstand wirkt ein solcher Kerzenleuchter recht dekorativ. Selbstverständlich gibt es noch viele andere Möglichkeiten, sich selbst Kerzenständer in den unterschiedlichsten Arten und Formen zu basteln. Die Kerze einfach auf eine Unterlage mit Wachs aufzukleben, ist nicht zu empfehlen; dies kann leicht zu kleinen, aber nicht minder unangenehmen Unfällen führen – von größeren wollen wir gar nicht sprechen.

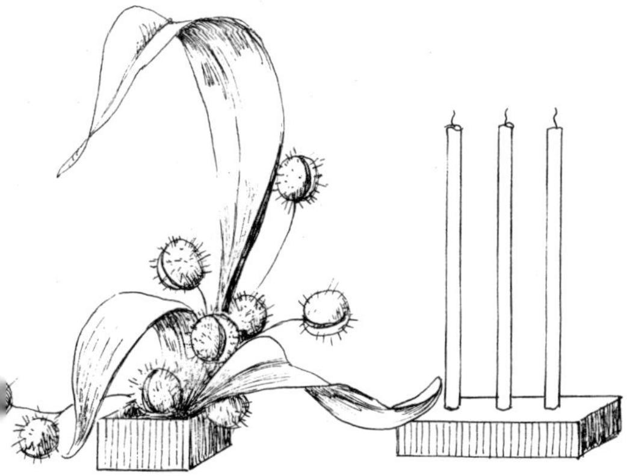

Eine zweite Möglichkeit der Kombination von Blumen und Kerzen wäre die Einarbeitung der Kerzen in die gleiche Basis, in die auch die Blumen gesteckt werden. Am leichtesten ist dafür die feste Blumensteckmasse zu handhaben oder für weniger üppige Arrangements in flachen Schalen der große Kenzan (siehe S. 57 ff.). Die Kerzen entwachsen dann senkrecht aufstrebend der »Wuchsmitte« des Arrangements, und die Blumen bilden mit ihren freibewegten Formen einen guten Kontrast gegenüber den statisch wirkenden Kerzen. Damit dieser Gegensatz recht reizvoll zur Geltung kommt, vermeidet man möglichst, Blumen absolut senkrecht zu stecken. Der damit gleichzeitig eingehaltene Abstand zur Kerze ist obendrein zweckmäßig,

denn nun kann die herabbrennende Kerzenflamme keine Blüte beschädigen. (Taf. 40, S. 168.)

Der reizvolle Kontrast zwischen statischer Ruhe und lebendiger Wuchsbewegung wird nur deutlich, wenn die Kerzen wirklich senkrecht stehen. Benutzen Sie die dünnen, langen Steckkerzen und ordnen Sie diese leicht schräg gestellt ein, daß sie fächerartig auseinanderstreben, so wirkt die Kerze durch die Schrägstellung bewegt. Jede schräge Linie hat nun einmal dynamischen Charakter! Um aber durch die Blumenanordnung einen Gegensatz zu finden – und Gegensätze in Harmonie zu vereinen, ist ja unsere gestalterische Tat –, so müssen jetzt die Blumen ihrerseits das ruhige Element verkörpern. Dies wird dadurch erreicht, daß sie in einer relativ geschlossenen, niedrig gehaltenen Kuppelform gesteckt werden und somit als ruhige Basis wirken, aus der heraus die Kerzen »wachsen«. In einer bewegten Blumenfülle im Stile dekorativer Arbeiten gehen schräg angeordnete Kerzen unter und sind somit sinnlos!

Die Industrie bietet außerdem Gefäße an, die zum Blumenstellen in Verbindung mit Kerzen eingerichtet sind; eingepaßte Gitterhalter aus Kunststoff mit einem Loch für die Kerze in der Mitte, Keramikschalen mit vier Kerzenhaltern an ihrer Peripherie oder Behälter in Ringform, ebenfalls mit vier Kerzenhaltern sind nur einige davon. Es gibt recht formschöne und brauchbare Gefäße darunter, die für reizenden Tischschmuck verwendet werden können. (Taf. 27 oben links u. rechts, S. 123.)

Die dritte Art, Blumen mit Kerzen zu vereinen, ist schon einmal erwähnt worden, als über die Steckhilfsmittel »Sumpfmoos« und »Steckschwamm« gesprochen wurde (siehe S. 50–57). Beide Steckhilfen machen uns ja unabhängig vom Gefäß, weil sie in sich reichlich Wasser halten. Deshalb können an jeden Leuchter, der formal eine Möglichkeit bietet, Blumen angebracht werden. Leuchter mit nur einer Kerze eignen sich genauso wie solche, die zwei oder mehrere Kerzen tragen. Man muß nur den richtigen Punkt für die Anbringung der Steckbasis wählen. Dieser wird nicht durch technische, sondern allein durch gestalterische Gesichtspunkte bestimmt. Bei einem mehrarmigen

39. Ein schöner Blumenschmuck belebt den ganzen Raum. Weil hier Gäste erwartet werden, ist zur dekorativen Blumenfülle gegriffen worden. So bekommt nicht nur der Raum, sondern auch die Zusammenkunft eine festliche Note (siehe S. 181).

40. *Zu schönem Porzellan, edlen Gläsern und Silber gehört auf den festlich gedeckten Tisch auch Blumenschmuck; hier sind es Rosen, Nigella und Ebereschenbeeren auf goldunterlegter Glasplatte. Die mit eingearbeiteten schlanken Kerzen steigern den stimmungsvollen Ausdruck (siehe S. 164).*

Leuchter wäre dort der beste Platz für die Steckbasis, wo sich die Leuchtarme gabeln, denn so werden diese wie die Blumen aus einer gemeinsamen Bewegungsmitte heraustreten. Auch die Tropfschale am Fuß der Kerze ist ein absoluter »Wuchspunkt«. Wird dort die Steckbasis angebracht, so kommen Kerze und Blumen aus der vereinenden Mitte. Hoch geständerte Leuchter mit einer Kerze wirken gut, wenn über dem unteren Drittel des Ständers eine Steckbasis eingebracht wird – vorausgesetzt, es ist technisch möglich; Messing- oder Eisenleuchter sind dafür meistens geeignet. Die dort hineingeordneten Blumen können sich nach allen Seiten ausdehnen, und dennoch bleiben der funktional wichtige Fuß und die tragende Senkrechte sichtbar und wirksam. Diese dürfen nämlich nicht unter allzu massig arrangierten Blumen verschwinden, sonst würde die Leuchterform optisch zerstört. Die Blumen sind hier nur der Begleiter; die erste Rolle spielt der Leuchter mit der Kerze. Deshalb werden die Blumen auch bezüglich Menge und Ausdehnung zu beschränken und ganz auf die Verhältnisse des Leuchters abzustimmen sein.

All die genannten Vorschläge über die Kombinationen von Kerzen und Blumen im Tischschmuck machen kaum Mühe; man erreicht jedoch eine große Wirkung. Jeder Besucher wird von derartig kultivierter Gastlichkeit beeindruckt sein; der Familie aber kann man damit Höhepunkte im häuslichen Leben schaffen.

Und nun zu den Früchten. Hier ist nicht nur an fruchttragende Zweige wie Feuerdorn, Quitten, Sanddorn oder Vogelbeeren gedacht. Alles Tafelobst und viele andere Fruchtformen können sehr wirkungsvoll in ein Blumenarrangement für den Tischschmuck eingearbeitet werden. Während der Herbst- und Erntezeit wirken Zierkürbis und Maiskolben, Auberginen und Paprikafrüchte recht harmonisch, wenn man vom natürlichen Angebot der Jahreszeit oder dem Gedanken des Erntesegens ausgeht. Auch Zwiebeln oder Tomaten, eine Gurke oder den Rettich wird man als sinnvoll in der Tischdekoration auf einem flachen Korbdeckel empfinden, und kommen zwischen die bunten Gartenblumen noch reife Ähren, so ist die stimmungsvolle Dekoration in der Erntezeit fertig. In der Adventszeit gehören Nüsse und Äpfel zum Tannengrün auf dem Tisch (Taf. 42, S. 178). Doch auch zu allen anderen Zeiten harmonieren Früchte und Blumen. Erstens sind sie meistens rund, so daß sie als sammelnde Form gut in die Wuchsmitte des Arrangements passen. Außerdem kann man wirkungsvolle Farbeffekte erzielen (Taf. 19, S. 83, Taf. 20, S. 84). So geben die orangefarbenen Apfelsinen zu violetten Liatris und gelbgrünen Funkienlaub oder goldgelbe Äpfel mit ultramarinblauen Clematisblüten reizvolle Farbkompositionen. Die glänzende Oberfläche des Apfels ist außerdem ein interessanter stofflicher Gegensatz zu dem samtig-weichen Blütenblatt der Waldrebe. Zum dritten aber haben auch Früchte einen stimmungsvollen Bezug zu bestimmten Anlässen. Eine Tischdekoration für die Teestunde wird durch die Beigabe von ganzen und halben Zitronen besonders ausdrucksvoll. In die barocke Vase und die hier stilmäßig notwendige Blumenfülle paßt die Üppigkeit saftiger Weintrauben. Mit den exotisch wirkenden Strelitzien oder Anthurien harmonieren Bananen und Wassermelonen sowie die Kokosnuß. Unsere Phantasie kann zu allem greifen, was die Natur hervorbringt, sogar das Tierreich ist nicht ausgeschlossen. Federn oder Muscheln – sind sie sinnvoll angewandt – werden die wirkungsvolle Besonderheit einer Tischdekoration nur noch unterstreichen. Oder meinen Sie nicht, daß die hübschen langen Fasanenfedern in den Tischschmuck zum Jagdessen oder buntgefärbte Straußenfedern in eine Dekoration zum Faschingsball passen? (Taf. 10 unten, S. 34.)

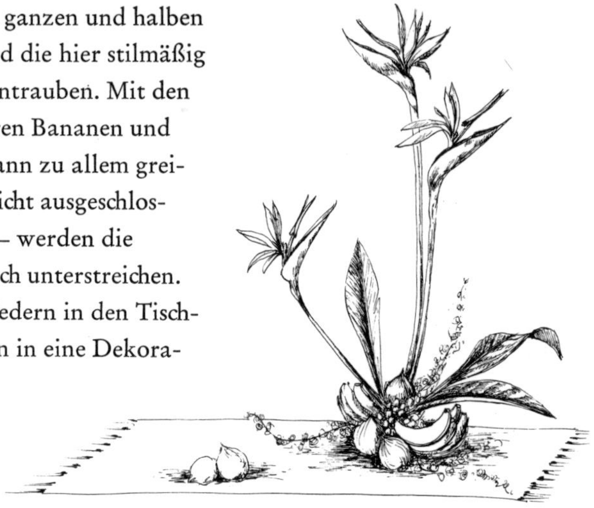

Kann man die Früchte nicht so legen, daß sie auf der Steckbasis, der Platte oder Schale ruhen, sondern will man sie aus der Mitte heraus locker staffeln, werden sie ganz einfach auf einen starken Blumendraht oder ein angespitztes, entsprechend langes und kräftiges Stäbchen gespießt. Am besten sticht man dort ein, wo der Fruchtstiel sitzt oder saß, und drückt das Hölzchen in Richtung Blüte tief in die Frucht. In der Mittelachse ist die Frucht fester (Tomate) bzw. man trifft Samengehäuse (Apfel) oder fasriges Zwischengewebe (Apfelsine), so daß man meist die nur gering beschädigte Frucht nach der Verwendung als Gestaltungsmittel in der Tischdekoration noch essen kann.

FÜR JEDEN ANLASS DER PASSENDE BLUMENSCHMUCK

In den folgenden Ausführungen erfahren Sie etwas über Stimmungswerte, entsprechende Blumenkombinationen, passende Gefäße und andere Zutaten. Durchweg handelt es sich um Tischdekorationen, aber Sie können entsprechende Arrangements natürlich auch an anderen Plätzen aufstellen. Zu vielen Anlässen jedenfalls werden Beispiele gegeben, die Sie als Anregung aufnehmen mögen oder in eigene Kompositionen abwandeln können. In jedem Fall wünschen wir Ihnen viel Freude und Erfolg!

Blumen im Tageslauf · Denken Sie noch einmal an das Veilchensträußchen zurück, das uns vom Morgen bis zum Abend begleitete (siehe S. 157), und versuchen Sie, zu den folgenden Vorschlägen entsprechende Abwandlungsmöglichkeiten herauszufinden.

Zum Frühstück: Ermunternd, heiter, freundlich, schlicht.
Bunte, frische, klare, helle Farben.

1. Rote Alpenveilchenblüten über weißen Pompondahlien und Alpenveilchenblätter in glasierter weißer oder mattfarbiger Tonschale.
2. Bunte Anemonen und Funkienblätter in mattweißem Keramikkrug.
3. Blaue Glockenblumen und gelbe Coreopsis (Mädchenauge) in braunem Tontopf.

Für den Mittagstisch: Heiter, entspannend oder festlicher. Helle Farben, aber nicht zu bunt.

1. Blaue Skabiosen und rosa Nelken in weißer Porzellanvase.
2. Kamelienblüte und einige Blätter auf flacher weißer Prozellanschale.
3. Zartblauer Rittersporn mit orange Gerbera oder Zinnien in tiefblauer Glasschale.
4. Weiße Freesien mit hell- und dunkelblauen Stiefmütterchen, Nephrolepis-(Farn-)Blättern, arrangiert auf eine weiße Porzellanplatte oder Glasscheibe, dazu eine lange weiße Kerze (zum Sonntag).

Zum Nachmittagskaffee (oder -tee): Zurückhaltend, gemütlich, »heiter plaudernd«, passend zum Kaffee- oder Teegeschirr und zum jeweiligen Personenkreis.

1. Weiße und violett-blaue Kosmeen und Gräser in einer Rauchglasschale.
2. Farbige Rosen einer Sorte und weißer Rittersporn in weißem Porzellangefäß.
3. Gelbe Rosen, blauer Enzian und Zitronen (zum Tee), dekoriert auf Bastteller oder Rohrschale.
4. Abgeblühte Sonnenblumenscheibe, gelbe Rudbeckien, rotbraune Cotoneasterzweige und Gräser auf brauner Keramikplatte – passend zum Teeservice.

Und zum Abend: Betont gemütlich, warme Töne traulicher Häuslichkeit.

1. Kleinblumige, gelbe Winterastern und Zweige mit Ligusterbeeren im Kupferkübel.
2. Rote Tulpen und gelbe Narzissen mit Erlenzweigen im Rohrkörbchen mit Glaseinsatz.
3. Gelbe und rotgelbe Rudbeckien über etwas blauem Ageratum und Gräser in kräftig roter Majolikaschale.

Durch die Jahreszeiten · Der Großstädter nimmt die verschiedenen Jahreszeiten häufig nur noch auf Grund der wechselnden Temperatur zur Kenntnis. Sollte man nicht versuchen, wenigstens die Erinnerung daran, was die Natur uns anbietet, durch den Blumenschmuck in unseren Zimmern wachzuhalten?

Im Frühling: Frisch, belebend, fröhlich. Mit den zarten Farben des Frühlings und dem jungen Grün.

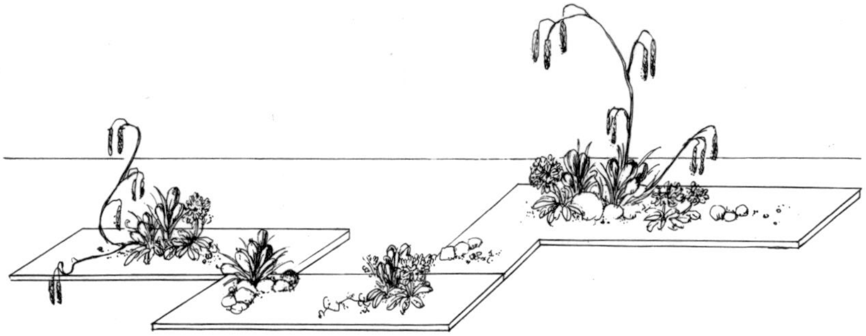

1. Violettblauer Krokus, weiße und gelbe Primeln, Haselkätzchenzweige in Gruppen auf eine Glasplatte oder in eine flache Tonschale gepflanzt und mit Moos abgedeckt bzw. alles gesteckt.
2. Rote Tausendschönchen, blaue Perlhyazinthen und gelbe Doronicum in Steckmasse auf einem Strohteller, mit Plattenmoos ergänzt.
3. Rosa Tulpen und getriebene Mandelbaumzweige mit weißer Hyazinthenblüte oder violettem Krokustuff in der Mitte in Glaskelch oder weißer oder hellblauer Majolikavase.

Zu Ostern: Mit einem Seitenblick auf hier und dort noch lebendiges Brauchtum österlich, stimmungsvoll, mit »Osterruten« und Osterglocken (Taf. 41, S. 177).
1. Osterglocken, korallenrote Tulpen, weißer Ginster, Birkengrün in Keramikschale oder Korb.
2. Gelbe Tulpen und Osterglocken, blaue Iris, weiße Kirschblütenzweige in weißer, blaugrauer oder himmelblauer Majolikavase.
3. Osterglocken, Forsythienzweige, rote Ranunkeln und weiße Narzissen auf flacher Keramikschale; bunte, ausgeblasene Ostereier mit weißem Zwirn an die Zweige gehängt.
4. Osterglocken und Birkengrün auf Strohteller oder flacher Schale, darum einen Moosring legen, auf dem bunte Ostereier stehen, so daß aus der Mitte der Osterbusch »wächst«.

Zur Maienzeit: »Maigrün« als Farbe und der »Maien« für den Strauß sind Begriffe. Frisches Birkengrün muß jetzt in die Sträuße gebunden werden.
1. Maiblumen, Veilchen und rosa Tausendschön auf schwarzer Glasplatte.
2. Gelbe Tulpen, weißgrüner Schneeball; blaue Hyazinthen oder Iris und Birkengrün in stumpfweißer oder hellfarbener Keramikschale.
3. Weißer Flieder, rote Tulpen, gelbe Narzissen und Birkengrün im Korb mit Einsatz, bunte Bänder umschlingen den Henkel, und die Enden fallen lose auf den Tisch.
4. Aus Birkengrün einen kleinen Kranz binden, mit bunten Bändern umschlingen; an einen Stecken binden als kleines Maibäumchen, in einen mit Lehm gefüllten Krug stellen, in dem auch noch ein Glas oder eine Plastikflasche für ein paar Blumen stecken kann.

Im Sommer: Die Fülle der sommerlichen Blütenpracht wird in bunten, lebhaft-farbigen, üppigen Sträußen eingefangen; Blattwerk und Gräser ergänzen.

1. Wiesenblumen und Gräser in lockerer Fülle in erdfarbener, etwas tieferer Tonschale oder Steinzeugkrug.

2. Dunkelrote Löwenmäulchen, blaue Kornblumen, weiße Margeriten und Alchemillablütenstände auf einem Korbdeckel oder Strohteller arrangiert bzw. in erdfarbener Keramikschale.

3. Hell- und dunkelblauer Rittersporn, gelbe und orange Kresseblütenranken auf schwarzer Glasplatte in Steckmasse, für festliche Anlässe mit langer weißer Kerze.

4. Agapanthus und Kniphofien (Fackellilien) auf flacher schwarzer oder erdfarbener Keramikschale.

Im Herbst: Diese Zeit umfaßt von leuchtender Glut und üppigster Lebensfülle bis zum matt werdenden wehmutsvollen Klang des Abschiednehmens eine weite Skala von Stimmungswerten.

1. Rote Gladiolen, orangefarbene Dahlien, gelbe Helenium, weiße Achillea, Feuerdorn- oder Cotoneasterzweige. Als Gefäß wählen wir einen rustikalen Tonkübel oder die Kupferkanne.

2. Sonnenblumen, Sanddorn, Rudbeckien, Maiskolben und männliche Blütenstände vom Mais mit Herbstlaub auf einem Holzteller. Man kann auch gut Äpfel oder andere Früchte dazuordnen.

3. Erica, rosa Polyantharosen, Efeuranken und Sempervivum in die Basis, dazu Gräser, auf ein Holzbrett oder in eine rauhe Tonschale gruppiert.

Zum Erntedank: Dank für den Erntesegen und Besinnung sollen deutlich werden. Früchte, bunte Feld- und Herbstblumen, Fruchtzweige und Ähren sind angemessene Attribute.

1. Bunte Herbstblumen und Getreidehalme (Gerste und Hafer sind am reizvollsten) im Kupferkübel oder Steinzeugkrug.

2. Verschiedene Früchte, Weinlaub, Gerste werden auf einen flachen, großen Holzteller gelegt. Aus Früchten und Laub bilden wir einen Ring (Kranz), in der Mitte wird die Gerste aufgestellt, die mit bunten Bändern zu einer kleinen Garbe gebunden ist.

3. Zweige mit Lampionblumen und blaue Weintrauben kommen auf eine Glasschale, wenn festlicher gedeckt wird, sonst nehmen wir einen Strohteller.

Die Adventszeit: Sie ist still, besinnlich, träumend erwartungsvoll. Immergrün, Früchte und die Symbolform des Kranzes neben wuchshaften Anordnungen sind sinnvoll. Natürlich vergessen wir nicht das sanfte Kerzenlicht. (Taf. 42, S. 178.)

1. Adventskranz, auf eine Schale gelegt oder am Tischständer aufgehängt, mit Zapfentuffs und Bändern – ohne »putzmacherische« oder unsinnige

Zutaten, die zur Würde des Symbols nicht passen. Rote oder wachsfarbene Kerzen.

2. Äpfel, Weißtanne,. Tonkinstäbe und rote Kerzen. Eine schlesische Apfelpyramide bauen: Spitze Holzstäbchen oder lange Nägel ohne Köpfe verbinden Kerze und Apfel, wobei kleine Tannenzweige mit festgedrückt werden. Man kann auch ein Moospolsterchen dazwischenspießen, in das die Tanne gesteckt wird. In die Äpfel keine Zweige »pieken«, denn dann kann man sie nicht mehr verwenden!

3. Blaufichte, Eukalyptusknospen, Zedernzapfen, weiße Kerzen und Ginster in ein Moospolster ordnen, welches auf einem Holzbrett oder in einer Keramikschale liegt.

4. Kiefern- und Ilexzweige, dazu roter und gelber Schmuckpaprika in einer Keramikvase, an die Kiefernzweige Strohsterne hängen.

Weihnachten: Festlich, froh; die Erwartung hat sich erfüllt, und nun wird gefeiert. Blumen gehören zum Fest, deshalb wird wieder mehr zu Blüten gegriffen.

1. Christrosen, Blaufichte und Mistelzweige in einer weißen Porzellanschale. Kerzen werden extra in passenden Haltern dazugestellt.

2. Weihnachtssterne (Euphorbia pulcherrima), Tanne und Flechtenzweige auf einem Zinnteller, einige dicke Zapfen kommen in die Mitte.

3. Dornenzweige eines Rosenbusches, einige rote Rosen, zwei lange weiße Kerzen und Tanne in einer flachen Tonschale (»Es ist ein Ros' entsprungen«).

Silvester: Festlicher Glanz oder heitere Ausgelassenheit sind möglich.

1. Maiglöckchen und gelbe Rosen auf einem »Igel« in einer Glasschale, dazu können kleine Papierlampions oder bunte Bänder gefügt werden.

2. Maiglöckchen, bunte Primeln und den vierblättrigen Sauerklee in eine flache Keramikschale pflanzen. Schornsteinfeger oder Schweinchen als Glücksbringer in netten Ausführungen sind einzufügen, wenn man will.

3. Aus einer Anordnung von bunten Papierfächern staffeln sich weiße und rote Nelken und weißer Ginster. Basis kann eine längliche schwarze Glasscheibe sein. Bunte Papierschlangen können von der Mitte nach allen Seiten über den Tisch laufen.

Fasching: Narretei und Ausgelassenheit sind Trumpf. Phantasievolle Beigaben bereichern die gestalterischen Möglichkeiten. (Taf. 10 unten, S. 34.)

1. Aus Flaschen ragen bizarr gewachsene Äste, die weiß oder bunt gestrichen sein können. Daran hängen kleine bunte Masken oder Fabelvögel aus Papier, die man sich mit Phantasie und etwas Mut sehr schön selber machen kann. Die Flaschen stehen auf Glasscheiben neben Moospolsterchen oder Steckmasse, in denen bunte Blüten (Anemonen, Ranunkeln, Freesien usw.) und Ranken stecken, so daß die Flaschen von Blüten und Grün umspielt werden.

2. Auf einer langen, schmalen Bastmatte liegen Augenmasken und Hüte. Dazu kommen ein größeres und zwei kleinere Blumenarrangements auf Tellern mit blauen Iris, weißen Hyazinthen und rosa blühenden Azaleenzweigen.

3. Weiße Orchideenrispen (Phalaenopsis), Straußenfedern, orange und violett gefärbt, und großflächige Blätter in weißer Porzellanschale oder auf schwarzer Glasplatte.

FAMILIENFESTE · Gerade kleinen Kindern prägen sich bestimmte Ereignisse so fest ein, daß diese Erinnerungen sie ihr ganzes Leben begleiten. Dazu gehören vor allem ihr Geburtstag und andere Familienfeste. Immer ist damit auch der Gedanke an einen bestimmten Blumenschmuck verbunden, der oft als eine schöne Sitte auch in späteren Jahren zu derartigen Tagen wiederholt wird.

Geburt oder Taufe: Festlich-heiter mit Rücksicht auf die Zartheit des Kindes oder die feierliche Handlung. Lange Kerzen und hellfarbige, duftige Bänder sind dekorative Beigaben.

1. Zartviolette und dunkelrote Levkojen mit weißen Nelken, Adiantumgrün in weißer Porzellanschale, Porzellanleuchter mit farbigen Kerzen, passend zu einer Levkojenfarbe, wären schön dazu.

2. Rosa Polyantharosen, weiße Wicken und blaue Ageratum in Glasschalen oder Kelchgläsern.

3. Hellblauer Rittersporn, rosa Rosen, weiße und dunkelrote Pyrethrum (Chrysanthemum coccineum) auf Tellern des Eßservices.

Geburtstag: Dieser Tag ist fröhlich-verspielt für Kinder, heiter und auf die jeweilige Person bezogen für »ältere Semester«. Lieblingsblumen sollten besonders berücksichtigt werden. (Taf. 46, S. 190.)

1. Jedes Kind bekommt zu seinem Gedeck ein Schälchen mit bunten Blumen der Jahreszeit, in das ein Schokoladentierchen (Maikäfer, Entchen oder anderes) mit eingearbeitet wird, so daß es gut zu sehen ist, aber mitten in den Blumen sitzt. Kinder sind besonders zu erfreuen, wenn sie »ihren« »Blumenschmuck bekommen, und dieser wird um so schöner empfunden, wenn er kindgemäß ergänzt ist mit Bonbons, Früchten oder Spielzeug. Die Tischmitte wird durch die Kuchenplatte oder Puddingschüssel besetzt.

2. Auf flacher Schale oder in einem Strohhut werden bunte Frühlings- oder Gartenblumen und entblätterte Zweige gesteckt; an diese werden eingewickelte Bonbons gehängt, die zum Schluß der Feier »geräubert« werden dürfen!

3. Für alle Altersklassen ist der Blütenkranz schön zum Geburtstag, der zugleich Symbolform darstellt. Um einen Drahtreifen wird mit Wickeldraht oder Faden Sumpfmoos gewickelt, so daß ein etwa 4 cm dicker Wulst entsteht. Ist der Durchmesser des Ringes ungefähr 30–35 cm, kann später in den Blütenkranz der Topfkuchen gestellt werden. Nun wird dieser Moos-

ring dicht mit kleinen Blüten besteckt. Blättchen und Knospen können auch etwas weiter herausragen. Der fertige Blütenkranz wird auf eine große Tortenplatte, eine runde Glasscheibe oder ein passendes Stück Folie mit eingeschlagenem Rand gelegt, damit das feuchte Moos das Tischtuch nicht beschmutzt. In den Kranz können wir das Lebenslicht stellen. Will man die Jahre noch zählen, können auch Jahreslichte auf den Kranz in den Mooswulst gesteckt werden. Dazu werden in die Kerzen von unten zwei oder drei Drahtstückchen geschmolzen, die man nun nur in das Moos zu drücken braucht, und die Kerze steht fest (Taf. 18, S. 66).

Kommunion – Konfirmation: Dies sollte eine ruhige Festlichkeit sein, der Würde des Anlasses entsprechend.

1. Gelbe Iris und violette Bougainvillea, dazu weiße Kerzen, auf weißer Porzellanschale oder schwarzer Glasplatte.
2. Maiglöckchen, gelbe Freesien und blaue Cinerarienblütendolden in Silberschale, Leuchter extra aufstellen.
3. Eucharis (weiße Lilienart) mit purpurroten Azaleenblütenzweigen oder gelben Rosen, auf Glastellern oder grüner Keramikschale.

Verlobung: Ob für eine größere Gesellschaft oder einen kleineren Kreis, ob für eine konventionelle Festlichkeit oder die moderne Zwanglosigkeit einer Party, immer sollte Frohsinn, Jugend und Optimismus deutlich werden. Auch die Blumen entsprechen diesen drei Prinzipien durch lichte, frische Farben und kontrastreiche Komposition.

1. Orangerote Nerinen, violettblaue Petunien oder Verbenen und zitronengelbes Band in himmelblau gestrichenem Henkelkörbchen in Biedermeierform. Werden purpurrosafarbige Nerinen genommen, nimmt man besser maigrünes oder zur Petunienfarbe passendes Band.
2. Rote Rosen und blaue Iris mit den grüngelben Blütenständen der Euphorbia polychroma (im Frühjahr blühende Wolfsmilch) oder der Alchemilla (Frauenmantel), in weiter flacher Glasschale.
3. Und in der Weihnachtszeit: Lachsrosa Elatiorbegonien, Mistelzweige und Eukalyptusknospen, dazu lange weiße Kerzen, auf ovalen Porzellanschalen bzw. -tellern.

Hochzeit, Silberhochzeit, Goldene Hochzeit: Prunk darf zum Ausdruck kommen zur Betonung dieser Höhepunkte des Lebens. Ein Fest mit Würde – aber ohne Ernst. Freude und Vertrauen auf die Zukunft wird durch leuchtende und heitere Farben ausgedrückt, insgesamt aber nicht zu bunt kombiniert.

1. Rosa Anthurien, violettblaue Clematis und weiße Nelken. Weiße Tüllfächer werden in die Wuchsmitte arrangiert. Hohe Standgläser und Glasplatten als Träger der Blumen wechseln rhythmisch ab. In die flachen Arrangements werden je zwei lange weiße Kerzen gearbeitet.
2. Auf Schalen von grünlichem Glas werden rote Rosen und blaue Skabiosen

41. Primeln, Tausendschön und Traubenhyazinthen sind hier zu einem österlichen Tischschmuck vereint. Die ausgeblasenen und gefärbten Eier an den getriebenen Birkenzweigen vervollkommnen die Dekoration. Die Keramikschale als Steckgefäß harmoniert mit den Blumen und mit dem sonstigen Tafelgerät sehr gut (siehe S. 172).

42. In der Advents- und Weihnachtszeit bevorzugen wir Tannengrün, Kerzen und Früchte als Raumschmuck. Das obere Bild zeigt neben dem Tannengrün auch noch Buchsbaumzweige und das untere Ilexblätter. Auch sie sind immer grün und seit alters her mit weihnachtlichen Bräuchen verbunden. Früchte enthalten den Samen, weshalb sie in der scheinbar toten Winterszeit das neue, wieder erwachende Leben ankündigen. Apfelsinen, Äpfel und Zapfen schmücken den oberen Adventleuchter, Nüsse, kandierte Kirschen und kleine Zapfen das weihnachtliche Bäumchen unten. Die goldenen Glaskugeln sind als abstrahierte Fruchtformen zu verstehen. Alles ist angedrahtet und in knetbaren Ton gesteckt, der an dem in einen Blumentopf eingegipsten Stab befestigt wurde. Die Kerzen (oben) halten mit Hilfe von Steckdraht auf den Äpfeln. Dabei sind kleine Moospolster mit festgesteckt, in die die Tannenzweige arrangiert sind *(siehe S. 173 f.).*

43. Rhododendronblüten, Efeuranken und bizarre Weinstöcke vor einem schön gemaserten Brett sind hier zu einem eigenwilligen Wandschmuck zusammengefügt *(siehe S. 156).*

44. Vor einer einfarbigen Wand wirken die Formen und Linien von Blüten, Blättern und Zweigen besonders klar und eindrucksvoll. Rittersporn und Lilie, Sumpfiris- und Bergenienblätter sind deshalb hier nur sparsam verwendet worden; so wird der Bewegungsrhythmus der Pflanzenteile besonders deutlich (siehe S. 148).

arrangiert, dazu Silberband in weich fließenden Schlaufen einarbeiten und über die Tafel legen.
3. Auf schwarz oder gold unterlegte Glasplatte gelbe Rosen und orangerote Lilien ordnen. Bei Verwendung einer schwarzen Platte Goldband einarbeiten; bei Verwendung einer goldenen Platte kein Goldband, dafür blaue Hortensien – oder Ageratumblüten nahe der Basis.
Jubiläum: Achtung und Anerkennung sollen zum Ausdruck kommen.
1. Gelbe Spinnenchrysanthemen und blaue Agapanthusdolden, eventuell mit Sanddornbeerenzweigen vervollständigt; in dunkelblauer Keramikschale oder auf einer Holzplatte.
2. Orangerote Gladiolen, goldgelbe Rosen und zitronengelbe Nelken, auf nachtblauer Glasplatte oder nußbaumbraunem Spankorbdeckel.
3. Vornehmlich für das Jubiläum einer Dame: Purpurrosa Nerinen und weißgrüne Frauenschuhorchideen, in weißer Porzellanschale oder auf grüner oder amethystfarbener Glasplatte.

Für liebe Gäste · Während bei Familienfesten traditionelle Gewohnheiten den Schmuck der Tafel bestimmen können, wollen wir ansonsten unsere Gäste mit möglichst ideenreichen Überraschungen erfreuen. Damit sind aber nicht etwa ganz ausgefallene oder aufwendige Dekorationen gemeint, es kommt vielmehr auf die bewußte Überlegung an, was zu einem bestimmten Anlaß der schönste Schmuck sein könnte (Taf. 39, S. 167, Taf. 46, S. 190).
Die Gartenparty: Unkomplizierte Fröhlichkeit, Naturnähe und Lebenslust sind richtungweisend.
1. In ausgehöhlte Kürbisse kleineren Formats werden Gartenblumen mit Gräsern und fruchttragenden Zweigen gesteckt (gelbe und rote Dahlien und blauer Eisenhut) oder anderes.
2. Auf 2–4 cm dicken Baumscheiben werden Glockenblumen und Margeriten arrangiert. Zum Fest der Erdbeerbowle kann man in das Blumengesteck auch einige Triebe mit reifen Erdbeeren wirkungsvoll einarbeiten.
3. Kosmeen und Astilben in Weiß, Purpur und Violettrot werden in flachen Körben arrangiert; maigrünes und kornblumenblaues Band ergänzt wirkungsvoll.
Wildessen: Erinnerung an Wald und Heide, an Jägerleben oder Wanderzeiten können wach werden.
1. Auf einem großen Borkenstück befestigen wir mit Nägeln oder Draht etwas Steckmasse und arrangieren dort hinein Kiefern- und Hagebuttenzweige, Gräser und einige Silberdisteln. Etwas Blätterwerk, zum Beispiel Efeuranken, brauchen wir noch als breitflächigen Formkontrast.
2. Ilexzweige, Heidekraut und rosafarbene Rosen, dazu Gräser – wuchshaft auf ein Holzbrett arrangiert – mit einigen Baumpilzen oder einem knorrigen Holzstück in der Basis.

3. Weniger naturhaft-rustikal, dafür festlich-extravagant wäre eine Dekoration mit langen Fasanenfedern und violettblauen Clematis, arrangiert in einem hohen Standglas. Gelbe Nelken können zur Betonung der Mitte kurz eingearbeitet werden. Auch grüne oder dunkelblaue Weintrauben wären eine attraktive Beigabe.

Fischessen: Blumen und Gestaltungen werden bevorzugt, die den Charakter feuchtkühler Bachufer wiedergeben oder zu Attributen der Meere passen.

1. Auf eine große, flache Glasschale werden runde Kiesel gelegt, zwischen denen blaue Iris und weiße oder gelbliche Calla aufwachsen. Große Blätter der Calla oder der Bergenie vervollständigen den Eindruck der Flora in Uferregionen.

2. Auf einer schmalen, langen Glasplatte liegen Muscheln in Gruppen verteilt. Dazu kommt ein Blumenstück mit weißen Orchideen (Phalaenopsis) und korallenroten Anthurien mit großflächigen Blättern. Einige lange Gräser oder Cyperusgraswedel vervollständigen das Bild.

3. In eine flache, weite Keramikschale werden auf einen »Igel« zwei bis drei Seerosen gesteckt, dazu kommen Bergenienblätter und kleine Schilfkolben mit Schilfgras. Einige kleine Kiesel am Boden der Schale beleben die Wasserfläche.

Herrenabend: Die Stimmung kann vom Deftig-Derben über das Ruhig-Konservative bis zur pfeifeschmökenden Gemütlichkeit reichen. Warme und kraftvolle Farben sowie klare Blütenformen sind treffend.

1. Auf einem Zinnteller werden Fackellilien, Zweige mit Quittenfrüchten und in die Mitte ein dicker Tuff der orangeroten Vogelbeeren geordnet.

2. In eine braune Tonschale kommen bunte Zinnien in den Farben Gelb, Orange und Rot, ein Tuff blauer Ageratum- oder Asternblüten in die Mitte.

3. Afrikanische Protea werden mit Gräsern und Cotoneasterzweigen oder mit Strelitzienblüten und Lotosfrüchten in einer Kupferschale oder auf eine Holzplatte arrangiert.

Das kalte Büfett: Unter hochaufragenden Arrangements in Vasen stehen die Platten mit den Leckereien. Von der eleganten Extravaganz der »großen Gesellschaft« bis zur liebevollen Gastlichkeit in familiärer Schlichtheit sind viele Varianten möglich.

1. Rote Nelken und weiße Skabiosen, Immergrünranken und lange schmale Blätter der Sumpfiris oder von Gräsern in weißer Porzellanvase.

2. Gelbe Gladiolen, Pampasgras und Schmuckpaprika in schwarzem Keramikgefäß.

3. Kupferbraune Chrysanthemen, gelbe Rudbeckien oder Nelken und blauer Rittersporn, Farnwedel oder Laubzweige der Bluthasel oder Blutpflaume in einem Korb.

Das Dinner: Hier zeigt man gern gepflegte Gastlichkeit mit wenigen, nicht alltäglichen Blumen.

1. Gloriosalilien, wenige Rosen als Mitte in passendem Rot, Nephrolepis-Farnwedel und die langen weißgrünen Acorus-Blätter in einer Glasschale mit Fuß (Taf. 30 oben links, S. 126).
2. Zartgelbe margeritenblütige Chrysanthemen und Lilium auratum, dazu blaue Weintrauben und Ranken des weißgrünen Efeus in weißer, geständerter Porzellanschale.
3. Vallota oder Amaryllis, weiß oder rot, und Nelken in kontrastierender Farbe. Als Grün nehmen wir Ginsterzweige, die das ganze Jahr hindurch grün sind. Nun fehlen noch großflächige Blätter, etwa Zweige vom Rhododendronbusch oder vom Kirschlorbeer. Alles wird in grün- oder rotfarbenem Glaskelch, auf Glasplatten oder in einer Porzellanschale arrangiert.
Für größere Gesellschaften brauchen hier keine Beispiele gegeben zu werden, schließlich lassen sich fast alle bisherigen Vorschläge für einen größeren Kreis erweitern. Jedoch wird eine solche Tafeldekoration von der Gastgeberin wohl in den seltensten Fällen selbst ausgeführt werden. Schon allein die Zeit wird den meisten dazu fehlen. Deshalb wollen wir uns gleich einem neuen Kapitel zuwenden, nämlich den Blumen als Geschenk.

BLUMEN SIND LIEBEVOLLE GESCHENKE

Blumen werden gern als Geschenke gewählt. Viele Menschen, die nur selten für den eigenen Bedarf Blumen erwerben, kaufen sie dennoch, wenn sie einen Besuch machen. Schnittblumen sind ein unverbindliches Mitbringsel; sie verpflichten zu nichts, knüpfen jedoch gleich die ersten Kontakte, wenn sie von Hand zu Hand gehen. Die bunten, lebensfrischen Blumen selbst sind liebenswert, ist es da nicht verständlich, daß sie auch das menschliche Miteinander beleben und verbinden?
Früher verständigte man sich sogar durch die Blume. Jeder hat schon etwas von der »Blumensprache« gehört, und obgleich sie heute – eigentlich – keine Rolle mehr spielt, hütet man sich doch, rote Rosen zu verschenken, wenn man nicht gerade liebevolle Zuneigung zu dem Beschenkten empfindet und dieser auch Ausdruck geben darf! Ja, es gibt sogar einige Auslegungen, die die Wahl schöner Blumen verhindern, nur weil man ihnen falsche Bedeutungen zuschreibt. So verzichtet mancher häufig auf die Wahl gelber Rosen, weil die Farbe Neid ausdrücken könnte, oder auf die edle weiße Calla, denn sie gilt als »Totenblume«, wahrscheinlich deshalb, weil sie viel auf dem Kranz verarbeitet wird (wie nebenbei gesagt Rosen und Nelken auch). Dabei wirkt die Calla in jedem Strauß edel und klar und ist von einer Schönheit, die durch den Kontrast zu anderen Blumenarten noch gewinnt. Selbst für den Brautstrauß kann man sich kaum eine hoheitsvollere und reinere Blume denken als die Calla. In der Blumensprache drückt sie wie die weiße

Lilie, das Maiglöckchen, die weiße Rose und Nelke Reinheit und Unschuld aus. Ja – und damit man sich in der Blumensprache überhaupt zurechtfand, gab es viele Bücher, in denen alles, was im Garten, in Feld und Wald blühte, genannt und in seiner Bedeutung beschrieben wurde. Daß es in verschiedenen Büchern auch verschiedene Auslegungen gab – zum Beispiel sagte der Rittersporn einmal »Du allein bist meines Glückes Born«, bedeutete ein anderes Mal aber »Prahle nicht mit Treu und Redlichkeit« und konnte sogar »Feindschaft« ausdrücken – wird hoffentlich nicht zu allzu schwerwiegenden Mißverständnissen geführt haben!

Heute denken wir nicht mehr an alle diese Ausdeutungen, wenn wir Blumen zum Verschenken auswählen. Doch ganz ohne ein gewisses Abwägen des von der Blume ausgehenden Ausdruckes geht es auch nicht. Sonst gerät man leicht auf die eingefahrenen Gleise der ohne Phantasie und Einfühlungsvermögen Kaufenden und erwirbt fünf bis zehn Nelken mit Asparagusgrün – sie sind der 08/15-Strauß, der normalerweise verschenkt wird! Leider haben sich die Blumengeschäfte schon ganz auf diese Gewohnheit der Käufer eingestellt, und man macht sich dort nur selten die Mühe, zu anderem zu raten. Nun, schließlich ist der Wunsch des Kunden heilig, und wenn Nelken gewünscht werden, gibt es halt Nelken! Um das Richtige zu empfehlen, müßte man ja auch erst einmal etwas über die näheren Umstände erfragen, und das könnte als lästig empfunden werden. Daß spätestens am Abend, wenn der Gastgeberin von fünf geladenen Gästen fünf Nelkensträuße überreicht werden, so mancher denken wird: »Da hätte ich doch besser etwas anderes nehmen sollen«, ist sicher, aber nun nicht mehr zu ändern. Ein anderes Mal wird man klüger sein und entweder gleich im Geschäft um Rat bitten und den Anlaß, zu dem man die Blumen verschenken will, etwas näher umreißen – oder man überlegt selbst, welche Blumen wohl passend wären. Dies tut man auch, will man seinen fernen Lieben einen Blumengruß schicken, denn auch hierfür gibt es einen Weg.

BLUMEN SCHENKEN DURCH »FLEUROP-INTERFLORA« · 30 000 Blumengeschäfte in aller Welt haben sich zu einer Organisation der Blumenvermittlung zusammengeschlossen. Durch die »Fleurop-Interflora« vermag man seinen Lieben in anderen Städten, Ländern – sogar anderen Erdteilen – frische Blumen ins Haus zu schicken. Dieser lebendige Gruß aus der Ferne kann durch einen Brief begleitet werden. Man gibt ihn mit dem Auftrag für das Blumengeschenk in seinem Blumengeschäft ab, vorausgesetzt, es ist der Organisation angeschlossen. Dies ist an einem Schild im Schaufenster zu erkennen, das neben dem Schriftzeichen »Fleurop« oder »Interflora« auch noch die Weltkugel mit dem Blumenmädchen, im Ausland die Figur des Merkur enthalten kann. Man gibt seine Wünsche betreffs Art und Umfang des Blumengeschenkes an, nennt den Zeitpunkt der Auslieferung, die genaue

Adresse des Empfängers und seine eigene Adresse. Das Blumengeschäft benutzt bestimmte Auftragsformulare, die es nun seinerseits einem Kollegen am Ort des Empfängers zuschickt. Mit dem Auftrag geht auch der Brief auf Reisen. Ist für die briefliche Übersendung zuwenig Zeit, wird die Bestellung telefonisch weitervermittelt. Die Post- und Telefongebühren muß der Auftraggeber natürlich selbst tragen; dazu kommen noch 10 % vom Blumenwert als Gebühr für die Vermittlung sowie eventuelle Lieferspesen zu sogenannten Nebenorten, die in einem Nebenortverzeichnis genau aufgeführt sind. Denn nicht in allen Gemeinden gibt es »Fleurop-Geschäfte«.
Die Belieferung übernimmt dann ein Blumengeschäft der Nachbarschaft. Das kostet aber nicht nur die Autobenutzung, sondern auch Zeit, deren Vergütung berechnet werden muß. Obendrein soll in diesem Falle der Blumenwert mindestens den dreifachen Wert der Lieferspesen haben. Nun, das wird wohl jeder verstehen, denn es ist bekannt, daß die Lohnkosten in jeder Branche einen beachtlichen Unkostenfaktor des Betriebes ausmachen. Neuerdings gibt es von den Fleuropgeschäftsstellen in Berlin oder Zürich herausgegebene Bildkataloge, die in schönen Farbaufnahmen zeigen, wie im In- und Ausland die Arrangements – Kränze, Pflanzenschalen, Sträuße usw. – aussehen. Man erkennt daraus gut, was man für sein Geld etwa erwarten kann. Schließlich sind das Blumenangebot und die Art zu arrangieren nicht überall gleich. Solche Kataloge helfen bei der Bestellung, denn je besser die Angaben über das Gewünschte auf die lieferbaren Blumen abgestimmt sind, um so zufriedenstellender wird die Erfüllung für beide Seiten – das Geschäft und den Beschenkten – sein.

Weiterhin gibt es eine wunderbare Möglichkeit, Blumen zu schenken, den Beschenkten aber selbst wählen zu lassen. Man kauft einfach in einem Fleurop-Geschäft sogenannte »Flora-Cheques«. Die gibt es in international gültigen Werten, die »Fleurin« genannt werden, und zwar für 5, 7,50 und 10 Fleurin. Ein Fleurin entspricht im innerdeutschen Verkehr dem Gegenwert von 1,– DM, im Auslandsverkehr haben 10 Fleurin augenblicklich einen Gegenwert von 9,50 DM. Dieser Kursberechnung liegt der jeweilige Wert des Schweizer Franken zugrunde. Übrigens werden alle Aufträge im Ausland im Fleurin-Wert angegeben, womit die Blumen als einziger Handelsartikel mit einer »Weltwährung« bezahlt werden! Doch zurück zu dem Flora-Cheque: Pro Cheque muß man 1,– DM Vermittlungsgebühr bezahlen. Den oder die Cheques verschickt man selbst. Der Empfänger geht damit in ein Fleurop-Geschäft und sucht sich sein Blumengeschenk aus. Das ist eine sehr schöne Sache, vor allem im Verkehr zwischen den beiden Teilen Deutschlands. Da das Blumenangebot »drüben« häufig anders aussieht als bei uns, kann man schwer bestimmen, was geliefert werden soll; da hilft der Cheque-Verkehr über die Klippe hinweg. Allerdings können auch im regulären Fleurop-Verkehr Blumen über die Zonengrenze hinweg vermittelt werden, die im Wert 1 : 1 auszuliefern sind. Umgekehrt gehen von Ost nach West Fleurop-Vermittlungen ebenfalls im Werte 1 : 1, doch nur so viel, wie in das Land kommen. Es werden dementsprechend Kontingentscheine an die Geschäfte ausgegeben, darüber hinaus ist keine Fleurop-Sendung nach dem Westen möglich. Je mehr Fleuropaufträge also von West nach Ost gehen, um so mehr können zurückkommen. Mit einem Fleuropauftrag nach Leipzig oder Magdeburg bringt man demnach nicht nur Freude in das Haus des Beschenkten, man gibt darüber hinaus einem Deutschen jenseits der Zonengrenze die Möglichkeit, seinen Lieben im Westen Blumen zu schicken und ihm damit trotz aller Grenzen etwas nahe zu sein.

Der gute Ton und die Blumen · Blumen unterstreichen einen Wunsch, Dankbarkeit oder Freundlichkeiten. Sie sind immer willkommen, nur bei offiziellen Antrittsbesuchen wären Blumen fehl am Platze. Meist wählt man Schnittblumen, vor allem zum ersten Besuch. Ein Herr sollte immer Schnittblumen überreichen. Wird man zu einer größeren Gesellschaft geladen, ist es höflich, die Blumen bereits vorher mit einem Begleitkärtchen ins Haus der Gastgeberin zu schicken, die sie dann bereits vor der Festlichkeit in aller Ruhe aufstellen kann. Werden die Blumen aber erst beim Empfang übergeben, ist da zunächst die Frage zu klären, ob sie vorher ausgewickelt werden müssen. Bei uns ist es noch üblich, die Blumen ohne Papierhülle zu überreichen. In Frankreich, England und anderen Ländern dagegen gilt es als unhöflich, Blumen uneingewickelt zu verschenken. Warum halten wir eigentlich an der alten Sitte fest? Vor allem im Winter, wenn die Blumen als Schutz vor Frost doppelt und dreifach eingepackt sind, wird die Auswickelei zum Problem. Und die Überraschung beim Auspacken kann mitunter viel erfreulicher sein als diese Sofort-zur-Schau-Stellung. Schließlich werden andere Geschenke sogar extra fein verpackt, warum gilt das nicht für Blumen? Die Hausfrau kann zudem die Blumen beim Auspacken viel sorgsamer behandeln als der Gast. Die Blumen könnten ja speziell zum Verschenken in durchsichtiges Cellophanpapier eingewickelt werden, wie es von dem einen oder anderen Blumengeschäft auf Wunsch bereits benutzt wird; das sieht sehr hübsch aus, denn die Blumen präsentieren sich, obgleich sie eingewickelt sind. Allerdings ist solche Einwickelfolie erheblich teurer als das übliche Seidenpapier oder das festere Einschlagpapier mit Firmenaufdruck, weshalb sie nur für entsprechend wertvolle Blumen oder Arrangements gerechtfertigt wäre.

Nun, alles ist im Wandel begriffen, sicher werden sich auch die Gewohnheiten beim Blumenverpacken und -schenken wandeln. Entschließt man sich jedoch zum vorherigen Auswickeln, so darf man ungeniert das zusammengeknäulte Einwickelpapier auf die Flurgarderobe legen. Man hält den Strauß mit den Blüten nach oben in der linken Hand, damit die rechte zur

Begrüßung frei ist. Macht ein Paar den Besuch, so überreicht der Herr die Blumen der Dame des Hauses. Besucht ein junger Mann seine Freundin oder Braut, wird er auch der Mutter des jungen Mädchens Blumen mitbringen und diese zuerst kredenzen. Die Gastgeberin muß nun ihrerseits die Blumen gleich versorgen und auf einen mit Bedacht gewählten Platz stellen, zum Zeichen, daß sie die Gabe zu würdigen weiß.
Ist zur Feier in einem Restaurant eingeladen, so ist es sinnvoll, ein fertiges Arrangement mitzunehmen, damit die Blumen nicht in irgendeinem Bierglas oder Sektkühler stehen müssen. Beim Aufbruch dürfen die Blumen aber nicht vergessen werden! Es ist jedoch auch statthaft, erst einen Tag nach der Zusammenkunft Blumen in das Haus der Gastgeberin zu schicken, dazu ein Kärtchen mit dem herzlichen Dankeschön für die Gastfreundlichkeit. Ein solcher Blumengruß wird stets als besonders aufmerksam empfunden werden.

Passend zum Anlass die richtigen Blumen · Man kann mit einem individuell zusammengestellten Strauß oder Arrangement viel Freude und Aufmerksamkeit hervorrufen und persönliche Verbundenheit ausdrücken. Schließlich sollten Blumen als Geschenk mehr als eine Geste der Höflichkeit sein. Sie können Wohlgesonnenheit, Freundschaft und Zuneigung, Achtung oder Liebe, auch Dank und Bitte um Vergebung ausdrücken, sollen Freude bereiten, trösten oder aufmuntern. Es ist also notwendig, die Blumen für den Anlaß passend und auf die zu beschenkende Person bezogen auszuwählen. Der Charakter der Blumen sowie ihr Farbenspiel sind entscheidende Maßstäbe. Die schlichte Schönheit des bunten Gartenstraußes oder die prunkvolle Pracht großer Chrysanthemenblüten, die Eleganz einer Orchideenrispe oder die zarte Lieblichkeit pastellener Wickenblüten, die exotische Besonderheit der Strelitzie oder die bescheidene Zurückhaltung des Primelsträußchens, alles hat seine Berechtigung, wenn es in seinem Wesen mit der Person und dem Anlaß harmoniert. Deshalb sollen im weiteren Verlauf der Ausführungen einige Anregungen für Blumenzusammenstellungen gegeben werden, die gleichzeitig die Frage beantworten, welche Blumen für einen bestimmten Anlaß wohl passend sein könnten.
Es gibt viele Gelegenheiten, zu denen man Blumen schenkt. Neben den persönlichen Festen wie Geburts- und Namenstag, Taufe, Verlobung, Hochzeit und Hochzeitstag, neben den Festen der Jahreszeiten, die Freunde und Verwandte zusammenführen und Anlässe für Blumengeschenke sind, werden Blumenpräsente zum Valentins- und Muttertag gemacht, oder Genesungswünsche beim Krankenbesuch oder der Glückwunsch zum Einzug in die neue Wohnung werden durch Blumen ausgedrückt. Die Anerkennung für die bestandene Prüfung oder für das Jubiläum, der Dank für die Einladung und der Empfang am Bahnhof sind ohne Blumen nicht gut denkbar.

Empfang auf dem Bahnhof (oder Flugplatz): Die besondere Freude über das Wiedersehen mit einem lieben Menschen wird gern durch Blumen ausgedrückt. Das Zuwinken mit einem Blumengruß atmet viel mehr Vertrautheit und Aufmerksamkeit als ein steifes Händeschütteln. Man wählt dazu keinen Strauß mit Riesenausmaßen; wenige und kleinere Blumen sind passend, schließlich hat man die Hände bereits voll mit Gepäck. Vom Veilchensträußchen bis zu den fünf Rosen, vom bunten Biedermeier- oder Sommerblumenstrauß bis zur einzelnen Orchideenblüte erfreut alles. Die Person des Ankommenden und das Verhältnis zu ihm werden über die Wahl der Blumen entscheiden. Einem jungen Menschen wird man mit einem lebhaftbunten Strauß zuwinken, für den älteren wohl auch frische Farben, aber keine allzu »lauten« und kontrastreichen Zusammenstellungen wählen; dem jungen Mädchen bringt man die lachsrosa Polyantharosen oder Cyclamenblüten und dem jungen Mann die gemischten Sommerblumen oder ein Sträußchen von klarblauem Enzian. Erinnert man sich an die Lieblingsblume des Ankommenden und kann diese erwerben, so ist mitunter ein einzelnes Exemplar sinnvoller als ein ganzer Strauß davon. Schließlich geht es hier um den Willkommensgruß, nicht um den Schmuck eines Zimmers. Und eine Blume ist schnell in ein Knopfloch gesteckt, so daß sie nicht in einer vollgestopften Tasche zerdrückt werden kann.

Empfindliche Orchideenblüten werden in kleinen Klarsichtschachteln verpackt angeboten und sind nicht nur für den Ankommenden, sondern auch für den Abreisenden geeignet. Die Blüten stecken nämlich in einem Glasröhrchen voll Wasser, mit einer Gummikappe vor dem Auslaufen geschützt. Als blumige Reisebegleiter werden sie jede lange Fahrt erfreulich beleben, ohne daß sie selbst Schaden nehmen. Soll ein Strauß mit auf die Reise gehen, so empfiehlt es sich, ihn ganz besonders sorgsam einzupacken. Die Blumenstiele werden an den Schnittstellen mit feuchtem Moos oder nassem Zeitungspapier umgeben, das durch einen Plastikbeutel geschützt und mit einer weiteren Papierhülle festgehalten wird. Das Papier um die Blüten wird oben fest zugedrückt und mit Klebefilm oder Heftklammern gesichert. Rosen können unter dem Hüllpapier ganz in feuchtes Zeitungspapier eingewickelt sein, die Nässe schadet ihren Blüten nicht.

Jubiläum: Hier ist es mit einem kleinen Sträußchen nicht getan. Anerkennung für den Erfolg und Achtung vor der persönlichen Leistung fordern entsprechend respektable Blumengaben. Schöne Pflanzenarrangements oder prunkvolle Sträuße geben dem Fest den repräsentativen Rahmen. Die Jubiläumszahl aus Krepp oder gestanzter Pappe muß dabei nicht erscheinen! Das schöne Blumenarrangement spricht für sich. Flieder und Papageitulpen, Anthurien mit Laub von Exoten, rote Amaryllis und cremefarbene Nelken, violette Gladiolen mit gelben Rosen, Strelitzien mit arteigenen Blättern, Flechtenzweigen und Ranken, Goldbandlilie und Clematis, blaue Agap-

45. Gerade bei praktischen Geschenken sollte man nicht auf Blumen verzichten. Diese machen die Gabe persönlicher und vollkommener. Das abgebildete Arrangement für einen jungen Haushalt läßt spüren, wie liebevoll alles ausgewählt und zusammengestellt wurde (siehe S. 149).

46. Auch in eine Tischdekoration lassen sich kleine Geschenke einarbeiten. Auf einem Kindergeburtstag enthält der Spielzeugzug für jeden Freund des Geburtstagskindes eine Überraschung – auf der Wiedersehensparty nach einer Reise die blumig verpackten Mitbringsel für die Lieben daheim oder kleine Erinnerungen für die Reisepartner.

47. Die Blumen auf diesen Geschenkkartons sind in wasserhaltender Steckmasse arrangiert. Man kann sie abnehmen und als selbständiges Gesteck in ein kleines Schälchen legen. Die Lilien und Rosen mit Cotoneasterzweigen (links) und Zinnien, Rosen, Lonicerazweige und feine Gräser (rechts) sind farblich passend zum Einwickelpapier der Geschenkpackungen kombiniert.

48. Und hier noch ein Weihnachtspräsent für den Herren: Frauenschuhorchideen, leicht goldbesprühte Schraubenhasel, Tanne und Früchte des Amberbaumes sind mit Goldband an eine Flasche gebunden. Die Orchideen stecken in kleinen Glasröhrchen mit Wasser, damit sie längere Zeit halten.

anthus und rosa Nelken oder schließlich Chrysanthemen in den vielfältigsten Kombinationen – es lassen sich unendlich viele Beispiele schöner Schnittblumenzusammenstellungen finden, die farblich und im Charakter sogar auf das Wesen der beschenkten Person abgestimmt sein können. Mehr als mit einem Strauß wird man mit dem fertigen Arrangement Freude bereiten, und das um so mehr, als man damit eventuell sogar Peinlichkeiten vermeiden kann. Wo soll schließlich die Hausfrau immer gleich die passende Vase hernehmen? Ist man sicher, daß sehr viele repräsentative Blumensträuße im Haus des Jubilars eintreffen werden, so erreicht man durch eine kleinere, aber erlesene Gabe wesentlich mehr Aufmerksamkeit, was – warum soll es verschwiegen werden – auch das Ziel einer Gratulation sein kann! Die einzelne, hübsch arrangierte Orchidee (die Cymbidienrispe auf rauher Keramik oder einer Wurzel für den Herrn, die weißgrüne Frauenschuhorchidee oder lila Cattleya auf einer Glasplatte für die Dame) bekommt gewiß den Ehrenplatz auf dem Schreibtisch, während die großen Sträuße irgendwo vor der Wand aufgestellt werden! Versuchen Sie, sich ganz einfach in die Lage des Jubilars zu versetzen, und überlegen Sie, worüber Sie sich selbst am meisten freuen würden, dann finden Sie leicht das Richtige. So erfüllen Sie mit Ihrem Blumengeschenk nicht nur eine gesellschaftliche Pflicht, sondern bereiten echte Freude.

Bestandene Prüfung: Zu diesem Ereignis werden meist nur die näheren Verwandten oder Freunde gratulieren. Sollen Blumen dabei sein, so wähle man typische Blumen der Jahreszeit in recht bunter, lustiger Farbkombination. Hier geht es nicht um Prunk oder Würde, sondern allein um die schlichte Freude, daß es endlich geschafft ist! Der Zeit der Anspannung folgt nun die der heiteren Ausgelassenheit, und dem entspricht der bunte Frühlingsstrauß mit Narzissen, Tulpen und Anemonen genauso wie der Sommerblumenstrauß mit Margeriten, Gartenrosen und Glockenblumen oder mit blauen Sommerastern, orangeroten Montbretien und weißgrünen Gräsern.

Dank für die Einladung: Meist werden die Blumen vom Gast selbst überreicht, oder man läßt sie nachträglich ins Haus bringen. Hierbei sollte man sich hinsichtlich Größe und materiellen Wertes etwas zurückhalten. Ein allzu aufwendiges Blumengebinde könnte zu protzig wirken und daher peinlich berühren. Natürlich spielt die Art der Einladung sowie der Kreis, in den man kommt, eine Rolle bei dieser Entscheidung. Zum Nachmittagskaffee kann man gut die Freesien mit den Moosröschen, die Maiglöckchen über den Veilchen, die blauen Skabiosen und gelben Löwenmäulchen oder die Wicken mit den zierlichen Ixien mitnehmen. Zur Abendgesellschaft bevorzugt man zweckmäßigerweise wieder das fertige Arrangement, nicht zu groß, aber von interessanter Zusammenstellung. Wenn man die Wohnung der Gastgeber kennt und passend zum Stil und der Farbgebung der Einrichtung auswählt, so wird das Blumengeschenk um so wohlwollender entgegengenommen werden. Auf jeden Fall sollte man aber Schnittblumen wählen. Die Topfpflanze ist allenfalls zum Besuch von Verwandten angemessen und dies auch nur dann, wenn man weiß, daß ein Blumenfenster vorhanden ist, wo sie hineinpaßt, oder daß man sich über sie mehr freuen wird als über einen schönen Strauß.

Hochzeit oder Einweihung der neuen Wohnung: In beiden Fällen ist eine Pflanzenschale für das neue Heim meist willkommen. Den Blumentopf schenkt man am besten gleich mit dem passenden Übertopf, den es in formschönen und farbneutralen Ausführungen in jedem guten Blumengeschäft zu kaufen gibt. Nun kann keine Manschette unansehnlich werden, und es muß nicht erst eine Untertasse aus dem Service zum Blumenuntersetzer degradiert werden. Hat die Zusammenkunft zu den genannten Anlässen festlichen Charakter, sind wiederum Schnittblumen angemessenere Gaben. Je exklusiver die Gesellschaft, um so erlesener sollen die Blumen sein. Eine ruhige Farbstimmung mit geringen Kontrasten ist dann den lebhaften, heiteren Farbklängen mit großen Gegensätzen vorzuziehen. Letztere passen in die fröhliche Gesellschaft eines bunten Abends. Da man eine Hochzeit in unterschiedlicher Weise feiern kann, ist schwerlich etwas Allgemeingültiges über das passende Blumengeschenk zu sagen. Der üppige Strauß von langstieligen rosa Rosen mit weißem Flieder kann hier richtig sein, die schlichte Porzellanschale voller Maiglöckchen dort; einmal die edle, schlanke Glasvase mit einer Orchideenrispe, ein anderes Mal sogar die Kupferkanne voller Feldblumen und Kornähren! Ein Kind gratuliert mit dem Sträußchen Enzian, Polyantharosen und Stephanotis; Tantchen bringt die Brotschale, diesmal gefüllt mit Gartenrosen und Reseda. Alles ist richtig, vorausgesetzt, man wählt mit Einfühlungsvermögen passend zur Lebensart der Beschenkten aus.

Bei der Verlobung ist es ähnlich. Vornehm und elegant, aber auch burschikos und ausgelassen kann das Fest begangen werden. Alle Blumen sind gestattet, nur die roten Rosen überläßt man dem Bräutigam; die wird er seiner Auserwählten schenken. Der geladene Gast bringt langstielige gelbe Rosen mit orangefarbenen Nelken oder blauen Iris mit, auch violetter Flieder und gelbe Tulpen, rosa Anthurien mit weißen Nelken oder cremegelbe Spinnenchrysanthemen und kreßrote Euphorbienrispen und vieles mehr stehen zur Wahl.

Hochzeitsjubiläum: Dies ist ein internes Fest. Die Ehegatten beschenken sich, und nicht selten kehrt die Rose wieder ein, mit jedem Jahr glücklich verbrachter Ehezeit eine mehr. Doch auch die Blumen des Brautstraußes werden gern zur jährlich sich wiederholenden Aufmerksamkeit für die Gattin, während die Frau durch einen Blumenschmuck auf dem Tisch den Erinnerungstag festlich umrahmt. Dabei sollte sie ruhig immer zu den gleichen Blumen greifen, nämlich zu denen der Hochzeitstafel. Die stete Wiederholung zeugt hier nicht von Phantasielosigkeit, sondern von dem Glück, das die Erinnerung an diesen denkwürdigen Tag bereitet. Eine solche selbstgeschaffene Tradition bringt in die Unruhe des Alltags einen wunderbaren Frieden, den man jedem Paar nur von Herzen wünschen kann.

Geburtstag: Ohne einen lebensfrohen Blumengruß ist dieser Tag nicht denkbar. Und je individueller die Blumen ausgewählt und zusammengestellt sind, um so dankbarer werden sie als liebevoll ausgesuchtes Geschenk gewertet werden. Alles, was über die Abstimmung der Blumen auf die Person gesagt ist, gilt in vermehrtem Maße auch hier. Einmal mag die in einer schlichten Glasschale schwimmende Seerose das so typische, träumerische Lächeln hervorzaubern, bei einem anderen Typ aber kann der sommerlich bunte Zwergzinnienstrauß mit den Ageratum dazwischen angemessen sein; der junge Mann bekommt Blumen von gradliniger Form (Gladiolen, Strelitzien, Anthurien, Nelken, Eisenhut und Fackellilien) und möglichst klaren, kraftvollen Farben, das junge Mädchen je nach Typ die verspielten Wicken, zarte Maiglöckchen, lustig-bunte Gartenblumen oder aparte Gerbera einer Farbe. Je besser man den Menschen kennt, um so mehr kann man mit den Blumen auf die Person des Geburtstagskindes eingehen. Dies ist kein müßiges Bestreben, es hilft lediglich die Frage beantworten: »Womit kann ich am meisten Freude bereiten?« Bei der Wahl anderer Geschenke ist diese Denkungsart selbstverständlich, wieviel mehr sollte sie es bei so lebendigen Wesen wie den Blumen sein!

Geburt oder Taufe: Ein Blumengruß zu diesem Ereignis geht meist auf die Zartheit und Jugend der kleinen Hauptperson ein. Blumen pastellener, heller Farben und duftig leichter Formen werden bevorzugt. Dabei müssen die dunklen Kontrapunkte nicht fehlen; zart heißt nicht fad! Zu den rosa Röschen passen gut die dunkelblauen Wicken, zu den pastellblauen Skabiosen die purpurroten Rosen und unter die blaßrosa Ixien das dunkelrote Tausendschönchen, Polyantharosen und Freesien, Alpenveilchenblüten und Anemonen, Maiglöckchen und Federnelken, bunte Margeriten und Centaureen sind darüber hinaus gern gewählte Blumen für diesen Anlaß. Dem Jungen müssen nicht unbedingt die blauen Blumen und dem Mädchen die rosafarbigen gebracht werden. Mitunter passen für das Mädchen beide Farben gut zusammen, während beim Jungen weniger die Zartheit des Säuglings als vielmehr Lebenslust und -kraft Ausdruck finden sollten in Zusammenstellungen bunter, klarer Farben. Oder meinen Sie nicht auch, daß man einen ganzen Blütenbusch blauer Traubenhyazinthen mit gelben Primeln und kräftigroten Anemonen im Frühjahr, im Sommer aber karminrote Rosen, kürzeren himmelblauen Rittersporn und weiße Wicken zur Geburt oder Taufe eines Jungen schenken kann? Für ein Arrangement wählt man den Glaskelch, die Porzellanschale oder das zierliche Körbchen mit passendem Bänderschmuck am Henkel.

In Frankreich gibt es die nette Sitte, zum Glückwunsch für die Geburt an den größeren Strauß für die junge Mutti mit buntem Band einen kleineren für den neuen Erdenbürger zu binden. In Blumenarrangements wird gern ein lustiges Stofftierchen – ein Teddy zum Beispiel – eingearbeitet, oder es werden ein paar niedliche kleine Boxhandschuhe an das Blumengebinde gebunden zum Zeichen dafür, daß man dem Kind Glück wünscht, weil es sich an das Licht der Welt geboxt hat; mag es sich genauso erfolgreich durch das spätere Leben boxen!

Wenn der junge Vater seiner Frau zur Geburt des Kindes Blumen bringt, werden es wohl meistens rote Rosen sein. Eine schöne Orchideenblüte oder ein Arrangement mit der Lieblingsblume der jungen Mutti als Leitmotiv werden aber gewiß als genauso liebevolle Aufmerksamkeiten erkannt, die mitunter von intimerer und persönlicherer Bindung sprechen als die obligatorischen Rosen.

Krankenbesuch: Hier werden Blumen zum Boten aufrichtiger Genesungswünsche. Diese lebensfrischen Geschöpfe bringen einen Hauch von Sonnenglanz und Heiterkeit in das Krankenzimmer. Die Hoffnung, daß dadurch der Kranke aufgemuntert werde und neuen Lebensmut gewinnt, wird sich um so eher erfüllen, wenn man die passenden Blumen auswählt – vor allem die richtigen Farbkombinationen trifft. Frische Farben, harmonische Kombinationen – zwar nicht allzu spannungsreich, aber doch lebhaft – und »sonnige Töne« machen das Blumenpräsent sinnvoll. Reinweiße Blumen sollte man nicht allein schenken; es könnte geschehen, daß der ohnehin leicht deprimierbare Patient durch die Blütenfarbe Weiß zu Gedanken an den Tod angeregt werden könnte.

Ähnlich betrübend könnten unter Umständen auch sehr dunkle und kühle Zusammenstellungen wirken. Blaue Anemonen oder violette Liatris in eine schwarze Vase gestellt, wären verfehlt. Gelbe Primeln und rote Ranunkeln zu den Anemonen und orangefarbene Rosen zu den Liatris ändern jedoch das Bild vollkommen. Die Verbindung Rot mit Weiß ist sehr kontrastreich, mitunter für einen Kranken zu hart und erregend. Selbstverständlich kommt es auf den Patienten selbst und das Maß seines Leidens an. Zum Besuch in das Krankenhaus nimmt man am besten ein kleines, auf das Nachttischchen passendes Arrangement mit. Es gibt Kunststoffsteckmasse in würfelförmigen, schlichten Plastikgefäßen, die gut die Anforderungen an ein Einstellgefäß erfüllen, außerdem die Sorge um die zweckmäßige Blumenvase abnehmen, ohne das Arrangement wesentlich zu verteuern. Stark duftende Blumen passen nicht in das Krankenzimmer, auch Blumentöpfe werden im Krankenhaus nicht sehr geschätzt, vor allem nicht bei Wöchnerinnen. Ist der Kranke daheim, muß man sich hinsichtlich der Länge der Blumen und Größe des Arrangements nicht so beschränken, auch ein passendes Gefäß ist zu erwarten.

Valentins- und Muttertag: Der 14. Februar und der zweite Sonntag im Mai sind ausgesprochene »Blumentage«. In beiden Fällen geben Blumengeschenke diesem Tag die besondere Note. Der Valentinstag geht auf den Priester und Bischof Valentinus aus dem 3. Jahrhundert zurück, der als Märtyrer starb und deshalb heiliggesprochen wurde. Er soll nach der Legende durch hilfreiche Taten, sogar unter Einsatz des Kirchenschatzes, Menschen aus Not errettet haben. Im Gedenken seiner Liebe zu den Menschen, denen er unerkannt Gutes tat, wird am Tag des heiligen Valentin, am 14. Februar also, jedem, den man mag, durch kleine Blumengaben Freude bereitet. In England und Schottland ist dies bereits seit eh und je ein viel beachteter Brauch, der auch bei uns immer mehr Freunde gewinnt. Für Blumengeschenke zum Valentinstag gibt es kleine Herzchen aus Holz, von denen eins an einen Blütenstiel des Arrangements gehängt wird. Damit sind die Blumen als Valentinsgabe gekennzeichnet, der Absender bleibt meist ungenannt. Die unbefangene Freude über das unerwartete Geschenk ist Lohn genug. Und was ist besser dazu geeignet als die Blumen? Sie wollen liebevoll ausgewählt und zusammengestellt sein; das ist wohl die einzige gültige Richtlinie, ansonsten kann auf alles zurückgegriffen werden, was Flora uns bietet.
Freude zu bereiten und Dank zu sagen war auch das Leitmotiv von Anna Jarvis, als sie vor reichlich 50 Jahren in Amerika den zweiten Sonntag im Mai zum Ehrentag aller Mütter der Welt machte. Dankbarkeit und Verehrung für die Mutter bedürfen zwar keiner Lenkung, dennoch ist es eine schöne Gewohnheit, diesen Gefühlen an einem bestimmten Tag deutlich Ausdruck zu verleihen.

Geschenke mit Blumen: Und nun noch einen kleinen Tip, wie jedes Geschenk durch blühende Zutaten an Bedeutung gewinnt – denn auch Schenken will gelernt sein! Aus dem einfachsten Präsent kann durch passende Blumen eine beachtliche Gabe werden. Allerdings ist es nicht damit getan, wenn man zu dem nett verpackten Geschenk noch einen Blumenstrauß mitbringt. Das wäre zu einfach. Geschenk und Blumen müssen zu einem harmonischen Ganzen zusammengefügt sein. Das erfordert natürlich einiges Überlegen, aber gerade damit ist die liebevolle Absicht, Freude zu bereiten, bewiesen. Die Flasche Parfüm, die Schachtel Zigarren, ein Buch oder eine Schallplatte und vieles andere mehr lassen sich wirkungsvoll in ein Arrangement aus passenden Blumen einarbeiten. Das Schmuckstück kann mit einer kostbaren Blüte zusammen in einem Klarsichtkarton drapiert sein, der Kochtopf wird zur Basis für ein Arrangement mit Blumenkohl, Möhren und bunten Gartenblumen. Die Flasche wird entweder zusammen mit Blumen in eine Schale arrangiert oder sie trägt selbst ein kleines Gesteck. Auch der Konfektkarton oder die Wäschegarnitur müssen nicht nur prosaisch eingewickelt sein, sondern auf das Päckchen können Blüten aufgearbeitet werden. Traut man sich nicht selbst an derartige »Maßschneiderei« heran – denn das Blumenstück muß in diesem Falle ganz auf das Geschenk »zugeschnitten« sein – so übergeben Sie diese Arbeit dem Floristen. Ein persönliches Geschenk bleibt es dennoch, auch wenn es nicht eigenhändig mit Blumen kombiniert wurde (Taf. 45–48, S. 189–192).

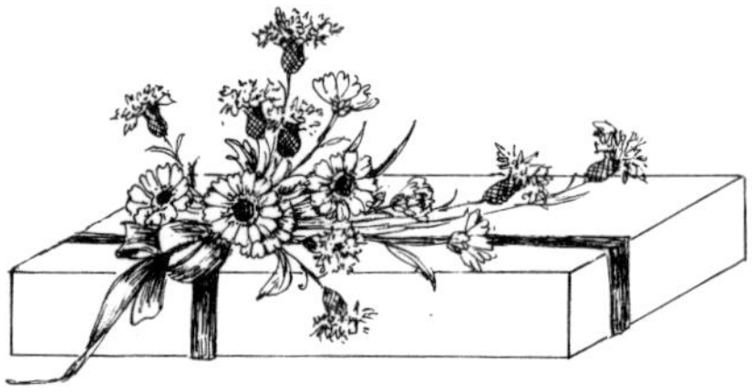

SACHREGISTER

PFLANZENREGISTER

FOTONACHWEIS

Farbtafeln

Ernst Deyhle, Stuttgart: S. 33, 124, 125. Fleurop / Bunte Blumenwelt, Berlin: S. 53, 65, 128, 177, 190, 192. Aenne Heise, Hannover: S. 9, 10, 11, 12, 21, 23, 24, 36, 56, 66, 83, 84, 93, 96, 105, 137, 140, 149, 168, 180, 189, 191, 192. Rosenthal-Porzellan AG, Selb: S. 22.

Schwarzweißfotos

Ernst Deyhle, Stuttgart: S. 167. Fleurop / Bunte Blumenwelt, Berlin: S. 34, 127 (2). Elisabeth Fuchs-Hauffen, Überlingen: S. 126. Aenne Heise, Hannover: S. 34 (2), 35, 54 (5), 55 (3), 94 (2), 95 (4), 106, 123 (4), 126 (2), 127 (2), 138, 139, 150, 178 (2), 179. Aus: Tatsuo Ishimoto, A Treasury of Japanese Flower Arrangements, Crown Publishers, 1959: S. 138. Chr.-A. Kühn zu Reineck, Harksheide: S. 34, 126.

Dr. ALOYS BERNATZKY

Gärten für uns

Ihre Anlage und Gestaltung. 220 Seiten mit 212 Zeichnungen, Farb- und Schwarzweißfotos im Text und auf Tafeln. Register.
Großformat 19,5 × 23 cm. Laminierter Einband

Aus dem Inhalt:
Am Anfang war der Garten – Vom Planen und Anlegen des Gartens – Wo liegt der Garten? – Landschaft und Klima – Form und Größe des Grundstücks – Raumaufteilung – Ausstattung des Gartens – Der immerblühende Garten – Bepflanzung des Nutzgartens – Gartentypen – Gartenpflege – Und die Kosten? – Immerwährende Gartenlust – Register und viele Abbildungen

»Rast im Garten in einer netten Ecke unter einer Pergola ... Aber vorher muß ja der Garten geplant werden! Wie, das erzählt der Sachbearbeiter für Grünplanung, Naturschutz und Landschaftspflege bei der Stadtverwaltung Frankfurt/M., auf dessen Rat man hören sollte« (Frankfurter Rundschau). Und die Frankfurter Allgemeine Zeitung sagt schlichtweg: »Bernatzkys ›Gärten für uns‹ ist ein gutes Gartenbuch.«

Bertelsmann